# 將軍別鬧

1

風文創 619

果九 著

# 目錄

風文創
619

# 細水長流愛上你

果九

寫本有關漁家的書，是我由來已久的想法。

我從小就生活在海邊一個叫「顧家崖頭」的小漁村，村子離海不到一公里路。夜裡，躺在床上也能聽到海浪翻滾的聲音，有時候夢裡也全是濕濕鹹鹹的味道。

村子裡多數是漁民。走在大街上，隨處可見懸掛在牆上的漁網和擺列在街頭巷尾的漁船，以及光著膀子、口沫橫飛地談論著海上收成的鄉親父老，他們被海風吹紅的臉和憨厚的笑容，是我兒時最深刻的記憶。

許是習慣了海邊的生活，村裡的姑娘們大都沒有遠嫁，而是嫁給本村或鄰村的漁民，延續著她們織網、賣魚的日子。

曾經以為，我也會嫁給一個漁民。

後來進城讀書，遇到了生命中的那個他，讓我在鋼筋水泥的城市裡安了家。繁花錦簇的霓虹燈下，我再也聽不到海浪拍打礁石的聲音，也看不到低低飛過海面的海鳥。

我常常想，要是我嫁的人是個漁民，生活將會是怎樣的畫面？

於是，便有了《將軍別鬧》這本書的構思。

也許是浸潤在繁忙的都市裡久了，對生活的感悟和期許也多了些，我夢想中的那個漁民，不再是僅僅能出海捕魚、養家餬口，而是覺得他應該能擔起更多的責任。

正是這個想法，才有了男主角「蕭景田」是退隱將軍的設定。

蕭景田出生在漁村，骨子裡是漁民，同時又是個身經百戰的大將軍。他身上既有著漁民的質樸勤勞，又有著大將軍的勇敢堅韌和熱愛家國的情懷。

女主角麥穗作為穿越到過去的現代人，她看到的蕭景田，並非只是掙扎在溫飽線上的漁民，而是個鐵骨錚錚的大丈夫形象，因此她才會漸漸地愛上他，也被他所愛。

我始終相信，只有經過瑣碎生活浸潤的愛情，才能細水長流、天長地久。所以蕭景田和麥穗是在日常生活中慢慢地愛上彼此，雖然他們也會吵架，會鬧彆扭，但真正的困難來臨時，他們還是會毫不猶豫地相信彼此、愛著彼此！

這本書的字數雖然不多，卻也迷茫過、徬徨過，足足伏案十個月才圓滿完本。

感謝我的編輯弦歌，在我卡稿的時候幫我理順思路，鼓勵我堅持下去，她真的是個極其負責且認真細心的好編輯。

也感謝出版社編輯的認可和指導，讓這本書得到出版的機會。

希望臺灣的讀者們能喜歡這個故事，跟作者我一起細細體會退隱大將軍精采溫馨的漁家生活，感受男女主角之間甜蜜美好的田園愛情。

遙祝大家幸福安康，和和美美！

# 第一章　出嫁

月色如水。

夜風帶著晚春三月荼蘼的暖意，從破舊的窗櫺裡灌進來，吹得燭光搖曳起伏、明暗不定。

「穗兒，妳不要聽村人胡說八道，蕭景田怎麼可能當過土匪？」麥三全倚在炕前，拍了拍身上滿是補丁的粗葛布短褂，苦著臉勸道：「妳如今也知道那個吳三郎待妳並非真心，他是靠不住的。明兒個蕭家就要來迎親了，妳可千萬別再有什麼歪心思，要不然，蕭家肯定饒不了咱們。」

鄰村的蕭景田在外闖蕩多年，上個月突然回來，隨後蕭家便託媒婆四處給蕭景田找媳婦，聘禮是一袋白麵。

村人都說他在外邊當了土匪，是個殺人不眨眼的大魔頭。他媳婦李氏卻不顧傳言，大大方方地給麥穗應下這門親事。

吳三郎氣不過，說要帶著麥穗遠走高飛，卻在最後關頭變卦。

「大伯是捨不得蕭家那一袋白麵的聘禮吧？」麥穗冷笑，一臉嫌棄地打量這間破屋子。漏風的窗子、漆黑的屋頂，還有那破爛不堪的炕蓆……她頓時感到欲哭無淚。

她竟然穿越了，太悲催了有沒有！

原主叫麥穗，在她八歲那年，父親便去世了。

大伯一家貪圖她家的兩畝薄田，逼著她母親吳氏改嫁，好省下吳氏的那一口飯。

大伯娘李氏當著全村人的面，信誓旦旦地說會把麥穗當親女兒一樣疼愛。可一關上家門，卻把家裡所有的活兒都塞給她做，稍有差池，便破口大罵，說還不如讓她跟著她那個喪門星娘一起嫁了，省得在家看了就煩。

這樣的日子，麥穗一過就是八年。

青梅竹馬的玩伴吳三郎待她甚好，知道她在家裡吃不飽，還常常把家裡的吃食偷出來給她吃。

說好了一起走的……誰知，吳三郎始終沒有露面。

麥穗羞憤不已，回到家後便病倒了，等病好後，麥穗已經不是過去的那個麥穗了。

想到這裡，她唏嘘不已，盯著這雙粗糙乾瘦的小手，在內心吐槽道：姑娘妳真是傻，三條腿的蝦蟆不好找，兩條腿的男人有得是啊！

「穗兒，難道在妳心裡，伯父就是這樣的人嗎？」麥三全愣了一下，看著眼前這個滿臉怨念的姪女，訕訕道：「伯父是覺得能拿出一袋白麵做聘禮的人家，日子肯定差不了，伯父這是讓妳享福去啊。」

被姪女冷不防地戳中心思，他有些氣惱。畢竟八年來，這個姪女從來都沒有頂撞過他。

早些年，麥三全曾見過魚嘴村的那個蕭景田。

蕭景田長得高大威猛，論模樣，倒還算周正，只是聽說脾氣很暴躁，再後來便聽說他當了土匪。

不過這門親事是他媳婦作主應下的，他也不好說什麼。

「伯父，若是真的能享福，您怎麼不讓姊姊嫁過去？」麥穗見他這樣說，頓覺好笑，不以為然道：「您別忘了，姊姊還比我大一歲呢！」

雖然她不是麥穗，但麥穗的記憶她還是有的。

若不是魚嘴村的那個蕭景田惡名在外，蕭家怎麼可能出一袋白麵做聘禮？

白麵，在這十里八鄉可算是很稀罕的吃食。

想來這裡的女人還真是不值錢啊，她一個如花似玉的大姑娘，竟然只值一袋白麵，呵呵！

補著補丁的藍粗布門簾被猛然挑起，一直在外偷聽的李氏大步走進來，手扠腰吼道：「穗兒，既然妳把話都說到這個分兒上了，那大伯娘也不藏著、掖著。我實話跟妳說了吧，如果妳不是蕭景田未過門的媳婦，吳家人怕是早就找上門來理論。竟然想跟吳三郎私奔？妳還要不要臉了？」

不管怎麼說，她都養了這個姪女八年，若是真的跟人跑了，那她豈不是人財兩空？

「你們為了一袋白麵，逼著我嫁給一個殺人不眨眼的土匪，是三郎看不下去，才打算帶我走的，他只是不想看著我掉進火坑而已。」麥穗打量李氏一眼，氣死人不償命地道：「我差點連命都沒了，還要臉幹麼？」

「火坑？穗兒，妳竟然說蕭家是火坑？」李氏嘴角動了動，冷笑道：「這讓外人聽見，還以為咱們虐待妳似的。妳也不想想，妳如今都十六歲，也該嫁人了。咱們好心好意為妳操辦親事，妳不但挑肥揀瘦地不肯嫁，還想悔婚跟吳三郎私奔?!吳三郎若是真的對妳好，怎麼不拿出一袋白麵上門提親呢？」

蕭景田到底是不是土匪，她壓根兒沒興趣知道。她只知道，有了這袋白麵，今年的日子會好過很多。再說了，這男大當婚、女大當嫁的，別人也說不著她的閒話。她當大伯娘的給姪女說親事，天經地義。

「妹妹，吳家好歹也是書香門第，怎麼可能瞧上妳？」麥花扭著腰肢，慢吞吞地走進來，倚在門口，不屑道：「妳以為他教妳認幾個字就是喜歡妳了？非也，他要是對妳有意思，自會讓他家高堂上門提親的。」

麥花曾經跟她姨表哥識了幾個字，便自以為很有學問，常常捧著一本破詩集傷春悲秋。她覺得自己是陷入泥塘的璞玉，早晚有一天，會有騎著白馬的才子來帶她走。

可惜，在她十七年的人生裡，只見過黃牛或者黑驢，從未見過白馬，更別提什麼才子了。

麥穗涼涼地瞥她一眼，沒搭理她。

「花兒說得對，吳三郎根本就是在戲弄妳，他要是想娶妳，你們還用得著私奔？直接請媒人下聘不就完了。別的不說，就衝著他那個嫁到鎮上去的姊姊，咱們也不可能不同意這門親事。」李氏越說越生氣，憤然道：「是妳自己沒腦子，居然跟他私奔？敢情這麼多年，咱們是養了隻白眼狼嗎？」

「什麼白眼狼不白眼狼的，這不是沒走成嗎？」麥三全看了一眼盛氣凌人的母女倆，細聲道：「妳們都不要說了，麥穗怎麼說也還是個孩子，她是一時糊塗。」

他看著麥穗，不禁想起早逝的兄弟，心裡突然有些酸楚。要怪就怪自家日子過得捉襟見肘，否則又怎會為了一袋白麵，就把姪女給草草嫁掉。

「怎麼？你心疼了？」李氏見麥三全一臉不悅，氣不打一處來，發瘋般地撲上去，使勁捶打著他，罵道：「若不是你那個死鬼兄弟走得早，我還用得著操這番心了？我是倒了八輩子楣，才會嫁給你這個窩囊廢。你若是有本事，就給你姪女找個大官去。」

「花兒她娘，妳明明知道我不是這個意思……」麥三全不敢閃躲，任她捶打，討好道：「別鬧了，都是我不好。怎麼說明天都是穗兒大喜的日子，凡事還得勞妳打點不是？」說著，他一個勁兒地朝麥穗使眼色，示意她給李氏賠不是。

麥穗裝作沒看見。

「哼，你姪女都覺得我這是把她推到火坑裡去，我還打點什麼？我就不管呢！」李氏猛地推了麥三全一把，怒道：「麥三全，你這個姪女的事情，我是再也不管了，你自己看著辦。麥花，咱們走，回妳外祖母家去，這日子沒法過了！」

「好，娘，咱們走，她愛嫁不嫁，反正咱們是問心無愧。」麥花盈盈上前，挽起她娘的胳膊，滿臉不屑地打量麥穗一眼，道：「也不看看妳自己是什麼身家，難不成還想嫁個大將軍呢？」

母女倆氣沖沖地甩門而去。

「噯，妳們別走，咱們有話好好說。」麥三全手忙腳亂地追出去，不讓她們走，三人在院子裡拉扯一番，最終，母女倆還是奪門而去。

半晌，麥三全才耷拉著腦袋走進來，長嘆一聲，抱頭蹲在炕前，苦著臉說：「麥穗，妳說這叫什麼事啊？明天蕭家就要來迎親了，妳大伯娘又回了娘家，家裡連個打點嫁妝的人都沒有，這該如何是好？」

「大伯，我能不嫁嗎？」麥穗看著愁眉苦臉的麥三全，認真道：「我不認識什麼蕭景田，也不想嫁給他。」

「穗兒，妳若是不嫁，吳家不會放過妳的。」麥三全揪著頭髮道：「他們說妳勾引吳三郎，揚言要把妳按鄉俗沈塘，但後來聽說妳要嫁的人是蕭景田，此事才不了了之。妳已經沒有退路了啊，穗兒。」

麥穗頓感驚訝。

這是啥破鄉俗啊？明明是兩個人一起私奔，憑啥只把女的沈塘，我靠！

見麥穗不語，麥三全繼續道：「妳嫁過去以後，好好跟蕭景田過，不要像妳大伯娘，遇到一點兒事，就往娘家跑……」

「大伯放心，我就是被蕭景田打死，也不會再回來了。」麥穗會意，冷聲道：「從今以後，我活是他的人，死是他的鬼，絕不會再進麥家的門。」

為了活下去，她只好嫁了。

「穗兒，妳想多了。」麥三全聞言，愣了一下，期期艾艾道：「大伯不是那個意思，有空妳還是要回來看看的。」

麥穗乾笑幾聲，扭頭望向窗外。

既來之、則安之，她總不能再死一次吧！

天剛矇矇亮，外面便響起震耳欲聾的鞭炮聲。

蕭家來迎親了。

直到花轎顫悠悠地落在蕭家門前，麥穗還有些恍惚。

她就這樣嫁人了……而且還是嫁給一個殺人不眨眼的土匪！

萬一、萬一她一進門，就被他弄死了怎麼辦?!

越來越近的說話聲、嘻笑聲和打鬧聲，打斷她的胡思亂想。不時有小孩子跑過來，踮著腳趴在花轎口往裡看，被大人喝了一聲，才又嘻嘻哈哈地跑開。

「景田，快出來接新娘子了！」打扮得花枝招展的喜婆大聲喊道。

「景田啊，快出來接你嬌滴滴的小娘子。」人群裡有人捏著鼻子，怪聲怪氣地跟著起鬨。

眾人一陣哄笑。

蕭景田面無表情地站在窗前，負手而立，年輕俊朗的臉上瞬間閃過一絲滄桑和無奈。

他從來沒想過要成親，也不打算出去接新娘子，他又不認識她。

「景田，娘知道你這些年在外面闖蕩，眼光和見地跟娘不一樣，可再怎麼著，也得成親啊。你看你今年都二十四歲，不小了，你大哥、二哥在你這個年紀，早就當爹了。你說你遲遲不成親，娘怎能不著急？」孟氏並沒有注意到兒子臉上稍縱即逝的寂寥，苦口婆心地勸道：「你看新娘子都到門口了，讓人家一味地在外面等怎麼行？」

「娘，我說過我不成親的。」蕭景田漠然地看了孟氏一眼，肅容道：「是您硬要拿一袋白麵給我娶個媳婦，如今她來了，您自己看著辦。」說完，抬腿就走。

「景田，娘求求你了，娘求你去把媳婦接進來。」孟氏見他要走，忙一把拽住他，含淚道：「你一定要逼著娘給你跪下嗎？」

「俺說景田他娘，景田怎麼還不出去接新娘子？這吉時眼看著都要過了。」鬢間插滿紅花的喜婆急急地推門進來，見母子倆沈著臉，一動也不動，催促道：「哎呀，誰家娶媳婦不是興高采烈的，你們這是怎麼了？」

「就來了。」孟氏勉強一笑，忙用袖子擦了擦眼淚，說道：「那啥，他嬸子，妳先出去給咱們照應著，待景田換好喜服，馬上就出去接新娘子。」

「那你們快點，別讓新娘子等太久。」喜婆又急匆匆地走出去。

「景田……」孟氏淚眼汪汪地看著他，把疊得整整齊齊的喜服捧到他面前，低泣道：「快去換衣裳。」

蕭景田見母親掉淚，才不耐煩地接過喜服，進了裡屋。

最煩女人哭了。

花轎的簾子忽然被人挑起來。

蓋頭下，麥穗只看到一小截晃動的喜服下襬，心裡不禁有些緊張，畢竟這人從今以後就是她的夫君，她在這異世的夫君……

門口，火盆正旺。

蕭景田面無表情地上前牽過麥穗的手，從容地邁過火盆，她的手粗糙冰涼，並不像尋常姑娘家那般細膩柔軟。

他懶懶地打量她一眼，只見這女子身材纖細消瘦，像是個沒長開的孩子。

不過，他不會在意。她貌若天仙也好，醜若無鹽也好，都跟他沒關係。

麥穗感覺到他修長有力的手，卻沒有一絲溫度。想必他娶她，也是極不情願的吧！

鑼鼓聲又起，院子裡人來人往，好不熱鬧。

「大嫂，咱們當初嫁過來的時候，聘禮可沒這麼多！」喬氏憤憤地挑著手裡的芽菜，撇嘴道：「敢情就老三的媳婦金貴，竟然值一袋白麵，我倒要看看她哪裡值錢了。」

為了給老三娶這個媳婦，她們這一年可是沒有白麵吃了，想想就讓人氣憤。

「可不是嘛！公公、婆婆就是偏心老三。前幾年，老三只知道自己在外面快活，家裡的事情也不管，如今在外面混不下去，居然厚著臉皮回來了。」沈氏把芽菜放進木盆裡洗了洗，擦擦手，冷笑道：「老三一回來，婆婆就急著給他找媳婦，還把家裡的白麵全都拿去做聘禮。哼！這親生的就是不一樣。」

婆婆是公公的繼室，嫁過來後生了老三跟小姑子，並非是老大、老二的親娘。

「大嫂，這事我跟我娘說了，我娘知道後很生氣，說都是娶媳婦，憑什麼老三媳婦的聘禮是一袋白麵，咱們就只有三十斤粗糧？」喬氏越說越生氣，看了看院子裡來來往往的人群，低聲道：「我娘還說，她改天會上門問個明白，非要讓公公、婆婆把那一袋白麵給補回來不可。妳也別裝聾作啞了，回頭跟妳娘家說一聲，讓他們也過來要白麵。」

「咱們家裡現在哪有白麵啊？」沈氏遲疑地看著義憤填膺的妯娌，小聲道：「若是再給咱們補聘禮，那家裡豈不是要出去借糧食？如此一來，咱們明年也沒有白麵吃了。」

「大嫂，妳心眼真是太實了。」喬氏見沈氏還一味地替這個家打算，暗笑她傻，索性直言道：「以前老三沒成親，大家在一塊兒過日子也就罷了，現在老三已經成家立業，這個家遲早是要分的，所以這白麵啊，不要白不要。」

「說得對！等分家以後，家裡欠下的糧食，得由大家一起扛著。」沈氏眼前一亮，忙道：「待會兒我回家送喜糕的時候，就順道跟我娘提起，讓她跟妳家孀子一起來要聘禮。」

「這就對了，只要咱們兩家一起出面，我就不信老太婆不答應。」喬氏瞥了一眼在灶間忙碌的婆婆，翻了翻白眼道：「今天就先讓她高興著，等明天咱們再好好算一算這個帳。」

同樣是蕭家的媳婦，憑什麼厚此薄彼？

# 第二章　聘禮風波

日漸黃昏。

喧鬧了一天的院子，終於安靜下來。

麥穗盤腿坐在炕上，眼前全是影影綽綽的大紅色。

她等了許久，卻不見有人進來，忍不住掀起蓋頭一角，悄然打量著這個陌生的新房。這個家看上去也不富裕，炕對面放著一張半舊的黑木八仙桌，桌上擺了一對大紅喜燭和兩碟炒得黑乎乎的南瓜籽，再無他物。

橙色的天光從窗上新糊的白麻紙隱隱透進來，在半舊的蘆葦蓆上，投下一抹溫暖的光暈。嶄新的大紅粗布棉被整齊地疊在牆角，上面繡著鴛鴦戲水的花色。看得出，對這門親事，蕭家是用了心的。

麥穗的心稍稍安慰一些。

「娘，新嫂子長得好看嗎？」

「好不好看倒是不重要，能持家過日子就行。」

依稀聽到說話聲，麥穗忙放下蓋頭，拉回思緒，正襟危坐地坐好。

孟氏和蕭芸娘推門走進來。

「三嫂，都坐了這麼久，一定累了吧？」蕭芸娘一進門，就上前開心地拉住麥穗的手，笑道：「這裡沒外人，妳把蓋頭拿下來吧。」

「好。」麥穗很自然地扯下蓋頭。

一個十五、六歲的小丫頭正笑盈盈地看著她，一張臉圓嘟嘟的，眸光清亮，看上去很和善。聽她喊自己三嫂，麥穗便知道這個小丫頭肯定是蕭景田的妹妹，也就是她的小姑子。

「媳婦，景田這一整日都沒進來過嗎？」孟氏看了看一旁的圓桌，皺眉問道：「怎麼連飯都沒送來？」

按鄉俗，新娘子的飯菜必須得由新郎親自送過來，這事她都交代過兒子。

「他大概還沒空顧上這裡。」麥穗勉強笑道。

她不敢奢望這個男人對她好，她只求他對她越冷淡越好。

「娘，您瞧瞧，人家到底是小倆口。」蕭芸娘搗嘴笑道：「這連面都還沒見到，三嫂就開始袒護三哥了。」

「貧嘴，還不快去把飯菜端過來。」孟氏笑罵道。她一笑，臉上的皺紋也跟著深了深，但依然能看出當年的好模樣。

這個婆婆看上去，不像是個凶的。

「謝謝伯母。啊，是婆婆。」麥穗安心了不少。

「媳婦，妳既然嫁過來，咱們就是一家人了。」孟氏抬腿上了炕，目光在麥穗的全身上下打量一番，語重心長道：「娘知道妳爹去得早，妳娘又改嫁，妳是在妳大伯家裡長大的，是苦命的孩子。而咱們景田，他前些年一直在外面闖蕩，直到上個月才回來，我自己的兒子我知道，他是個心地善良的孩子，只要妳跟他好好過日子，他肯定會對妳好的。」

「媳婦知道了。」麥穗低眉順目道。

孟氏莞爾，心想：這個媳婦瞧著挺溫順，想必兒子會喜歡的。

婆媳倆正說著話，就見蕭芸娘端著飯，沈著臉走進來，憤憤不平道：「娘，大嫂、二嫂她們也太過分了，碗也不刷，地也不掃，就帶著孩子回娘家去了，說是回去送喜糕。喜糕明天送不行嗎？非得今天回去送，擺明了是想偷懶。」

「好了，別說了，是娘讓她們回去送喜糕的。」孟氏嗔怪道：「不就是刷幾個碗嘛，娘自己刷去。」

「當然您自己刷了，要不還能指望媳婦？」蕭芸娘撇嘴道。

母女倆嘀嘀咕咕地走出去。

麥穗這才開始有滋有味地吃著蕭芸娘送過來的飯菜。大白瓷碗裡的粉條燉肉噴香誘人，摻著玉米麵的白麵饅頭鬆軟香甜，菜式雖然簡單，卻十分美味。

吃著、吃著，頓時又感慨起來，她就這樣……就這樣嫁人了啊！

不知不覺，夜色已深。

麥穗的一顆心又開始忐忑起來。

不管怎麼說，今天都是他和她的新婚之夜，無論他想對她做什麼，都是理所當然的。可她根本沒有心理準備，該怎麼辦才好？

越想越覺得不安，她忍不住下炕，掀開大紅門簾，走到隔壁的小廂房。

小廂房的門正對著院子，靠牆放著一些雜七雜八的漁網和網線，窗戶旁擺了一張木床，木床收拾得很整潔。

拐角處還有一個松木書架，一走近就能聞見絲絲桐油的氣味，書架上零星放了幾本書。光線太暗，麥穗雖然看不清是什麼書，但心裡還是頓覺安慰，畢竟肯讀書的男人多半不會是窮凶極惡之徒。

透過敞開的窗子一角，麥穗好奇地打量這個陌生的院落，只見孟氏和蕭芸娘此刻正在灶間進進出出地忙碌著。

蕭家的院子還是滿大的，院子中間有一口方方正正的水井，井邊還長著一棵歪脖子棗樹。

棗樹後面是四間正房，想來是公公、婆婆和小姑住的地方。東、西兩邊還各有三間房，門口搭著洗過的衣裳，不用說，那肯定是蕭家老大、老二住的地方。而她和蕭景田的新房則靠著南牆，大概是因為緊依大門口的緣故，南面只有兩間房。

門突然開了。

一個高大魁梧的身影走進來，背著淺淺的月光，她看不清他的臉，只依稀見他身上穿著大紅喜服。

她知道他就是蕭景田，她新婚的夫君。

「你、你回來了……」麥穗上前問道，她有些不知所措地絞著身上的衣襬，心如鹿撞。

月色和著一股濃濃的酒味，朝她迎面撲來。

他喝酒了。

蕭景田黑著一張臉，連看都沒看她，上了床之後，倒頭就睡。小木床似乎難以承受他結實健壯的身軀，發出一陣「咯吱、咯吱」的聲音。

麥穗不敢再驚擾他，知趣地掀開門簾，進了裡屋，悄無聲息地上了炕。

她扯過被子，躲進被窩裡，心想若是半夜裡，他突然進來該怎麼辦？

屋裡靜悄悄的，只有些許夜蟲躲在不知名的角落裡低唱淺鳴。

直到聽見蕭景田打起呼嚕，麥穗懸著的心才漸漸地落下來，頓時一陣倦意襲來，她也跟著沈沈睡去。

第二天，麥穗醒來的時候，天剛矇矇亮。

微弱的晨光從窗紙上透進來，讓昏暗的屋裡有了些許亮光。

她一骨碌地爬起來，環視著四周陌生的一切，才猛然想起她已經嫁到蕭家來了。

外間靜悄悄的，沒有任何聲響。

她穿鞋下炕，掀開門簾走過去，只見床上收拾得整整齊齊，一塵不染，似乎昨晚根本就沒有人住過一樣。

看來，他起得比她還早。

閒來無事，麥穗便把屋裡那些漁網和網線收拾好，放在籮筐裡。

她本就愛乾淨，不喜歡住的地方亂七八糟，前世如此、今生也是，果然好習慣受益終生。

院子裡帶著松木香的炊煙裊裊升起，孟氏正坐在灶間燒火，鍋邊騰起的熱氣夾雜著飯香，在院子裡肆意流淌，很有家的味道。

麥穗心裡一熱，推門走出去道：「娘，我來幫個手。」

「不用，都是昨天的剩菜，熱一熱就行了。」孟氏的嘴角揚起一絲笑意，迅速地上下打量她一番，裝作隨意地問道：「昨晚睡得還好嗎？」

自己兒子的性子，當娘的最清楚，她早就猜到昨晚這小倆口肯定是各睡各的，心裡總覺得讓媳婦受委屈了。

麥穗沒注意到孟氏的臉色，微笑答道：「好。」

孟氏嘆了一聲，再沒說什麼。

蕭景田盤腿坐在炕上，跟他爹蕭宗海低聲說話。

蕭宗海是老漁民，打小就跟著父輩出海捕魚，只是前些年在海上捕魚的時候，不小心被掉下來的船板砸到腳踝，從此落下病根，連走路都不索利，再也不能出海捕魚了。

但他是個閒不住的人，便一心一意地侍弄莊稼，如今是村裡有名的莊稼把式。

「老三，等你傷好以後，就跟著你大哥、二哥出海捕魚吧。」蕭宗海看了蕭景田一眼，說道：「如今你已經娶了媳婦、成了親，就不要再離開村子。你娘暗地裡都哭過好幾回，說不讓你出去闖蕩了。」

「爹，您放心。」蕭景田沈吟道：「日後是種地也好、捕魚也好，我再也不會走了。」

「有你這句話，爹就放心了。」蕭宗海黝黑粗糙的臉上有了一絲笑意，又道：「只要咱們父子齊心，家裡的日子肯定會越過越好的。」

蕭景田點頭道「是」。

蕭家人多，吃飯的時候，圍了滿滿一炕還坐不下。

麥穗坐在炕邊，蕭景田則乾脆站在炕旁，也不坐上去。

雖然成了親，但麥穗其實還沒看過蕭景田長什麼樣。昨天是沒機會，今天是她沒勇氣看他，若是個歪瓜裂棗的，她豈不是連飯也吃不下了？

總之，等吃完飯再看也不遲，反正來日方長。

老大蕭福田和沈氏膝下有個女娃娃，名喚蕭菱兒，已經六歲，梳著兩根朝天辮，很是可愛。吃飯的時候，她不住地打量麥穗，稚聲稚氣地問蕭景田。「三叔父，三嬸娘長得真好看，你是從哪裡把她找來的？」

麥穗這才想起她在這個時空，也不過十六歲，正是花一般的年紀。沒想到她是越活越年輕了，竟然賺了好幾歲。

不等蕭景田回答，老二蕭貴田家的石頭晃頭晃腦地插嘴道：「我知道三嬸娘從哪裡來的！她是從月亮上來的，姑姑說，月亮上的嫦娥最好看。」

蕭芸娘白了兩人一眼，沒吱聲。

觸及蕭芸娘嫌棄的目光，喬氏不樂意了，打了兒子的頭一下，訓斥道：「石頭，快吃飯，什麼嫦娥不嫦娥的，你知道什麼？」

「是姑姑說的。」蕭石頭不服氣地嘟囔道。

「你姑姑說的話，你也信？」喬氏撇嘴道。

蕭芸娘剛想說什麼，卻被孟氏悄然打了一筷子。「吃飯，妳跟小孩子鬧什麼？」

蕭芸娘氣呼呼地端起碗，用力扒著飯。

「三叔父，那您跟三嬸娘有孩子嗎？」蕭菱兒不依不饒地問道。

麥穗聞言，臉騰地一下就紅起來。

蕭景田彷彿沒聽見，只是悶頭吃飯。

「菱兒，妳三叔父跟三嬸娘剛剛成親，還沒有孩子的。」孟氏笑著打圓場，她看了看蕭景田，又道：「等明年這個時候，妳三嬸娘就會有孩子了。」

「菱兒知道了，等明年這個時候，三嬸娘就會給菱兒生個小兔子了。」蕭菱兒恍然大悟，手舞足蹈地道：「我最喜歡小兔子了。」

「菱兒，妳胡說什麼？」沈氏笑罵道：「什麼小兔子？應該說是小弟弟。」

「咦？三嬸娘不是嫦娥嗎？嫦娥的孩子就是小兔子啊！」蕭菱兒認真地解釋。

蕭景田皺皺眉，面無表情地放下筷子，大踏步走了出去。

麥穗聞聲抬頭，只看到他高大魁梧的背影。

蕭福田和蕭貴田吃完飯，便抬著漁網去海邊，蕭宗海也扛著鋤頭去了田裡。就剩下女人們坐在炕上，有一句沒一句地聊著海上的收成。

麥穗只是靜靜地聽著。

外面的大門突然響了一下，只見兩個婦人走進來。

「是親家來了。」孟氏看清來人，忙穿鞋下炕，笑容滿面地把兩人迎進來。

「娘、嬸子，妳們怎麼來了？」喬氏眸光流轉，不動聲色地問道。

「咱們來趕海，順便過來坐坐。」喬氏的娘期期艾艾地答道，她的目光在麥穗身上停了一會兒，嘴角動了動，又道：「想必這就是老三媳婦了，長得還真俊，怪不得你們家要拿一袋白麵當聘禮啊。」

「可不是嘛，親家，你們家娶了一個俊媳婦呢！」沈氏的娘也不住地打量著麥穗，不冷不熱地問道：「老三媳婦，聽說妳是麥家窪麥三全的姪女？」

「正是。」麥穗落落大方地答道。

「那妳大伯還真是賺了一大筆呢，想來也拿了不少東西給妳當陪嫁吧？」喬氏的娘不懷好意地問道。

「嬸娘，我大伯沒有給我什麼嫁妝。」麥穗如實道。

她雖然看出這兩人來意不善，但她沒有嫁妝這件事，蕭家的人都知道，因此沒有必要隱瞞，也隱瞞不了。

「沒有嫁妝？」沈氏的娘冷笑一聲，扭頭看向孟氏，道：「親家，如果我沒有記錯，咱們家可是陪嫁了一對梨木箱子過來的，而且當初你們的聘禮不過是三十斤粗糧。」

「就是啊，親家，咱們喬家也是有陪嫁的，聘禮卻也只有三十斤粗糧呢。」喬氏的娘翻著白眼道：「難不成就妳家老三娶的媳婦金貴，咱們家的女兒就不值錢嗎？」

「話不能這麼說，媳婦當然是一樣的媳婦。」孟氏自然聽出兩人的來意，陪著笑臉道：

「前幾年的聘禮，不都是三十斤粗糧嘛。」

「前幾年的確是這樣，咱們無話可說；但如今的聘禮，都是一袋白麵嗎？」沈氏的娘故作不解地問喬氏的娘。

「我這孤陋寡聞的，倒是沒聽說過。」喬氏的娘陰陽怪氣地道：「反正前些日子，咱們隔壁李大牛家下聘的聘禮，也只有四十斤粗糧而已。敢情現在你們蕭家財大氣粗，聘禮漲到了一袋白麵？」

一袋白麵五十斤，比兩個媳婦的聘禮都還要多，憑什麼？

# 第三章 妯娌

「咱們蕭家出多少聘禮娶媳婦，跟妳們有什麼關係？」蕭芸娘冷聲道：「妳們管得也太多了吧？」

傻子都能看出這兩人是上門找事的。

「小姑，咱們都是這個家的媳婦，這聘禮不公，怎麼還不能多說幾句了？」喬氏見蕭芸娘這樣說，黑著臉道：「再說長輩們說話，哪裡有妳插話的分兒！」

「芸娘，這是長輩之間的事，跟妳沒關係。」孟氏唯恐女兒跟老二媳婦吵起來，便朝麥穗遞了個眼色，又道：「景田媳婦，景田胳膊上的傷還沒有好利索，一天得吃兩次藥，妳跟芸娘先去灶房，把藥給他熬上了。」

麥穗會意，拽著蕭芸娘走出去。

剛開始她還看不上這一袋白麵來著，現在看來，她的聘禮竟然如此讓人眼紅啊！

「妳們也知道，咱們家老三在外面闖蕩多年，誤了年紀，今年這不都二十四了嘛。」孟氏繼續陪著笑臉道：「咱們當爹娘的擔心他找不到媳婦，所以這聘禮的確給得有些多，還望兩位親家諒解。」

要不是出的聘禮多，誰家會把姑娘嫁過來哪！

她兒子的名聲她知道。

「親家，你們著急娶媳婦是你們的事情，不用跟咱們訴辛苦。」喬氏的娘撇嘴道：「妳也別忘了，咱們的女兒也不是生下來就這麼大的。別的我就不多說了，既然妳剛才說媳婦是一樣的媳婦，那聘禮也應該一樣，妳就說說這事該怎麼辦吧！」

「對啊，原先那三十斤粗糧，就當頂了咱們陪送過來的嫁妝吧，反正妳家老三媳婦也沒有嫁妝。」沈氏的娘補充道：「如此算起來，你們蕭家應該再補給咱們每家一袋白麵才算公平。」

看樣子，兩人是商量好才過來的。

「這……」孟氏為難道：「親家，這不是難為咱們嘛，咱們家哪有法子拿出兩袋白麵來？」

魚嘴村離海太近，好多窪地都不適合種麥子，每家只能在嶺上種一點點，好在過年的時候蒸鍋饅頭擺供用的。田裡種的幾乎全是玉米和穀子之類的雜糧，去麥家下聘的那點白麵，還是家裡省吃儉用地攢了兩年，才攢下來的一些小麥，確實金貴得很。

再說眼下的行情，是兩斤粗糧頂一斤小麥，若是拿家裡的粗糧去換小麥，更虧。

「能不能拿得出來，是你們的事情。」喬氏的娘不依不饒道：「若是不給咱們補聘禮，咱們只好帶著女兒回家了。反正老大和老二也不是妳親生的，妳也不稀罕老大、老二的媳婦，妳有老三媳婦就夠了。」

「就是啊。閨女，妳趕緊去收拾、收拾，咱們走。」沈氏的娘沈著臉道：「人家都不稀罕妳，妳還留在人家家裡幹麼？」

「走吧，娘，咱們回家去。」沈氏拉了拉喬氏，兩人麻利地抱起孩子下炕，就要回屋收拾東西。

哼，既然老婆子捨不得那袋白麵，那就讓她守著老三媳婦過吧！

麥穗有些驚訝。

這個家裡的人還真是彪悍，一言不合就離家出走？

大門虛掩著，門口不知道什麼時候圍了幾個看熱鬧的人，大家都在探頭探腦地往裡張望。

「媳婦，妳們不能走啊！」孟氏見兩個媳婦真的要走，匆匆跑出去攔住她們，好言勸道：「咱們有話好好說就是，別讓街坊鄰居笑話了。」

「不用扯別的，妳到底是答應還是不答應？」喬氏的娘憤憤地道。「答應的話，咱們就讓女兒留下；不答應，咱們就帶著女兒走。」

「好吧，我答應妳們。」孟氏只得退一步，含淚道：「等咱家老頭回來，我跟他商量，看怎麼把聘禮給妳們補上。」

「娘，她們要走就走好了，沒聽說聘禮還有補的。」蕭芸娘正坐在院子裡跟麥穗熬藥，聞言，她再也聽不下去，把手裡的柴火遞給麥穗，騰地起身上前道：「妳們合夥上門欺負我娘，算什麼東西？」

「誰欺負妳們了？分明是你們欺負咱們。」喬氏的娘氣得鼻子都歪了，她走到門口，大聲道：「大夥兒給評評理，都是蕭家的媳婦，下聘還分個三、六、九等，難道咱們就活該吃虧嗎？」

眾人聞言，紛紛訕訕地往後退。清官難斷家務事，誰也不願出頭摻和別人家的事情。

「親家，妳別說了。這聘禮，咱們給……」孟氏擦擦眼淚，喃喃道：「咱們給還不成嘛！」

她身分尷尬，心地又善良，招架不住如此咄咄逼人的場面。

「娘，妳越是退讓，她們就越得寸進尺，這聘禮不能給。」蕭芸娘頓時氣不打一處來，鐵青著臉對沈氏和喬氏道：「不要動不動就拿回娘家來要脅咱們，想走的話走就是了，沒人攔妳們。」

「芸娘，妳住口，這裡沒妳什麼事！」孟氏喝道。「回屋去！」這閨女的火爆脾氣，只會讓事情變得更糟。

「閨女，咱們走。」喬氏的娘一把拉起喬氏就走，惱羞成怒道：「我算是看出來了，你們這個家是小姑子當家，這日子真是沒法過了。」

「走、走、走。」沈氏的娘也上前拉沈氏。

妯娌倆則有些猶豫。

她們的男人出海去了，再兩個時辰就該回來，若是她們回了娘家，那他們打上來的魚，該由誰去賣？

「媳婦，妳們不能走，有事咱們好好商量。」孟氏上前拉著兩個媳婦，卻被沈氏的娘推了一把，孟氏一個踉蹌沒有站穩，差點摔倒。

蕭芸娘一看更火了，上前護住孟氏，猛地推了一下沈氏的娘。「怎麼著？還要動手啊！」

「誰動手了？我又不是故意的。」沈氏的娘被蕭芸娘冷不防地推了一把，氣急敗壞道：「妳一個姑娘家這麼凶，哪個男人敢要妳？」

「我有沒有人要，關妳屁事。」蕭芸娘氣得滿臉通紅，伸手將她們全往外推。「都走，走了就不要再回來了！」

幾個女人彼此拉扯著，互相責罵起來，兩個孩子則是嚇得哇哇大哭。大門口一團亂。

「住手！」蕭景田黑著臉從南房走出來，抬起腳把虛掩的大門一腳踢開，沈聲道：「妳們都給我滾出去！」

他的聲音不大，卻讓人感到異樣的寒冷。說完之後，便轉身回了屋裡。

沈氏的娘和喬氏的娘嚇了一大跳，這才想起蕭家的這個老三當過土匪，是個殺人不眨眼的混混。她們急忙拉起各自閨女的手，倉皇而逃。

在門外看熱鬧的眾人，這才散開來。

而此時麥穗已熬好了藥，小心翼翼地端進屋。

只見蕭景田正神色悠閒地倚在床頭上看書，似乎剛才的事並沒有影響到他的心情。

淺白的天光從菱形窗格透進來，影影綽綽地灑在男人剛硬俊朗的臉上。他五官深邃，瞳如暗夜，似乎所有喜怒哀樂都沈浸在其中，輕易不會漾起半點波瀾。

麥穗覺得他不像傳聞中的那麼猙獰可怕，反而像個沈穩儒雅的鄰家大叔。

就在她肆無忌憚地打量他的時候，大叔的目光正好望過來，她忙低下頭，把藥碗放在窗臺上。

「吃藥了。」麥穗說道。

「知道了。」蕭景田不再看她，淡然道：「這裡沒妳的事了，出去吧。」

麥穗心情愉悅地退出來。

大叔就大叔吧！不是土匪就行。

孟氏坐在炕上，低聲抽泣。

家裡的日子原本就過得不寬裕，哪裡能拿出兩袋白麵來給兩個媳婦補聘禮。可她若是不應，老大和老二媳婦是不會消停的……

「娘，您別傷心了。」麥穗進了屋，坐在炕邊安慰道：「等爹回來，咱們再慢慢商量吧。」

「就算是商量了，又能怎麼樣？」孟氏擦擦眼淚，道：「眼下咱們家實在拿不出兩袋白麵。左右都是愁，過日子難哪。」

「娘，實在不行就分家。」蕭芸娘沒好氣地道：「她們欺負您也不是一次、兩次了，您總不能忍讓一輩子吧！」

「芸娘，這樣的話妳可不能再說了。」孟氏紅著眼圈，嘆道：「妳爹不想分家，說分家是讓人家笑話。他覺得大家住在一起熱熱鬧鬧的，人多幹起活來也有勁。」

麥穗垂眸。

婆媳、妯娌們住在一起，熱鬧是熱鬧，卻也是矛盾重重，還不如分開過來得清靜。是公公想得太美了。

但她總歸是新媳婦，對分家這樣的大事，她也不好發表什麼意見。

「可眼下這日子是真的過不下去了。」蕭芸娘不滿道：「如今三哥都成親了，大家也沒必要再一起過日子吧。」

「妳是不當家，不知道柴、米貴。就算要分家，分出去的哥哥們該住在哪裡？」孟氏皺眉道：「妳以為蓋房子不需要花錢嗎？」

「分家不一定非得出去住啊……」蕭芸娘嘀咕道。

孟氏只是嘆氣。

晌午，蕭福田和蕭貴田耷拉著臉進了門。

他們一上岸，就立馬有嘴快的村民把家裡的紛亂告訴他們。兩人忍著怒氣把船上的魚匆匆處理掉，才腳步沈重地回家。

居然為了一袋白麵鬧成這樣，真是讓人惱火！

院子裡，炊煙四起。

蕭宗海蹲在屋簷下，拿著樹枝在地上畫圈圈，見兄弟倆回來，嘆了一聲道：「待會兒吃了飯，就去把你們的媳婦接回來，告訴她們，我和你們的娘答應把聘禮補給她們。現在老三也回來了，等他傷好以後，咱們再租些地來種，多種一些麥子。要是收成好，指不定明年就能攢下兩袋白麵。」

「爹，您不用聽娘兒們瞎嚷嚷，哪有補聘禮的？」蕭福田光著膀子，黝黑的後背上有條觸目驚心的傷痕，那是抬船的時候留下的疤。他拿起布巾，在臉上胡亂擦了擦，道：「我可不慣她這個毛病，她想回來就回來，不回來拉倒。」

他覺得這件事是自家媳婦和丈母娘不對，兩人都成親六、七年了，再來計較聘禮，實在是說不過去。

「大哥，話不能這麼說，她們帶著孩子住在娘家，也不是辦法。有什麼事情接回來再說，現在不是賭氣的時候。」蕭貴田瞟了瞟南面緊閉的房門，心裡很不悅，要不是老三火上澆油，事情怎麼可能發展到這步田地？

他都聽說了，是老三吼著讓她們滾的！

真是占了便宜還賣乖。他媳婦的聘禮不但比別人多，而且沒有帶一點嫁妝過來，還不能讓別人說幾句了？

「你們都別說了，去把她們接回來。咱們都同意要補聘禮了，沒必要再跟親家越鬧越僵。」蕭宗海說完，面無表情地起身進屋。

他覺得自己多吃點苦沒關係，只要兒子們能安安穩穩地過日子就行。

吃完飯，蕭福田和蕭貴田便去了丈母娘家接媳婦和孩子。

孟氏則帶著麥穗和蕭芸娘去了海邊，幫老大和老二清理漁網。

沙灘上有不少被遺棄的小雜魚，雜七雜八地散在地上。村人嫌棄這些魚太小，不屑去撿，任憑成群的海鳥翱翔過來啄食。

麥穗看著覺得浪費，趁孟氏和蕭芸娘坐在漁船上休息的工夫，便提著竹籃去撿那些小魚，不一會兒，竟然也撿了小半筐，這讓麥穗感到很興奮。

「三嫂，這些小魚太小，妳撿它們幹麼？」蕭芸娘不屑道。「還得去頭去尾，麻煩不說，做湯太腥，油炸著吃又費油。」

麥穗笑道：「這些小魚曬得半乾以後，在鍋裡抹點油炒來吃，很香的。」

她以前吃過這種小魚乾，在鍋裡淋點油，拌炒一下，炒到金黃焦脆，那味道還是不錯的。

「妳說的那是山裡人的吃法。」孟氏看出這個媳婦是個勤快的，欣慰道：「咱們這裡靠海，喜歡吃鮮魚，反而吃不慣曬乾的小魚。」

「那我拿回去曬乾，想吃的時候，咱們再做。」麥穗認真道。

「隨妳。」孟氏笑道。

麥穗一回到家，便饒有興致地動手收拾那些小魚。

她先將小魚清洗乾淨後，再去頭去尾，然後又用針線把這些拇指大小的各色小雜魚整齊地串起來，掛在屋簷下晾曬。

到了吃晚飯的時候，去接媳婦的兄弟倆還沒有回來，炕上少了這兩家人，明顯空曠不少。

「媳婦，明天是回門的日子，娘把回門禮都給妳準備好了，妳看還需要帶些什麼，儘管說。」孟氏說著，又轉頭看了蕭景田一眼，道：「景田，你胳膊好些了沒有，若是還疼，我就讓芸娘替你們拿著那些東西送過去。」

「我不去。」蕭景田面無表情道。

「那怎麼行？」孟氏不悅道：「成親三日回門，是應有的禮數，你是麥家的女婿，怎能不去？」

「得去。」蕭宗海不容置疑道。

蕭景田一語不發，起身就走。

「都是些不省心的東西！」蕭宗海敲著炕沿，氣惱道：「這一個一個的，是存心要把我氣死是不是？」

「爹、娘，明天咱們不用回去了。」麥穗連忙道。「我大伯和大伯娘都忙，我也不想回去打擾他們。而且，我以後可能也不會再回去了。」

在她出嫁前，麥三全曾說，讓她別動不動就往娘家跑，她又何必自討沒趣。

「媳婦，妳到底是年輕了些。」孟氏聞言，心裡頓時明白幾分，語重心長地道：「妳跟景田要是不回去，那是咱們蕭家失了禮數；可妳大伯若是不招待你們，那是他們的不是。無論如何，你們明天得回去走一趟，咱們蕭家是正兒八經地娶媳婦，這禮數可不能少，就讓芸娘陪妳走一趟吧。」

「好。」麥穗只得點頭答應。

隔天，姑嫂倆一大早便去了麥家窪。

不想，麥家的門卻鎖著。

隔壁牛二娘說，麥三全一家天還沒亮就出門了，她也不知道他們去了哪裡。

「三嫂，看來妳娘家人是躲出去了。」蕭芸娘冷笑道：「早知道就不來了，白跑一趟。」說著，她大踏步出了胡同，揚長而去。

「麥穗，妳今天回門，按理說他們應該要在家的。」牛二娘見蕭芸娘一臉不高興地走了，同情地看了看麥穗，又踮起腳趴在大門上往裡張望一番，道：「家門都鎖上了，怕是一時半會兒也不會回來。要不，妳去咱們家裡坐坐，等等看吧。」

「不了，嬸子，那我回了。」看來大伯和大伯娘是真的把她當累贅看呢。

奇怪，難道這些年來，原主盡心盡力地幫他們幹那些活，他們都忘記了嗎？

「穗兒，妳跟嬸子說實話，妳男人對妳好嗎？」牛二娘嘆了一聲，拉過麥穗的手，悄聲問道：「他有沒有為難妳？」

蕭景田當過土匪這件事也不是什麼秘密，牛二娘自然知道。

「嬸子，您放心，他挺好的。」麥穗淺笑道：「他們家的人對我也都挺好的。」

牛二娘聽麥穗這樣說，還是嘆了一口氣。

她是看著麥穗長大的，知道這孩子打小有什麼苦楚，都是往自個兒肚子裡吞，從來不肯對外人訴苦。

如今，麥三全兩口子昧著良心把她嫁給那個土匪，哪裡會有什麼好日子？

麥穗再次望了望那扇緊閉的大門，聳聳肩，很從容地跟牛二娘道別。

算了，她本就不該回來。

# 第四章　青梅竹馬吳三郎

到了村口，只見一個眉清目秀的年輕人躲在樹後探頭探腦的，一看到麥穗便從樹後迎上前來，急切地問道：「穗兒，妳還好嗎？」

「不好。」麥穗看他一眼，馬上在記憶中找到他，知道他就是那個青梅竹馬的吳三郎。她沒打算搭理他，自顧自地往前走。

「穗兒，妳誤會我了，那天我不是故意不去的，而是我娘不知道從哪裡聽到風聲，硬是把我關在家裡。」吳三郎伸手攔住她，紅著臉解釋道：「妳得相信我，我對妳是真心的。」

他看上去比記憶中消瘦許多，原本得體的衣衫也變得鬆鬆垮垮的，讓人覺得他的確是為情所傷。

「相信又怎麼樣？不相信又怎麼樣？」麥穗不屑道：「如今我都成親了，你再來說這些有什麼用？」

以前麥穗沒出嫁的時候，兩人都沒能在一起，何況是現在。再說，她也不是原來的那個麥穗啊！

「穗兒，我這就帶妳走。」吳三郎上前一把抓住她的手，信誓旦旦道：「咱們走得遠遠的，到一個誰也不認識咱們的地方去過日子。」

「吳三郎，請你自重。」麥穗奮力地掙脫他的手，冷聲道：「我如今已經成親，咱們再也不可能了，你還是死了這條心吧！」

最恨這種男人了。該出手的時候不出手，不該出手的時候，又跑出來瞎攪和。

「穗兒，那蕭景田是土匪，妳遲早會被他害死的。」吳三郎疾聲道：「妳也不想想，他在外面闖蕩了十年，為什麼會突然悄無聲息地回了魚嘴村？肯定是在外面混不下去才會回來的。自古邪不壓正，他遲早被朝廷通緝，到時候妳肯定會被他連累的。」

不遠處，已有人停下腳步，對他們指指點點、議論紛紛。

「這是我的事，不用你管。」麥穗實在不願聽他說這些廢話，她一把推開他，便頭也不回地往前走了。

都說一些什麼亂七八糟的話，他以為自己是算命先生嗎？

蕭景田正坐在院子裡的棗樹下，汗流浹背地劈柴，見麥穗推門進來，他扭頭看了她一眼，不冷不熱地道：「做飯吧。」

「娘和芸娘呢？」麥穗問道。

「不知道。」蕭景田擦了擦臉上的汗，面無表情地說：「既然她們都不在，妳做兩個人的飯就好。」

「好。」麥穗應了一聲，便進了灶間，把早上剩下的五個野菜包子放進鍋裡，蓋好鍋蓋，又抱了些柴開始燒火。

蕭景田依然在劈柴，只見他有力的雙手揮動斧頭，輕鬆自如地劈著柴火，牆角已經整整齊齊地擺了一堆劈好的柴，粗細長短一致。

看得出來，他是個做事很仔細的男人。這樣的男人就算是土匪，也該是行俠仗義的土匪吧？

麥穗望著他結實寬厚的背影，心情複雜地想。想著、想著，包子也蒸好了，她便喚他過來吃飯。

這還是兩人頭一次單獨吃飯。

麥穗咬了一口包子，感受到從他身上傳來的陌生氣息，頓覺恍惚。

她這是在作夢，還是真的已經嫁給了他？

蕭景田並沒有察覺出她的異常，他盤腿坐在炕上，不疾不徐地吃著碗裡的野菜包子。他的吃相很優雅，雖然吞嚥得很快，卻不會讓人覺得他是在狼吞虎嚥。

窗外樹枝映進來的暗影，斜斜地晃在他的臉上，半遮半掩地有些模糊不清，他的表情似乎也變得深邃幽暗起來。

麥穗不好意思再看他，只是低頭吃飯。

吃完飯，蕭景田穿鞋下炕，一聲不吭地回了南房。

麥穗也放下碗筷，收拾好灶房，便提著竹籃出門去了。她想去海邊碰碰運氣，看能不能再撿點小魚、小蝦什麼的回來，好打打牙祭。

可惜漁船還沒有靠岸，沙灘上空蕩蕩的，什麼也沒有。

幾個小孩在淺水灘歡快地玩耍嬉戲，些許雞鴨晃晃悠悠地在堤岸邊啄食沙土裡的蚯蚓和小蟲，不時發出幾聲愉悅的叫聲。

麥穗在海邊遛達了一會兒，順手從礁石上扯了一把海菜放在籃子裡，這種柔軟滑嫩的海菜，用來做蛋花湯，味道很不錯。

既然來了，就不能空手回去。

走著、走著，她發現一艘廢棄的漁船，漁船後方突然傳來低低的說話聲。

「老四，你確定在這附近見到過蕭景田？」

「確定，他就是化成灰老子也認得。當時若不是他身邊有人，老子早就一刀結果了他，哪還用得著驚動老大過來幫忙。」

「那咱們什麼時候動手？」

「當然是越快越好，等他一出現，咱們就送他上路。」

麥穗吃了一驚，見漁船後面露出一小截黑色帶白紋的衣襬，她匆匆拐了個彎，慌不擇路地往村裡跑。只是她方向感不好，走的又不是來時路，竟然在村裡迷路了，來來回回繞了半天，才回到家。

蕭芸娘正站在門口四下張望，見到麥穗回來，埋怨道：「三嫂，妳到底去哪裡了，怎麼才回來？我都去海邊找妳兩趟了，妳再不回來，我都要以為妳跟別人跑了呢！」

「我、我在村裡轉了轉，迷了路。」麥穗皺眉道。

蕭芸娘的嘴角扯了扯，頓感無語。

就這麼個小村子，還能迷路……

「三嬸娘回來了。」蕭菱兒見到麥穗，興奮地朝她跑過去，仰臉道：「奶奶剛才把三嬸娘曬的小魚，全都用油炸了，真好吃！等明日咱們再去海邊撿小魚好不好？」

「好。」麥穗笑著應道。

「菱兒，快進屋吃飯了。」沈氏招呼著，瞧見了麥穗，又不冷不熱地道：「弟妹，吃飯了，就等妳了。」她似乎並沒有因為離家出走，而有半點尷尬。

喬氏正領著兒子從西廂房走出來，她也不看麥穗，大踏步地進了屋。

晚飯很豐盛。

除了油炸的小魚，桌上還有一盤肉，肥的多、瘦的少，散發著誘人的香氣。媳婦回來了，蕭福田和蕭貴田兄弟倆很高興，一個勁兒地給自己的妻兒挾肉，不過一眨眼的工夫，盤子裡的肉便空了。

蕭芸娘氣得摔筷子，飯也不吃，憤憤地回房去了。

「你們吃你們的。適才做飯的時候，我說了她幾句，她這是在跟我生氣呢。」孟氏訕訕地道：「這閨女脾氣壞，你們也不是不知道。」

「小姑這脾氣得改改，要不然，以後嫁人了可怎麼辦？」喬氏津津有味地吃著碗裡的肉，嘀咕道：「甩臉子給誰看呢！」

「她是得改改。」蕭貴田附和道。

蕭福田和沈氏悄然對視一眼，心照不宣地笑了笑，便心安理得地繼續吃飯。

多吃幾塊肉怎麼了？別忘了，家裡還欠他們一袋白麵的聘禮呢！

麥穗心裡想著在海邊碰見的那兩人說的話，也沒心思去看誰吃了肉、誰沒吃到肉，再說她也不能像蕭芸娘那樣摔筷子走人，還不如眼不見為淨。

蕭景田似乎也沒在意，不動聲色地吃完飯，便起身離開。他來到井邊，提了兩桶水，接著又邁開長腿朝南房走去。

麥穗也跟著下了炕。

這個男人身處危險當中，她覺得自己有必要提醒他。

屋前栽種著一排柳樹，枝條已經泛青，在夜風裡輕輕搖曳。些許不知名的夜蟲，躲在角落裡低低鳴叫著。

蕭景田提著水桶，繞到柳樹後面，開始寬衣解帶，並把脫下的衣裳搭在樹上。

麥穗俏臉一紅，連忙轉身回了屋。

幸好他沒發現她，否則，他肯定會以為她在偷看他洗澡呢！

她發誓，她真不是那樣的人。

過了一會兒，蕭景田回了房，隔著門簾朝裡屋冷聲問道：「妳有什麼事嗎？」

「對不起，我不知道你是出去洗澡。」麥穗紅著一張臉，小聲地回道。

原來他早就看見她了，真是太丟人了。

半晌，外間再沒聲響。看來，他是連半句話也懶得跟她多說。

麥穗只得硬著頭皮，掀起門簾，來到外間的小廂房。

蕭景田還沒睡，正倚在床頭，拿著一塊白布仔細地擦拭著一把長劍。劍鋒在昏黃的燭光下，散發著幽幽的光芒，那光芒倒映在凹凸不平的牆面上，凌厲剛硬，讓人望而生畏。

見麥穗進來，蕭景田頭也不抬，不慌不忙地收起長劍，用一塊厚厚的綢布包起來，有條不紊地放在枕頭下。

「我在海邊無意聽到……有人說要殺你。」麥穗壓低聲音道：「他們有兩個人，說在這附近發現你的行蹤。」

「知道了。」蕭景田應道，臉上竟無半點波瀾，彷彿此事與他毫不相干。

「那你最近還是不要出去了吧。」麥穗見他毫不緊張的樣子，心裡緊繃的弦也跟著放鬆下來。「俗話說，明槍易躲、暗箭難防，凡事還是小心為好。」

「明槍易躲、暗箭難防？」蕭景田探究地看她一眼，不冷不熱地問道：「妳讀過書？」

藉著朦朧的燭光，他第一次細細端詳這個女人。

她也就十六、七歲的年紀，身材適中，螓首蛾眉，眸光清澈，模樣還算清秀，至少她看上去不像沈氏、喬氏那般愚昧無知。

「只是認識幾個字而已。」麥穗謙虛道。

「我本無意成親，想來妳也是不願意嫁給我的。」蕭景田顯然不想跟她繼續這個話題，淡淡道：「如今我身處險境、朝不保夕，妳實在不必跟著我擔驚受怕。妳從明天開始就回娘家去住，我會退掉這門親事，也會向世人保證妳的清白。從此妳我嫁娶自便，互不牽扯。」

「你要趕我走？」麥穗睜大眼睛看著他，道：「你說你會退掉這門親事，那你要怎麼保證我的清白？既然你不願意娶我，為什麼還要去我大伯家下聘？」

若是蕭家不出這一袋白麵的聘禮，那麥三全夫婦肯定不會讓麥穗嫁到蕭家來的。

如此一來，吳三郎也不可能帶著麥穗私奔，她也就不會穿越過來，麥穗依舊還是麥三全原來的那個姪女。

這所有的一切，都是因為他家的一袋白麵引起的。

「娶妳，是我爹娘的意思。」蕭景田面無表情地道。

他對家裡的事情一向漠不關心，爹娘去麥家下聘，他也是後來才知道的。

如果說他是在成親的前一天才知道自己要成親，想必她是不會相信的。可事實上，的確是如此。

他低估了爹娘的迫切，畢竟他跟他們分開了十年。

十年，很漫長。漫長到江山可以易主，人心可以改變，甚至滄海可以桑田。

蕭景田兜兜轉轉地想起一些往事，不禁皺起眉頭。

他對「成親」這件事，還真是完全沒興趣。

「牛不喝水，還能強按頭？」麥穗暗嘆世態炎涼，冷聲道：「就算你是為了應付你爹娘，就可以拿我的一輩子當兒戲嗎？你想娶就娶，想趕我走就趕我走，你不覺得自己太不講理了嗎？」

像吳三郎那樣的「媽寶男」臨陣脫逃也就罷了，怎麼像他這樣沈穩的鄰家大叔，也不走尋常路線呢？

把人家姑娘娶回來，沒幾天又打發人家回去？她倒是想回去，偏偏沒有娘家可回。大叔，不帶這麼玩人的！

「妳放心，聘禮不用還。」蕭景田扯開被子躺下去，順手滅了蠟燭。

他一直覺得她之所以嫁過來，無非是因為他爹娘出的聘禮多。想來她家裡的日子肯定挺艱難的，要不然，她家裡怎麼捨得把女兒嫁給他？

他在這十里八鄉的惡名昭彰，他自己也知道。

「就算是不用還聘禮，我也沒有娘家可回了。」麥穗說完，掀簾進了裡屋。

不是她臉皮厚，硬要留下來，而是她真的無處可去。再說眼下她需要的是一個遮風擋雨的所在，並不是一個男人的心。

蕭景田望著晃動的門簾，沈默不語。他並不覺得自己有什麼錯。

這時，窗外傳來一、兩聲貓叫。那叫聲纏綿淒涼，聽著讓人感到毛骨悚然。

蕭景田側耳傾聽了一陣子，便從床上起身，推門走了出去。

聽到門響，麥穗以為他是出去打貓了。

可過了好一會兒，也不見蕭景田回屋。麥穗猛然想起在海邊聽到的對話，心裡又開始忐忑起來。

他不會出什麼事了吧？

月上中天，窗外一片淺淺的白，依稀能聽見村外海浪拍打礁石的聲音，嗚咽著、咆哮著，似乎跟以往沒什麼不同。
麥穗聽著，心裡卻越來越不安。
她索性起身穿好衣裳，下了炕，輕手輕腳地出門。
門前樹影幢幢，枝影搖曳。
麥穗提著裙襬，沿著蜿蜒曲折的田間小路，朝前走去。
夜風習習，不知名的夜蟲在雜草叢裡低鳴，她心裡有些害怕，但一想到蕭景田，依然鼓起勇氣朝前走，她擔心他真的遭遇什麼不測。
畢竟，誰也不想剛進門就當寡婦不是？
海邊正是落潮時分，露出大片軟綿的沙灘。
一排排漁船靜靜地臥在岸邊，像是擱淺的魚，一動也不動，連綿成一道黑色的屏障，如同暗夜裡的眼睛，顯得異常詭異。
四下裡空無一人。
海浪湧來又退去，只見一塊布條在淺水裡起伏，麥穗撿起來細細端詳，這正是她在破船邊看到的黑色帶著白紋的衣襬。
衣襬的斷口整齊，像是被什麼利器所劃斷。
「妳在這裡幹什麼？」身後冷不防傳來蕭景田低沈的聲音。
「我見你沒回屋，便出來看看。」麥穗嚇了跳，忙回過頭來看向蕭景田。他身上的衣衫濕透，狼狽地站在她面前，神色似乎異常疲倦，她連忙問道：「你、你這是怎麼了？」

「妳看到了什麼？」蕭景田冷冷地問。

「我什麼也沒看到。」麥穗說著，揚了揚手裡的布條。「我就只有發現了這個。」

蕭景田看了看麥穗，什麼也沒說，轉身就走。

麥穗趕忙扔了布條，亦步亦趨地跟在他身後回家。

兩人一路無言。

第二天晌午，田裡的活兒告一段落後，一家人準備回家吃飯。

蕭宗海牽著牛慢騰騰地走在前面，孟氏則挽著麥穗的手親暱地說著話。

婆媳倆在一起幹了好幾天的農活，彼此也有了些瞭解，孟氏打心眼裡喜歡這個媳婦，不僅能幹，也不多話，很合她心意。

蕭景田扛著鋤頭，一聲不吭地走在最後面。

隔壁牛五急匆匆地跑過來，邊跑邊大聲喊道：「出事了、出大事了，海上死人了。」

在田裡幹活的人紛紛扔下手裡的鋤頭，邁開步子就往海邊跑。

「妳們先回家，我和景田去看看。」蕭宗海臉色一變，把手裡的韁繩遞給孟氏。老大、老二就在海上捕魚，可千萬別出什麼事情！

麥穗見眾人都急匆匆地往海邊跑，想起了昨晚的事，忍不住也跟著去了海邊。

# 第五章　藏劍

「是兩個外鄉人，肯定是不知怎的翻了船，被海水沖到咱們這裡來了。」

「謝天謝地，我還以為是咱們村的漁船出事了。」

大家站在那裡指指點點，議論紛紛。

「讓開、讓開，許知縣來了。」兩個身穿官服的衙役走在前面開路，眾人忙閃到一邊。

許知縣矮矮胖胖的，身著寬大的官服，走路有些蹣跚。他摀著鼻子看了一眼躺在地上的兩人，沙啞著嗓子問道：「有人認識這兩人嗎？」

「大人，這兩人是外鄉人。」里長黃有財忙上前道：「咱們都不認識。」

「仵作，驗屍。」許知縣朝身後的人揮揮手，便滿臉嫌棄地退到堤岸上。

片刻，仵作小跑步上前稟報道：「大人，這兩人是溺水而亡，他們身上雖有劍傷，卻非致命傷，說明生前肯定與人打鬥過。從傷口上來看，對方至少比他們高出半個頭。」

「把魚嘴村的男人們都帶到這裡來，一個也不許落下。」許知縣沈著臉下令。

透過人群的間隙，麥穗清楚地看到躺在沙灘上其中一人的衣裳，正是黑底帶著白紋的顏色，顯然跟她昨晚看到的布條是同一塊布料。

回到家，她便直奔蕭景田的床頭，翻出那把長劍來。

劍鞘依然用厚實的黑色綢布纏得緊緊密密，似乎根本就沒動過。但如果被官府的人搜出家裡藏著劍，就算人不是蕭景田殺的，他也說不清楚。

還是……先藏起來再說吧。

麥穗拿著劍在屋裡來來回回地轉了幾圈，終於在牆角發現一個小洞，剛想蹲下身看個清楚，卻聽見有人在門外「叩、叩、叩」地敲著門。

「三嫂，快出來吃飯，咱們一會兒還得忙活呢！」蕭芸娘在門外喊著。

「就來了。」麥穗手忙腳亂地把劍塞進洞裡去。

不一會兒，蕭宗海和兩個兒子，一前一後地回到家。

「景田怎麼沒跟你們一起回來？」孟氏有些緊張地問道。

麥穗的心也一下子懸了起來。

「他面子大，被里長喊去陪許知縣喝酒去了。」蕭貴田揶揄道：「誰知道那個許知縣葫蘆裡賣的什麼藥，就單單叫了老三去里長家喝酒。」

蕭宗海和蕭福田則是啥也沒說，一聲不響地上炕吃飯。

麥穗這才鬆了口氣，孟氏也跟著放了心。

吃完午飯，蕭宗海帶著蕭福田和蕭貴田兄弟倆，又去了田裡幹活。

沈氏和喬氏在魚市賣魚，還沒有回來，孟氏便帶著麥穗去海邊清理漁網。

婆媳倆剛展開漁網，就見蕭芸娘匆匆追過來，問道：「三嫂，三哥的劍放在哪兒？」

「劍？啥劍？」麥穗心裡一動，佯裝疑惑道：「誰要劍？」

「剛才家裡來了兩個衙役，說許知縣要看一看三哥的劍，讓他們來取的。」蕭芸娘擦了擦額頭的汗，道：「我在你們屋裡找了半天沒找到，只好來問妳了。」

「妳三哥沒劍啊！」麥穗扭頭看向孟氏，故作不解地問：「娘，您見過景田的劍嗎？」

「他哪裡有什麼劍？他回來的時候，就揹了半袋子麥種，其他啥也沒帶回來。」孟氏不以為然道：「妳去跟那兩個人說，就說咱們沒見過什麼劍。」

麥穗很吃驚。蕭景田居然是揹著半袋子麥種回來的？她還以為他是揹著寶劍，耀武揚威地回來呢！

蕭芸娘應了一聲，便急匆匆地走了。

夜裡，麥穗剛剛睡下。

蕭景田突然掀簾走進來，倚在炕邊沈聲問道：「妳怎麼會想到要把我的劍藏起來？」

屋裡沒有點燈，皎潔的月光透過糊著白麻紙的窗櫺灑進來，他高大魁梧的影子籠罩在她臉上，感受到他迫人的氣息，她頓覺有些呼吸不暢。

「白天的時候，我聽仵作說那兩人身上有劍傷，我怕你會因此受到牽連，所以、所以就幫你藏起來。」麥穗從被窩裡探出頭，卻不敢抬頭看他，如實道：「還有下午許知縣打著你的名義來取劍的時候，我就覺得此事很蹊蹺，其中說不定有詐。」

「妳為什麼會覺得其中有詐？」蕭景田的語氣變得平和許多。

他有些驚訝，沒想到這個女人竟然如此聰慧。若是今日許知縣真的拿到他的劍，那他就是有理也說不清了。

「憑直覺。」麥穗自然不知蕭景田心中的起伏，答道：「我覺得作為知縣，是不會平白無故派人到家裡來拿劍的，若真是你的意思，你定會自己回來取劍。」

「那妳是不是覺得溺水的那兩人，是我殺的？」蕭景田問道。

「我覺得……就算是，你也屬於正當防衛吧。」麥穗正色道。

畢竟是那兩人找上門來的，並非蕭景田肆意鬧事，這一點，她還是看得清的。

蕭景田愣了一下，沈默片刻，又道：「把劍拿給我。」

「在牆角的洞裡，你自己取。」她只穿了一件裡衣，怎麼好意思在他面前起身。

牆角的洞裡？

蕭景田臉一沈，恨不得掐死這個女人。她竟敢把他的寶劍放進老鼠洞，真是豈有此理！

「這件事情後來是怎麼處理的？」暗夜裡，麥穗看不清蕭景田的表情，若是看到，她恐怕也不敢再問下去了。

「不過是兩個外鄉人，許知縣只是做做樣子，隨意調查一下罷了。」蕭景田輕描淡寫道。「再說他們是溺水而亡，也怪不得別人。」

他原本是想留下活口的，卻不想那兩人竟然會掉到海裡淹死，這讓他很鬱悶。

若真要除掉他，就該派武藝高強一些的人來……如此蠢的兩個慫包也想殺他？

「原來如此。」麥穗若有所思地看他一眼，心裡暗忖，這麼大的事他居然沒有引起知縣懷疑，看起來這個男人的城府也挺深的。

第二天一大早，蕭景田便扛起鋤頭，跟著蕭宗海去了田裡。麥穗也一早就起床，幫著孟氏燒火做飯。

蕭福田和蕭貴田則是早早出海去了，不過沈氏和喬氏卻還沒有起來。兩家的房門緊閉著，大有「誰也別來吵」的架勢。

蕭芸娘故意在院子裡大力地敲響木桶，她恨不得把那兩個懶婆娘拽起來揍一頓，她們分明是故意的。

「等妳大哥、二哥出海回來，妳的兩個嫂子還要出去賣魚，妳就讓她們多睡一會兒吧！」孟氏低聲責怪道：「我這個當婆婆的都不嫌棄，妳跟著瞎摻和什麼？」

「好，都是我的錯，您就繼續當好婆婆吧！」蕭芸娘索性扔了水桶，氣呼呼地出了門。這個家真是沒法待了。

「芸娘這都是讓我慣壞了。」孟氏訕訕道。

麥穗笑了笑，沒吱聲。

吃完早飯，孟氏便和麥穗一起提著泥罐，去田裡給父子倆送飯。

「景田，你的胳膊沒事了吧？」一到田裡，孟氏便關切地問道。

「沒事了。」蕭景田坐在田埂上，一聲不響地喝著粥。

他雖然是在耕地，但衣衫卻整潔乾淨，頭髮一絲不亂，身上甚至還散發著一股清新的草木香，很是好聞。

麥穗把泥罐裡的鹹菜倒出來，放在他面前。

「景田的傷我看過，已經好得差不多了。」蕭宗海沈默片刻，又道：「今年有景田回來幫咱們，家裡的這一點地很快就能種好，我尋思著今年少種粗糧，多種點麥子，也好把聘禮補給她們。」

一提到小麥，孟氏深深地嘆了口氣。

「爹、娘，大嫂和二嫂的那兩袋白麵我來想辦法，不用你們操心。」蕭景田喝完粥，放下碗筷，拿起布巾擦了擦額頭上的汗，表情冷峻地說：「我看見鳳凰嶺那邊有一片荒地，回頭咱們找里長談一談，看能不能把那片地給租下來種麥子。我帶回來的那些麥種跟咱們當地的不同，種上之後，三個月左右就能收割，以後不愁沒白麵吃。」

「景田，你才剛回來，還不知道那片荒地是種不出莊稼的。」孟氏道：「再說那塊荒地前面就是村裡的老墳地，連大白天也讓人覺得陰森森的，要不然，哪能荒到現在。你辛辛苦苦揹回來的那點麥種，可別糟蹋了。」

「我自有主意，不用爹、娘操心。」蕭景田起身，拍了拍身上的塵土，牽過正在低頭吃草的老黃牛，扶正犁頭，開始耕地。

晨風吹過，清新的泥土氣息迎面拂來，田邊矮樹叢生、綠意盎然，不時有歡快的笑聲傳來，越來越多人扛著鋤頭進到田裡幹活。

「既然你自個兒有主意，那咱們下午就去問問里長。」蕭宗海蹲在地上，拿石頭畫著圈圈，道：「只要里長答應，那塊地就能種。」

孟氏見勸不住兒子，只得拿起布袋，跟在他後面撒穀籽。

麥穗根本不會幹農活，她僅能憑著原主的記憶，拿起木耙，輕輕地翻起泥土，再把穀籽蓋住。動作雖然有些生疏，但也還算是能幫得上忙。

倒是孟氏有些過意不去，她停下腳步道：「媳婦，妳剛嫁過來不到一個月，按理這些粗活妳是不能做的。若是讓妳娘家人知道，會覺得咱們委屈了妳。」

「娘，無礙的，這些活兒我在大伯家時，也會做的。」麥穗抹了一把額頭上的汗水，道：「再說眼下正值農忙，種地要緊，哪能顧得上這些規矩和禮節。」

再說了，她也沒有娘家人。麥三全一家對她避之唯恐不及，又怎會顧及她的死活。

「倒是個懂事的好媳婦。」孟氏眼裡笑意漸濃，她抬頭看了看正在牽牛耕地的蕭景田，低聲問道：「媳婦，妳覺得我家老三怎麼樣？」

雖然外頭的人都說她兒子是土匪，但在她眼裡，這個兒子是最好不過的了。即便他是真的當過土匪，那也一定有他的不得已，她迫切地希望媳婦也能這麼想。

「他……挺、挺好的。」麥穗聽婆婆這樣問，臉微微地紅起來。

至少這個男人，比她想像的要好。她一直聽說他是個殺人不眨眼的土匪，不過幾天相處下來，她發現他除了性子冷，脾氣有些暴躁，倒也沒傳聞中那麼嚇人。

更重要的是，這幾天晚上，他並沒有為難她，這讓她很放心。

「那妳可得跟他好好過日子。」孟氏乘機道：「你們住在一個屋裡，又是夫妻，這低頭不見抬頭見，總有機會親近的。我的兒子我瞭解，要是妳能懷上孩子，他肯定會對妳好。」

懷上孩子？

麥穗騰地紅了臉。她甚至都不敢想像，她跟他會有孩子的那一天。

蕭景田趕著老黃牛，面無表情地從婆媳倆身邊路過。

他幹活幹得有些熱了，便脫了上衣，露出結實的臂膀和寬厚的背。他的臂膀上還能看到一道尚未完全癒合的傷疤，看上去有些觸目驚心。

麥穗忙把頭扭到一邊。待那盛氣凌人的氣息遠去，她才裝作若無其事地翻著腳下濕潤的泥土。

待一人一牛遠去，孟氏繼續開導麥穗。「媳婦，咱家景田性子是古怪了些，但人還是很好的。妳看他出去闖蕩多年，這不是又回到魚嘴村了？他回來那天還說了，要留下來給咱們養老送終。可咱們當爹娘的，也不過是想看著他跟村裡的年輕人一樣，過正常的日子。所以媳婦，妳得讓他感受到有媳婦的甜頭才是。」

麥穗頓覺無語。難道婆婆是要她主動去勾引蕭景田不成？想到他那把鋒利無比的長劍，她立即在心中否定了婆婆的話。

她可不想自尋死路……

蕭宗海和蕭景田從田裡回來後，便去了里長黃有財家商量荒地的事。

黃有財住在村東頭，他和兩個兒子也是漁民，院子裡堆滿亂七八糟的漁網和網線，連個站的地方都沒有。因此蕭宗海父子倆連屋都沒進，蕭景田就站在院門外的石頭上，跟里長說明來意。

「你們說的那片荒地，原來也是良田，後來王大善人不知道聽誰說在那塊田裡種元寶樹可保家財昌盛，便帶著人種了一大片元寶樹。可惜那年接二連三地下雨，還爆發了山洪，那些元寶樹都澇死了，再後來，那塊地就種什麼都種不成了。」黃有財穿著一雙破草鞋，站在大門口比劃道：「宗海哥還記得這件事吧？那年景田前腳剛走，後腳山洪就爆發，村子的雞、鴨、豬、羊全被沖走了。你當時剛好在山上砸山核桃，也險些被洪水給捲走。」

說著，他拍拍蕭景田的肩膀，大剌剌地說：「景田呀，你差點就見不到你爹了。」

「我爹是吉人自有天相。」蕭景田展顏道。

他離開魚嘴村十年，也就是說那塊地，已荒蕪十年了。

「都是過去的事了，不提也罷！」蕭宗海皺了皺眉，又道：「就是不知道王大善人願不願意讓咱們把那塊荒地修整一下，種上麥子。」

「願意，當然願意。」黃有財拍著大腿，口沫橫飛地道：「宗海哥，王大善人那片地荒著也是荒著，要是有人肯種，他高興還來不及呢！」

王大善人以前也是魚嘴村的，後來發達了，便去了鎮上定居。黃有財是王大善人繞了好幾個繞的遠親，因此他在村裡的老宅和土地什麼的，都交給黃有財打理。

「里長，既然如此，那咱們就立個字據吧。」蕭景田沈思片刻，面無表情道：「咱們就按村裡租地的規矩來，一租五年，每年給王大善人每畝地抽上兩成的租子。」

「成、成，就這麼定了。」黃有財連連點頭，咧嘴笑道：「待會兒我去鎮上跟王大善人說一聲，等回來後，就去你家找你立字據。」

他知道許知縣很看重蕭景田。

許知縣早就有意讓蕭景田去衙門裡當差，雖然蕭景田的名聲不好，但許知縣不覺得有什麼不妥，反而認為蕭景田的惡名正好可以威懾一下當地的小混混。

不過蕭景田卻婉言謝絕了許知縣的好意，說是想在家裡種地養老，不打算當差。

但許知縣並未死心，反而再三囑咐他，要多多關照蕭景田。如今蕭景田求上門來要租地，他當然很樂意幫忙。

回來的路上，蕭宗海埋怨道：「景田，人家租地是租良田，哪有租荒地的？先不說有沒有收成，光是修整那片土地，就得搭上咱們好幾個月的工夫。可你倒好，竟然主動提出給他們兩成的租子，這樣的地，哪裡值兩成的租子？」

他覺得給一成租子都多了。怎麼著也得免租一年、兩年的，才對得起他們翻地修整的工夫。

「爹，天下熙熙，皆為利來。就算是荒地，也沒有白種的道理。」蕭景田正色道：「我這麼做，也是為了日後少些麻煩而已。」

人性是什麼樣的，他比誰都清楚。

見他這麼說，蕭宗海也不好再說什麼，只得點頭默認。

# 第六章　兄弟不和

一直到黃有財來蕭家立字據時，蕭福田和蕭貴田才知道蕭景田租荒地的事，兩人紛紛表示不同意。他們覺得蕭景田一點也不精明，哪有租荒地的道理？

「老三，你出外多年，不知道內情，那片荒地根本種不成莊稼。若是能種，哪能荒到現在？」蕭福田不悅道：「村裡有的是能幹的莊稼把式，他們也不是沒試過，是真的無法種，他們都說那塊地是被元寶樹的油性給糟蹋了。要想種莊稼，除非把土都換了，但你想想那可是十畝地，若是換土，該多麻煩哪！」

重要的是，就算換了土，也未必能種得成。

「到時候種不成莊稼，還得貼兩成租子。」蕭貴田附和道：「老三，你可得好好想想，咱們這個家實在禁不起如此折騰。」

沈氏和喬氏也跟著撇嘴，但沒有吱聲，她們不大敢招惹這個小叔子。

「你們放心，若是有什麼閃失，我一個人擔著。」蕭景田面無表情地拿起字據，大踏步地回了屋。

「說是要一個人擔著，到時候還不得咱們節衣縮食地跟著遭罪。」見蕭景田回了屋，喬氏才敢開口說話，她看了看自家男人，小聲嘀咕道：「自從老三回來，這個家的日子真是越來越不好過了。」

蕭宗海和孟氏沈默不語。他們也勸過，但勸不住。

麥穗見大家都在數落蕭景田，自然也不好說什麼，便悄無聲息地下了炕，往南房走去。

「老三在外面這麼多年，哪裡會侍弄莊稼？」蕭福田黑著臉道：「他這才剛回來，啥事都不知道，就這樣瞎折騰，別人的話也聽不進去，一家人心不齊還能行嗎？」

「就是啊，這還沒怎麼著呢，就應下人家兩成租子，若是來年光景不好，再遇上個旱災什麼的，豈不是自討苦吃？」沈氏冷笑道：「王大善人哪裡是個吃素的，到時候少他一顆糧食，信不信他能把咱們家房子拆了。」

「老三這麼做也是為了這個家，他是打算租那塊荒地種麥子，早點把白麵湊齊。」孟氏忍不住替蕭景田解釋道：「本來咱們村可以耕種的地就不多，除了那塊荒地，再沒有地可種了，他也是沒有辦法。」

「婆婆的意思是老三這麼做是為了咱們？」喬氏冷哼道：「這要是讓別人聽見了，還以為是咱們逼著老三去租荒地的呢。」

「難道不是嗎？」蕭芸娘忍無可忍地對喬氏吼道：「若不是妳們非逼著爹娘補上那兩袋白麵的聘禮，三哥還用得著去租荒地、種麥子嗎？」

「好了，你們都別吵了。」蕭宗海氣得敲了桌子，鐵青著臉道：「不就是租了塊荒地嗎？又不是去殺人放火，吵什麼？再說了，不試試怎麼知道那塊地種不成？老三若是沒有把握，是不會去冒險的，他比誰知道咱們這個家的難處。」

「爹，咱們還不都是為了這個家好嘛。」蕭貴田沒好氣地道：「如果老三再這樣胡鬧下去，咱們是沒法跟他處下去了，反正他現在也已經成親，不如大家分開來過日子，眼不見、心不煩。」

他早就想分家了。這麼一大家子住在一起，怎麼累死的都不知道。

「什麼叫眼不見、心不煩？老三是你們的親兄弟，有什麼事情大家商量著辦，不要動不動就提分家。」蕭宗海沈聲道：「說這話也不怕人家笑話！你們看看村裡，好人家哪有分開過的，誰家兄弟不是齊心協力地想把日子過好。」

「可老三如此胡鬧，這日子就是沒法過啊！」蕭福田氣呼呼地道：「這麼大的事也不跟咱們商量一下，就自己作主，還不讓咱們埋怨幾句嗎？」

「如果大哥、二哥覺得這日子沒法過，那咱們就分家吧。」蕭景田突然出現在門口，面無表情道。「我回來住也不是為了給你們添堵的，大家覺得怎麼過日子舒暢，咱們就怎麼過。這個家該怎麼分，由你們商量，商量好了再告訴我就成。」

「分什麼家？我還沒死呢！」蕭宗海敲著炕沿吼道：「就因為這一點小事，就吵著要分家，你們也不怕別人笑話。」

麥穗站在門口，聽見正房隱約傳來吼叫聲，知道他們還在為了蕭景田租荒地一事爭吵。

她聳聳肩，轉身回了屋，脫鞋上了炕，掀開被子躺下來，望著幽幽的屋頂出神。

她覺得蕭景田這麼做也是為了這個家，這地少人多，種的糧食也不夠吃，如今出去租點地來種，也在情理之中。

婆婆剛才也說，眼下除了那片荒地，並沒有多餘的土地可以租來耕種。

若那塊荒地是塊良田，恐怕也輪不到蕭景田來租吧！

雖然老大、老二極力反對蕭景田租種那塊荒地，但蕭景田卻不在意，他似乎對這塊荒地很有把握。

每天從田裡幹活回來，他都會去後山割草，割一種叫「野燕麥」的山草。野燕麥草的莖葉是火紅色的，遠遠望去，漫山遍野的野燕麥草像是一片燃燒的火海，一直蔓延到視野的盡頭。

蕭景田把收割的野燕麥草都運到荒地裡，整整齊齊地排在一塊兒。

對此，蕭宗海很是不解，他蹲在田地上，皺著眉頭問道：「景田，你說這些野燕麥有用嗎？」

「當然有用。」蕭景田淡淡道：「這塊地不是不能種莊稼，而是因為之前那些元寶樹把這塊地給糟蹋了。元寶樹的油性太大，焚燒後那些樹油都滲透到土裡，所以這塊地才種不成莊稼。想要解了這塊地的油性，非野燕麥草不可。」

他之前見過這樣的田地，也見識過野燕麥草的功效。

「當初那些元寶樹的確是直接燒在這塊田裡了，只是這一大片地荒廢了整整十年，豈是這些不起眼的野燕麥草就能解決的？」蕭宗海隨手拿起一小截樹枝，在地上畫著圈圈，嘆道：「不如咱們多費點功夫，把上面的這層土去掉，再添些新土過來，這樣種下去的莊稼多少還能有點收入。」

其實這些年，村人不是沒有議論過這塊地，大家一致認為換土是唯一的辦法。當然，大家也只是說說而已，誰也沒有勇氣真的把這塊地租下來試試。若是換了土，又沒什麼收成，那可就賠大了。

畢竟大家的日子都不寬裕。

「不用換土。」蕭景田淡淡道：「爹，您放心好了，我自有主意。」

蕭宗海見蕭景田神色從容，只得點頭道：「既然你都這麼說了，那一切依你，爹給你打下手。」

「那就有勞爹了。」蕭景田沈聲道。

「景田，你跟爹客套啥，怪不習慣的。」蕭宗海皺眉道。

蕭景田只是笑了笑，沒再說話。

吃飯的時候，蕭福田又問起荒地的事。

「老三說他自有主意。」蕭宗海正色道：「這些日子他一直在割野燕麥草，野燕麥草焚燒後就能解了荒地的油性。」

「此事能成嗎？」蕭貴田表示懷疑。

野燕麥草能當底肥不假，可沒聽說還能治理荒地的。

「老三說能成。」蕭宗海見兄弟倆滿臉疑惑，嘆了一聲，道：「那塊荒地足足有十畝，老三簽了五年的文書，若是成了，那咱們家就真的賺了。你們也不要光往壞處想，家裡添了人口，沒有地用來耕種多一點糧食是不行的，再說這件事光說也沒用，總得試試才知道。」

蕭福田和蕭貴田皺了皺眉，再沒吱聲。就知道爹是偏向老三的。

家裡的地很快就種上了。

蕭景田依然每天早出晚歸，去後山割野燕麥草。他估算了一下，這十畝荒地需要用上萬斤的乾野燕麥草，而下個月就得把麥子種上，再加上修整的工夫，時間並不寬裕。

到了晌午，遲遲不見蕭景田回來，孟氏便讓麥穗去後山喊他回家吃飯。

後山就在魚嘴村後頭，一大片的野燕麥草如火如荼地在風中搖曳，看起來濃豔嫵媚，很是賞心悅目。

麥穗順著曲折蜿蜒的小徑上山，不費吹灰之力就找到了蕭景田。

只見他正滿頭大汗地把割好的野燕麥草捆起來，並整齊地排列在空地上，準備下午再運到荒地裡去晾曬。

「娘讓我過來喊你回家吃飯呢。」麥穗站在他面前說道。

晌午的陽光炙烤著大地，她一路走來，額頭也出了一層密密的汗。

「知道了，妳回去吧。」蕭景田也不看她，自顧自地忙著手裡的活兒。

他光著上身，寬厚結實的後背裸露著，汗水順著肌肉的紋理流下來，慢慢地滑進腰間繫著的麻布腰帶上。

麥穗有些不好意思地別過目光。
那個……他讓她回去是什麼意思？那他到底是回去還是不回去呢？
「你、你不回去吃飯嗎？」麥穗問道。
「我吃過了。」蕭景田面無表情地答道。
吃過了？
他早上根本就沒有帶飯上山，去哪裡吃的飯？
突然間，一陣若有似無的香味，隨風隱隱襲來。
麥穗往前走了幾步，才看見前面空地上有一堆尚未熄滅的火堆，一旁的石頭上放著一堆吃剩的雞骨頭。
他竟然一個人在山上烤野雞吃！
「你是怎麼抓到野雞的？」麥穗眼前一亮。
她在田埂間也見過野雞，但那些野雞跑得飛快，她還沒看清長得啥模樣，就拍著翅膀逃走了。
「當然是用手抓。」蕭景田頭也不抬地說，他顯然不想討論這個無聊的話題，又道：「妳快回去吧！待會兒爹會過來跟我把這些燕麥草運到荒地裡，到時候咱們便一塊兒收工回家了。」
「我能幫你什麼忙嗎？」麥穗又問道。
「不用妳幫。」蕭景田淡淡說道。

麥穗撇撇嘴，轉身就走。

不用就不用！與其在這山上風吹日曬的，她還不如在家織漁網呢。

剛走沒幾步，麥穗猛然看見一團白花花的蛇盤在路中央，示威般地朝麥穗吐著粉紅色的舌芯子。

麥穗嚇得大叫一聲，撒腿就往回跑。

「蛇、有蛇！」麥穗花容失色地躲到蕭景田身後，顫聲道：「前面有蛇，好大、好大的一條蛇。」

蕭景田懶懶地瞥了一眼那條蛇，雲淡風輕地道：「放心，那條蛇沒毒。」

「你、你把它趕走好嗎？」麥穗拽著他的衣角，臉色蒼白道：「我最怕的就是蛇了。」

有沒有毒不是重點……

重點是她害怕蛇，沒毒的也害怕！

「放心走妳的，它不會主動攻擊妳。」蕭景田不耐煩地皺起眉頭。

女人就是女人，怎麼連蛇也怕？

「不行，你得陪著我。」麥穗緊緊抓住他不放。

就算那條蛇不會主動攻擊她，她也沒有勇氣從它身邊走過，一看見那白花花的一團，她就渾身起雞皮疙瘩。

蕭景田無奈，只得抬腿走在前面。

麥穗則是大氣也不敢出一聲，緊緊地跟在他身後。

那條蛇不怕人，竟然昂起脖子，直勾勾地吐著舌芯子，挑釁地看向兩人，那胳膊粗的身子還來回扭動著，讓人感到毛骨悚然。

蕭景田似乎沒有把那條蛇放在眼裡，自顧自地往前走。待兩人走近時，那條蛇突然朝蕭景田撲去，彷彿打算要把他給纏住。

麥穗嚇得腿都軟了。

蕭景田不慌不忙地一把抓住那條蛇的脖子。

那條蛇瞬間沒了方才的氣勢，癱軟在地上，一動也不動，像一根粗壯的麻繩。

「好了，它已經死了。」蕭景田用腳踢了踢地上的蛇，扭頭對麥穗道：「這種蛇沒有毒，還能做菜，妳把它帶回去給娘，娘知道該怎麼做。」

「不行、不行，我害怕！」麥穗連連搖頭。

居然讓她把那麼嚇人的死蛇拿回去？這不是難為她嘛！

蕭景田皺皺眉，沒吱聲。

害怕活蛇也就罷了，怎麼連死蛇也怕？這女人的膽子也太小了吧？

吃晚飯的時候，飯桌上多了一盤菊花蛇肉羹，散著誘人的香味。

「咦，這是什麼好吃的？好香啊！」蕭菱兒興奮地望著滿滿一盤泛滿油花的美味，稚聲稚氣地問道：「奶奶，您做的是魚嗎？」

「這不是魚，是蛇肉。」蕭石頭晃頭晃腦地得意道：「三叔父讓我踩著這條蛇的尾巴，然後蛇皮一下子就剝下來了，可好玩了。」

「真的是蛇肉?!」蕭芸娘疑惑地問道：「怎麼放了這麼多的野菊花？」凝脂般的蛇肉中間，還夾雜著些許白嫩的野白菊花瓣，肉香和花香交織在一起，聞起來使人胃口大開。

「真的是蛇肉，還是妳三哥親自做的呢！」孟氏滿臉笑容道：「大家都嚐嚐，這可是老三第一次下廚做菜。」

麥穗聞言，眼前不禁又浮現出那白花花的一團，心裡頓時一陣翻騰。

他竟然真的把那條蛇拿回來做菜……天哪，這男人的口味還不是一般的重！

「既然是老三做的菜，那得好好嚐一嚐。」蕭福田好奇地挾了一塊白嫩嫩的蛇肉放進嘴裡，嚼了嚼，馬上眼睛一亮，連連點頭道：「好吃！真好吃！老三，你是什麼時候學會做菜的？」

眾人見蕭福田說「好」，都紛紛去挾蛇肉吃，連一向苛刻的沈氏和喬氏吃了，也都連聲說好吃。

兩個孩子更是吃得滿嘴流油，連話也顧不上說。

「以前在外面的時候吃過這道菜，覺得甚好，就問了問做菜的人，便學會了。」蕭景田難得在飯桌上開口說話。「咱們後山上的菜花蛇，正適合做這種蛇肉羹，以後若是想吃，就去後山抓蛇便是。」

還去抓蛇？

麥穗聞言，頓時如坐針氈，四下裡瀰漫著蛇肉的香味，更是讓她感到一陣噁心。

她挑了幾口飯菜，便放下筷子匆匆走出去，一眼看見堆在門口那白花花的蛇皮，又想起它在山間扭來扭去的樣子，便忍不住吐起來。

「媳婦，妳怎麼了？」孟氏趕忙走出來，狐疑地問道：「身子不舒服嗎？」

「娘，我沒事的。」麥穗逃也似地回了屋。

「三弟妹這是怎麼了？」沈氏看了蕭景田一眼，揶揄道：「該不會是有喜了吧？」

「不會吧？」喬氏的眸光流轉片刻，皺眉道：「三弟妹進門不過才一個月，就算是有了，也不會這麼快就有感覺吧？」

蕭福田和蕭貴田沒吭聲，只是低頭吃飯。

他們是男人，對弟媳婦有沒有身孕這件事，還是別發表意見的好。

「大概是肚子不舒服吧。」孟氏笑著打圓場，老三和他媳婦的事情，當娘的最清楚不過了。

兩人都還沒有圓房，哪來的孩子……

「老三，不是二嫂多嘴，有件事咱們可得提防著點。」喬氏壓低聲音，眸光流轉道：「我聽說，三弟妹有個青梅竹馬的玩伴，叫什麼吳三郎的，就是麥家窪那個吳夫子的兒子。三弟妹在出嫁前，還想著跟那個吳三郎私奔呢，只是後來吳三郎不知怎的反悔了，兩人才沒走成。」

「還有這種事啊！」沈氏裝作自己是剛剛才知道的樣子，吃驚道：「看她文文靜靜的，怎會做出如此傷風敗俗的事情來呢？」

「就是啊，若是三弟妹有了，那這孩子……」喬氏見蕭景田的臉一下子沈下來，便不敢再說下去了。

蕭景田面無表情地放下筷子，冷著臉走出去。

「看看妳們，這樣的話能當著老三的面說嗎？」蕭貴田白了喬氏一眼，不悅道：「什麼私奔不私奔的，妳們讓老三的臉往哪裡擱？亂嚼什麼舌根！」

「咱們只是實話實說，好言提醒一下老三，怎麼就成了亂嚼舌根呢？」喬氏瞪了蕭貴田一眼，冷笑道：「若是你們蕭家不介意養別人家的孩子，那就當我放屁好了。」

「妳在胡說什麼？什麼別人家的孩子？」蕭貴田見喬氏竟然當著爹和娘的面，說這些不著邊際的話，他一下子火了，低吼道：「吃完飯就趕緊回屋，妳知道自己都在說些什麼嗎？」

「好了，都少說兩句吧！」孟氏唯恐兩口子打起來，忙勸道：「這不是碰巧說起的嗎？都是為了這個家好，你們就別再吵了。」

# 第七章　打趣

夜裡，蕭景田照例拿出那把寶劍，仔細看了看，又重新包起來。

他知道麥穗還沒睡，便開口問道：「聽說妳在麥家窪有個青梅竹馬的玩伴？」

「是的。」麥穗聽他提起吳三郎，心裡不禁一顫。

難道他聽說了什麼嗎？

「你們想私奔，最終卻因為吳三郎爽約，才沒有走成？」蕭景田又問道，他的聲音還是一如既往的平靜，彷彿在談論別人的事情。

他並非對她的事感到好奇，只是突然想證實一下這件事究竟是不是真的。

「是的。」麥穗如實答道。她頓了頓，又問道：「你問這些幹麼？」

「若是妳心裡還有他，大可以去找他，或者跟他走。」蕭景田淡然道：「我不會勉強妳留在蕭家。」

「不，我既然已經嫁到蕭家，就不會再跟別人走。」麥穗索性坐起身來，正色道：「我並非朝三暮四的女子，希望你能相信我。吳三郎只是我青梅竹馬的玩伴而已，我跟他再無瓜葛。」

「那妳為什麼要跟他私奔？」沈默片刻，蕭景田又問道：「是因為我嗎？」

「是，也不是。」麥穗答道：「我大伯和大伯娘之所以把我嫁給你，是因為貪圖那袋白麵，並非真心替我著想，我只是不甘心讓他們隨意擺布而已。」

「所以妳就要跟吳三郎私奔？」蕭景田問道：「你們男未婚、女未嫁的，明媒正娶不就得了？」

看不出這個連死蛇都怕的女人，竟然還有私奔的勇氣……

果然，人不可貌相。

「他央求他娘去我家下聘，可他家裡不同意。」麥穗努力回憶道。「所以他才說要帶我去禹州城避一陣子的。」

「聽起來，他很喜歡妳。」蕭景田語氣輕鬆地問道：「那吳家為什麼不願意讓吳三郎娶妳？」

「吳家是書香門第，吳夫子德高望重，再加上吳三郎勤奮好學，他們覺得他前途錦繡，早晚會考取功名、光宗耀祖。」麥穗清了清嗓子道：「而像我這樣身分的女子，是配不上吳三郎的。」

雖然她不想再繼續談這個話題，但既然話都說到這個分上了，她覺得還是把話說明白的好。

「他們想的其實也沒錯。」蕭景田揶揄道：「如此說來，妳的確是配不上吳三郎的。」

麥穗一時語塞。

他這是在打趣她嗎？

蕭景田突然想起她在山上被蛇嚇得臉色蒼白的樣子，不禁皺了皺眉。就她這般膽小的，居然還想跟男人私奔？

她確定那個叫吳三郎的，也不怕蛇？

「對了，你不是說那種蛇不會主動攻擊人嗎？」因為說的不是自己的事情，麥穗也沒有太糾結，她兜兜轉轉地也想到了那蛇，鬼使神差地問道：「那它怎麼還敢咬你呢？」

「因為那是條公蛇。」蕭景田坦然道。

「什麼意思？」麥穗不解地問道。

是公蛇又怎麼了？

蕭景田沒再吱聲。

麥穗等了半天卻不見他回答，也不好意思再問。

她覺得他今日會破天荒地跟她聊了這麼多，想來不過是為了打發時間而已。

四月初八是廟神節，也是出嫁的女兒回娘家的日子。

一大早，蕭福田和蕭貴田便陪著媳婦和孩子，去龍王廟上了香、磕了頭，這才提著大包小包回了岳母家。

麥穗也在收拾包袱，她想去山梁村看吳氏。

自從吳氏嫁到山梁村，母女倆就沒怎麼見過面。

麥三全擔心吳氏會阻攔他給麥穗說親，總是想方設法地阻撓母女倆見面。他覺得自己養了麥穗這麼多年，總得撈點好處才是。

然而，吳氏在麥穗腦海中的印象很是親切，所以她才想去看看吳氏。家裡也沒什麼可拿的，她就帶了些曬乾的小魚。

「景田，你陪著麥穗一起去。」孟氏有意撮合兩人，語重心長道：「親家母雖然是改嫁的，但終究還是你的岳母，你得去見見才是。」

「不去。」蕭景田拒絕得很乾脆。

那些野燕麥草已經完全曬乾，他這幾天在忙著翻地修整，準備種麥子，哪有閒工夫陪她去看她娘。

「娘，我一個人去就行，他還是別去了。」麥穗壓根兒就沒想讓蕭景田陪她一塊兒去。

「我就是去看看我娘，下午就回來了。」

記憶中，她娘嫁過去的那個家，日子過得也不寬裕。若是蕭景田去了，說不定她娘會為難該做什麼飯菜招待他，那還不如不去。

「那妳早點回來。」孟氏瞪了蕭景田一眼，轉過身來囑咐媳婦。「妳們母女見了面，難免多說幾句，若是瞧著天色晚了，就別自己回來，我讓景田去接妳。」

「好，謝謝娘的關心。」麥穗心裡一熱。

山梁村離魚嘴村有二十多里地遠，而且一路上都是崎嶇的山路，來回得一個多時辰。麥穗不敢耽誤，稍稍梳洗一番，便提著籃子上路了。

吳氏看到久未見面的女兒，一句話也說不出來，只是不停地哭。

她早就聽說大伯把麥穗嫁給一個土匪……這些日子以來，她一想起這個女兒就掉眼淚，她恨自己保護不了女兒。

她改嫁的對象林大有，是個秀才，自負甚深，堅持繼續科考，不想卻屢屢落榜，一直蹉跎到三十多還未娶妻。

眼看林家就要絕後，他那年邁的祖母才趕緊託人四處給他張羅媳婦，因他歲數大了，家裡又窮，年輕姑娘不願意嫁給她。

麥三全聽說以後，便熱心地找人牽線，讓吳氏嫁過去。

吳氏雖然生過孩子，但年紀卻不大，還比林大有小了六歲，年齡上倒也般配。

但林大有不甘心娶個寡婦為妻，成親當晚便跑得無影無蹤，這些年來一直杳無音信。

林大有是家裡的獨子，父母早逝，唯一的姊姊嫁在本村，家裡還有年邁的祖母和兩個光棍叔父。

當年林大有逃婚，吳氏並沒有走。

一是麥三全不肯讓她回去；二是林家祖母跪地求著吳氏留下來，等一等林大有，說他遲早會回來的。

這一等，就是八年。

等著、等著，吳氏也就離不開這個家了。

前些年林家祖母病重，她衣不解帶地伺候三個月，林家祖母臨終時還拉著她的手說，林家對不起她云云。

林家祖母去世後，為了避嫌，兩個光棍叔父搬到隔壁的祖屋去住，剩下吳氏一個人住在這個院子裡。

「娘，您別傷心了，我這不是好好的嘛。」坐在吳氏家中黑漆漆的炕上，麥穗笑著安慰道：「您別聽外頭的人瞎傳，我的男人哪裡是土匪？人家現在安安分分地在種地呢！」說著，便把蕭景田租荒地，以及割野燕麥草整治荒地的事說給吳氏聽。

「那……他、他沒打妳吧？」吳氏依然忐忑不安地問道。

「娘，瞧您說的，他打我幹麼？」麥穗嗔怪道。「他除了性子有些冷之外，其實人還是不錯的。」

如果真的要讓她說蕭景田哪裡好，她還真的說不出，她不過是不想讓娘為她操心而已。

吳氏見女兒氣色還好，懸著的心才稍稍放下來，含淚道：「只要妳過得好，娘便放心了。」

「娘，您放心，魚嘴村好歹也靠著海，閒暇之餘我還可以去趕海，弄點魚、蝦嚐嚐鮮呢。」麥穗說著，把手裡的籃子遞到吳氏面前，笑道：「您看，我給您帶了些小魚，這魚是小了點，但吃起來可香了。」

前世她生母早逝，如今一朝穿越，還有這麼個血脈相連的母親在，她想好好珍惜這段緣分。

「妳能來看娘，娘就很歡喜了，還帶什麼東西？」吳氏擦了擦眼淚，看著滿滿一籃子的小魚乾，欣慰道：「這小魚被收拾得如此乾淨，真是難為妳了。」頓了頓，又小心翼翼地問道：「穗兒，妳帶了這麼多魚給我，妳婆婆不會不高興吧？」

「不會的，您放心，我婆婆人挺好的。」麥穗失笑道。「蕭家雖然人多，但都挺通情達理的。再說，我兩個大伯都是出海打魚的，這點小魚他們也看不上。」

「聽妳這樣說，我心裡就好受多了。來，妳走了半天，一定餓了。娘想著妳今天可能會回來，特意給妳煮了兩個雞蛋，妳快吃。」吳氏擦擦眼淚，手忙腳亂地從牆角的櫃子裡摸出兩個溫熱的雞蛋，遞給麥穗。「娘記得妳最愛吃煮雞蛋，一早就給煮熟了，不過怕妳來的時候涼了，便放在櫃子裡溫著，快吃吧！」

「娘不吃，我也不吃。」麥穗心裡一陣感動，嘴上卻撒嬌道：「一人一個，要不然我一口也不吃。」

「好，咱們一起吃。」吳氏笑了笑，接過雞蛋，輕輕咬了一小口。家裡還有兩個上了年紀的老人，像這樣金貴的吃食，當然不可能有她的分。

外面倏地傳來一陣咳嗽聲。接著，便有人走進來。

吳氏慌得忙把手裡咬了一口的雞蛋塞到麥穗手裡，道：「是我那二叔父來了，妳先拿著雞蛋去裡屋吃，待會兒我叫妳，妳再出來。」

麥穗見吳氏的神色慌亂，頓時有些尷尬，有種偷吃被人抓了個正著的感覺。於是她連忙拿著雞蛋，掀簾進了裡屋。

裡屋也有著一土炕。

前炕頭放著一疊補滿補丁的被褥，後炕頭則放著一排大大小小盛糧食用的泥罐，牆根處還擺著一個破櫃子和兩把椅子。

除此之外，再無他物。

麥穗倚在炕邊上，打開其中一個泥罐，見裡面放著一點點地瓜乾，便把手裡的雞蛋塞進去。

「大有媳婦，聽說妳閨女來了？」外間傳來一個老漢的聲音，那聲音尖尖細細的，像是從嗓子裡擠出來似的。

「二叔父，是我閨女來了沒錯。」吳氏語氣頗為不自然地答道：「她走了一路累了，正在裡屋歇息，待會兒我讓她出來見一見您。」

「不用了，不是咱們家的孩子，我不稀罕。」林二寶不屑道：「吃完了飯，就趕緊讓她走，若是出點什麼事，妳可擔待不起，知道嗎？」

他的人長得很瘦小，濃眉小眼，背稍稍有些駝。身上穿著一件不知道從哪裡撿來的破爛灰色長衫，長衫鬆鬆垮垮的並不合身，腰間還繫了根細麻繩，顯得有些不倫不類、滑稽可笑。

「知道了，二叔父。」吳氏低眉順目地應道。

「妳閨女來看妳，帶什麼好吃的了嗎？」林二寶大剌剌地看著吳氏，狡黠的目光落在竹籃上。他低頭聞了聞，問道：「是帶魚來了嗎？海邊的小村子雖然窮，可別的沒有，魚還是有的吧？」

「是帶了點魚過來。」吳氏皺眉道。

「這還差不多。那啥，我把魚拿走了，反正咱們也吃不慣這些腥味重的東西，不如去徐四家換幾個銅板來得實在。」林二寶抬眼望了望裡屋的門簾，提起籃子就走。

吳氏無奈，只好由他。

「慢著，這是我給我娘帶的魚。」麥穗再也聽不下去，便掀簾走出來，不悅道：「您不能拿去賣了。」

「大有媳婦，這就是妳閨女嗎？」林二寶皺眉問道，一雙小眼睛不停地打量麥穗。他有些驚訝，大有媳婦竟然有這麼大的閨女了？

吳氏嫁到山梁村八年，麥穗只來看過她一次，那還是五年前跟吳三郎一起來的，來的時候恰巧只有吳氏一個人在家，因此並沒有見到林家其他人。

「麥穗，快叫二爺爺。」吳氏忙拉過麥穗。

「二爺爺，您不能把這些魚帶走。」麥穗臉一沈，伸手去搶他手裡的竹籃。

這人是土匪啊！

林二寶不給，反而把竹籃舉得高高的，吼道：「妳既然送給妳娘，就是俺們家的東西，妳憑啥不讓俺賣？妳娘還是俺們家的呢！」

「這是我給我娘帶的，不是給你們的。」麥穗聽見這話，氣不打一處來，敢情林家人就這副德行嗎？

「給妳娘的，就是給俺們的。」林二寶昂首挺胸道：「妳娘這些年吃俺們的、穿俺們的，要妳這點魚算是便宜妳了，妳怎麼還不講理了？」

「到底是誰不講理？」麥穗更生氣了。「我看你才是為老不尊、自私蠻橫。」

「俺就是為老不尊、自私蠻橫怎麼了？」林二寶頭一昂，提著籃子就往外跑。

「你給我把魚放下。」麥穗也不含糊，抬腿就去追。

這些小魚是她辛辛苦苦地忙活一個多月才曬出來的，哪裡捨得就這樣讓他拿去賣，她娘都還沒嚐過呢！

「穗兒，算了吧！」吳氏一把拽住她，忙道：「妳就當是娘把這些魚給吃了吧。」

「娘，您就由著他們這麼欺負您嗎？」麥穗憤然道。「您讓開，我今天就是不讓他把這些魚拿去賣了。」

「穗兒，妳好不容易來一趟，就不要惹事了。」吳氏拽住她不放，苦苦勸道：「讓他拿去吧！妳二爺爺是渾了點，但他對娘還是不錯的。」

「娘，他這樣就是對您好啊？」麥穗越說越生氣。

這都是什麼跟什麼呀，天底下怎麼會有如此不講理的人？

此時，一個高高瘦瘦的年輕人匆匆從門外走進來，正好跟林二寶撞了個滿懷，籃子裡的魚也撒了一地。

林二寶火了，指著他的鼻子罵道：「嘿，我說你個小猴崽子，你走路不長眼啊？你是想撞死你二叔公嗎？」

「哼，就我這身板能撞死您？是您把我撞死了吧？」話一說完，這個小猴崽子便笑嘻嘻地進門。

小猴崽子一看見吳氏，忙道：「舅母，俺娘說昨晚俺外祖母託夢給她，說俺外祖母把家裡那對陪嫁的紅木箱子送給俺娘了，俺娘讓俺過來搬回家去。」

「青山，你說的那對木箱，被你兩個叔公一人一個給抬了去，並不在我這裡。」吳氏從容道：「你若是喜歡的話，就去跟你叔公討討看吧。」

「舅母，家裡的東西您怎麼能讓外人搬走呢？怪不得俺外祖母死不瞑目，對您不放心。」莊青山訕訕道：「箱子是從您這裡被搬走的，回頭您讓我那兩個叔公把箱子給騰出來，然後您再送到我家去就行。」

「青山，你兩個叔公屋裡，也就剩下那兩個紅木箱子，要是被你搬走，他們怕是連衣裳、被褥都沒地方放了。」吳氏嘆道：「再說他們也用了好幾年，就讓他們用著吧。」

「可那兩個紅木箱子，俺外祖母答應給咱們家了啊！」莊青山黑著臉道：「您不能拿咱們家的箱子，去裝好人吧？」

「你想要箱子，自己去搬便是。」麥穗心裡明白了幾分，上前道：「箱子不在我娘這裡，你還嚷嚷什麼？」

「可是、可是他們不在家。」莊青山愣了一下，沒好氣地道：「難不成妳要我爬牆過去嗎？」

「那是你的事情，跟咱們沒關係。」麥穗冷冷地上前打量他一眼，又道：「你們想要什麼東西，直接開口便是，不要打著什麼託夢的幌子當藉口。若是今晚我娘夢見你外祖母想你了，讓你過去陪她，你去嗎？」

「穗兒，別胡說。」吳氏拽了拽她的衣角，認真道：「娘沒作過那樣的夢。」
「妳是誰？」莊青山疑惑地問道。
這小娘子長得還滿好看的，至少比他見過的女子都還要好看。

# 第八章　龍叔來訪

「青山，她是舅母的女兒。」吳氏拉過麥穗介紹道：「論起來，她還得管你喊一聲表哥呢。」

「表、表妹。」莊青山期期艾艾地看了她一眼，耳根泛紅道：「妳、妳不要嚇唬我，俺外祖母不會託這樣的夢。」

「既然你外祖母不會託這樣的夢，那你怎麼知道你外祖母還惦記著把她那兩個箱子給你們家？」麥穗看著他，一字一頓道：「你們當別人都是傻子嗎？」

「那、那我再回去問問我娘。」莊青山踉踉蹌蹌地跑了，不想跑到門口的時候，卻砰的一聲撞在門上。他也顧不上喊痛，趕忙腳底抹油溜了。

麥穗頓時笑彎了腰。

「妳呀，什麼時候學得如此伶牙俐齒了？」吳氏嗔怪道：「青山說起來也是個老實人，他那個娘才是個難纏的，估計過沒幾天，又得過來鬧騰那兩個木箱子了。我兩個叔父也不是省油的燈，到時候免不了又是一番吵鬧。說到底，也是因為我沒給這個家生孩子，我那大姑總拿我當外人呢！」

「娘，您怎麼把錯處都往自個兒身上攬呢？」麥穗不可思議道。「是那個林大有逃婚，壓根兒就沒跟您過過日子，您怎麼可能有孩子？」

「娘也知道這些，娘就是說一說。」吳氏垂眸嘆道：「林家老太太是個好人，待我不錯，要不是有她護佑，娘這些年哪能熬得過來？如今她屍骨未寒，娘怎麼好意思馬上就跟林家人拉下臉來鬧彆扭。」

麥穗嘆了一聲，沈默不語。

要是她有一點能力，也不會看著吳氏在這裡受罪。可她如今在蕭家都自顧不暇，自然也顧不上這個身子的親娘。

母女倆正說著話，大門突然「砰」的一聲被人踢開了。

「大有媳婦，妳給我出來，難道妳就一個叔父嗎？」林三寶拽著林二寶，氣沖沖地闖進來，吼道：「憑什麼把滿滿一籃子小魚全都給了他？他倒好，跑到徐四家賣了五個銅板，一個子兒也不給我。妳說說，有這麼不講理的嗎？」

「你個不知好歹的東西，給我滾開！」林二寶也怒了，花白的鬍子氣得一顫一顫的。他猛然推開林三寶，指著他的鼻子罵道：「上次你病了，怎麼不直接死了算了，還欠下一屁股債連累咱們。我賣了錢都是我自己花了嗎？我是準備給你還債的。」

「我呸，你說得好聽，誰不知道你手頭只要有點錢，就跑去村子裡那個小寡婦家獻殷勤。我勸你還是死了那條心吧！」林三寶毫不示弱，口沫橫飛道：「就你這樣的，也不撒泡尿照照自己，都是土埋到脖子的人了，還這麼不正經，真不要臉。」

「我不要臉，那你又怎麼著？」林二寶被戳中痛處，惱羞成怒，順手抄起鋤頭就要朝林三寶揮去。

林三寶見他哥動了真格的，二話不說，拿起門後的棍子還擊，兄弟倆瞬間打成一團。

「二叔、三叔，你們不要打了。」吳氏慌忙地上前勸架。

麥穗唯恐吳氏被波及，也跟著上前勸兩人停手。

兄弟倆不聽勸，反而變本加厲地爬到一人高的豬窩上面，越打越來勁。

母女倆怎麼勸也勸不住，兩人都急出一頭汗。

院子裡一團混亂。

這時，大門又被打開了。

蕭景田信步走了進來。

「你、你怎麼來了？」麥穗吃了一驚。

難道一向傲嬌的蕭大叔突然心血來潮，掐指一算，發現他所謂的媳婦有難，便騰雲駕霧地過來救苦救難了？

「我路過，順便過來接妳回家。」蕭景田看了一眼正在豬窩上越打越眼紅的兄弟倆，若無其事道：「妳要是收拾好了，咱們現在就走。」

吳氏見門外冷不防地走進來一個陌生的年輕人，還跟麥穗說話，也顧不得勸架，忙上前問道：「穗兒，他是誰啊？」

「娘，他就是蕭景田。」麥穗道：「他路過，過來接我。」

蕭景田有板有眼地長揖一禮。「岳母大人安好。」

麥穗見他是個懂禮數的，心裡鬆了口氣，好在蕭景田沒有讓她難堪。

之前她還跟她娘說，她男人待她很好來著，若是蕭景田對她娘不理不睬的，那她豈不是很打臉。

「好、好、好。」吳氏有些驚喜。沒想到這個聽說是土匪的女婿，竟然如此年輕俊朗、風度翩翩，她的心裡有些激動，忙道：「既然來了，就別急著走，吃了飯再走吧！」

「不了，岳母還是先安頓家裡事吧。」蕭景田雲淡風輕地道，便大踏步地出了門。

房頂上，那兩個人打得正歡呢！

「娘，咱們走了，改天再來看您。」麥穗也跟著走出去。

兩人一路無言。

到家的時候，天已經快黑了。

蕭芸娘聽見大門響，便一溜煙地從裡屋跑出來，低聲對蕭景田道：「三哥，牛五領著龍叔來了，等你大半天了呢！」

龍霸天是這十里八鄉中大名鼎鼎的漁霸，家裡有十多艘用來捕魚的大船，還經常往京城一帶送貨。

他的家資豐厚，人脈廣，尋常人家他自然是瞧不上的，如今他紆尊降貴地來到蕭家，蕭家可謂是蓬蓽生輝。

蕭宗海年輕的時候，跟龍霸天有些私交，加上年齡相仿，倒也不覺得拘束。兩人有一句沒一句地聊著，不時發出一、兩聲笑。

蕭福田和蕭貴田則是受寵若驚，兩人又是端茶又是倒水，忙得不亦樂乎。

來人可是龍叔啊，大名鼎鼎的龍叔呢！

牛五也覺得臉上有光，心情愉悅地坐在龍霸天旁邊等著吃飯。

他就住在蕭家隔壁，雖然也經常會來蕭家蹭飯，但這次尤其坦然。

孟氏則帶著兩個兒媳婦在灶房裡炒菜做飯，人家龍叔出手大方，提著豬腿上門，她們總得炒幾個好菜好好招待客人吃飯。

炕上，燭光搖曳，酒過三巡。

「景田啊，我知道你這些年在外面闖蕩，是個有本事的人，而我這個人哪，偏偏是愛才、惜才之人。我今天來，是請你幫忙來了。」龍霸天坐在炕頭上，灰褐色對襟綢衫上的銅錢暗紋，閃著忽明忽暗的光芒。

他端起茶碗，慢悠悠地抿了一口，繼續道：「咱們附近這片海域，說起來只是個淺水灣，這些年來魚是越打越少、越打越小，鄉親們在海上辛苦一年，也只能剛好維持溫飽。看看你家就知道了，你大哥、二哥都是船老大，也是捕魚好手，到頭來這日子過得也只是恰恰能填飽肚子嘛！」

蕭福田和蕭貴田連連點頭稱「是」。

龍霸天所言不虛，他們兩個大男人一年到頭都在海上賣命，可家裡的日子似乎也沒有好過多少。

魚嘴村的日子並沒有因為男人的勤奮，而變得更好一些。

「對、對、對，咱們這邊的海域只是個淺水灣，魚群的確不多。」牛五也跟著嘆道：「所以鄉親們的日子過得捉襟見肘，一點也不寬裕。」

蕭景田不吱聲，神色坦然地喝著茶。

這茶是後山上採來的竹葉茶，自家炒製的。剛開始喝的時候有股淡淡的苦味，越到後面越甜，他很喜歡。

龍霸天不動聲色地看了看兄弟三人的反應，又看著蕭景田，語重心長道：「所以呀，景田，我打算在你們魚嘴村建個魚塘，投放魚苗養魚，想找你出面幫我打理。除了你大哥、二哥之外，你再給我找幾個能幹的漁民，我一個月會給他們二兩銀子的報酬，保證比他們出海掙得還多。」

蕭福田和蕭貴田馬上眼前一亮。他們就是每天出海不耽誤，一個月也掙不上二兩銀子的。

「龍叔，我對養魚並不在行。」蕭景田放下茶杯，習慣性地掏出帕子，擦拭一下嘴角，面無表情道：「再說，我出外多年，對村人也不是很瞭解。這個忙，我幫不了，龍叔還是另請高明吧！」

「景田，龍叔知道你在海上的本事，也知道你這些日子之所以沒有出海捕魚，是因為你身上還有傷尚未痊癒罷了。」龍霸天並不生氣，反而和顏悅色道：「你放心，龍叔只是讓你幫我看個場子而已，並非要讓你做苦力。龍叔不會虧待你的，魚塘裡每出一船魚，就給你一成紅利，你看如何？」

不得不說，龍霸天的條件確實很誘人。
一成紅利意味著什麼？意味著他們蕭家的日子將會有翻天覆地的變化，一躍成為魚嘴村的富戶。
「老三，你聽聽，龍叔不是要你做粗活，只是想讓你幫著照看一下而已。」蕭貴田見蕭景田愛理不理的樣子，唯恐他得罪龍霸天這個財神爺，忙道：「再說咱們離得近，正好給龍叔搭把手。」
「對、對、對，咱們離得近嘛！」蕭福田附和道。
這差事再怎麼著，也比他們自個兒出海捕魚來得輕鬆，不就是跑跑腿，幫龍叔照看魚塘，何樂而不為呢？
「多謝龍叔抬愛。」蕭景田淡淡道：「我此番回家，只想過一過自由自在的日子，忙時種地，閒時出海捕魚，在二老面前多盡盡孝心，僅此而已，希望龍叔能理解成全。」
麥穗坐在灶間燒火，聽著蕭景田的話，心想這男人到底是有幾分風骨的。他不想仰人鼻息過日子，縱然面對龍霸天這樣受人敬仰的角色，也不改初心，他果然是與眾不同的。
牛五見蕭景田絲毫不動心，忙打圓場道：「景田哥，魚塘的瑣事什麼的，也不用你操心，你該種地就種地，該出海就出海，只要咱們有什麼處理不了的事情，你幫著咱們拿一拿主意就好。」
牛五是個聰明人，他早就猜到龍霸天只是想借用蕭景田的名聲罷了。
眼下龍霸天包下魚嘴村這邊的海域，魚嘴村的漁民們肯定不服氣，若是他們時不時地找點小麻煩，往魚塘裡扔點老鼠藥什麼的，那龍霸天的損失可就大了。

所以，他需要一個厲害的角色，來鎮住那些不服氣的人。

而蕭景田正是那個最合適的人選。

「龍叔慢用，失陪了。」蕭景田絲毫不為所動，放下筷子，便大踏步地走出去。

「爹，您看老三，這是啥態度啊！」蕭貴田看了看蕭宗海，有些埋怨爹怎麼不幫著勸蕭景田。

他又扭頭對龍霸天道：「龍叔，您千萬別見怪，我家老三就是這倔脾氣。自從他回來後，一直是這副德行，他不願意的事情，誰勸也沒用。」

「哈哈，無妨、無妨。」龍霸天乾笑幾聲，波瀾不驚道：「但凡有本事的人都有幾分傲骨，哪裡肯輕易為這區區銀錢折腰？你家老三果然不簡單。既然老三請不動就請不動了，你們哥兒倆可不能推辭，務必要幫龍叔好好打理魚塘，咱們一塊兒發大財。」

蕭福田和蕭貴田聞言，愣了一下，也跟著乾笑幾聲。「好、好，一切聽龍叔的安排。」

照龍霸天的說法，他們豈不是沒有本事的人了？

牛五感同身受，只是嘿嘿地笑著。

他倒是不在乎別人怎麼看他，對他來說，只要能填飽肚子，最好還能娶上一房媳婦，他就心滿意足了。

送走龍霸天和牛五之後，父子三人繼續討論此事。

孟氏和蕭宗海坐在上首，蕭福田和蕭貴田則坐在炕邊。
麥穗覺得她在場不合適，便不聲不響地回屋，挑了挑昏黃的燭光，繼續織漁網。
蕭芸娘說，待過些日子，會有大批小黃花魚從海上游過，每家每戶都會去海上捕撈，大一點的賣錢，小的則曬乾留著餵雞餵鴨。
麥穗覺得這是個好機會，得趕緊織點漁網放著，以備不時之需。畢竟要想在這個家立足，就得做些力所能及的事情才是。
而沈氏和喬氏此時正神色凝重地坐在炕上聽男人們說話。這是家裡的大事，她們自然不能置身事外。
「爹、娘，我覺得此事能做，一個月二兩銀子，可不是每個人都能掙來的。」蕭福田興奮道：「養魚總比捕魚舒坦，還是穩賺不賠的買賣。」
「大哥說得對，龍叔是老買賣人了，跟著他幹，咱們不吃虧。」蕭貴田連連點頭。「只是老三心裡拐不過這個彎來。也不想想，龍叔都親自上門請他幫忙了，還給一成紅利，這是多大的面子啊，可他就是不領情，讓咱們也跟著難做人。」
如果拒絕龍霸天，他和老大絕對會不甘心。
可若是只有他和老大兩人跟著龍叔，卻又顯得他們三兄弟心不齊，各管各的，說不定人家還會笑話他和老大不顧兄弟情誼。
「就是啊，爹，這事您得拿主意，總不能老三說什麼就是什麼。」喬氏忍不住道：「別的不說，菱兒跟石頭一天比一天大了，卻還跟咱們擠在一起住，然而依咱們現在的境遇來看，那可是連新房子都蓋不起。這麼一大家子人，總得尋點掙錢的出路才是。」

「就是。當初老三執意要租荒地，咱們都不同意，他還不是照樣租下來。眼下放著這麼大個掙錢的機會，他又不去，難道咱們還得再順著他的想法走？」蕭景田不在場，沈氏是敢說話的。

「你們自己的事情，自己拿主意。」蕭宗海沈默半晌，皺眉道：「各人有各人的打算，我不勉強。」

他雖然也覺得跟著龍叔幹，是個不錯的選擇，但老三不願意，他這個當爹的也不好再說什麼。以老三的性子，怕是他勸了也無用的。

孟氏靜靜地聽著，一聲不吭。

她既說服不了老大、老二，更說服不了老三，若是貿然開口，又會得罪兩個兒媳婦，不如閉嘴來得省心。

「話雖如此，但咱們畢竟都在同一個鍋裡舀粥吃。」蕭貴田嘆道：「咱們兄弟三人必須齊心協力，日子才能過好，若是說不到一塊兒，你要往東，他偏要往西，可如何是好？」

蕭宗海自然知道兄弟倆的心思，輕咳道：「景田剛包了十畝地，是真的走不開。你們想跟著龍叔幹，就去吧，他在家裡種地也是一樣的。」

喬氏在一旁冷笑。

若是老三租的那十畝荒地賠了，他們還不得跟著出錢嗎？憑什麼？

想到這裡，她一個勁兒地朝蕭貴田使眼色。

「爹，既然話都說到這個分兒上了，咱們索性攤開來說。」蕭貴田會意，皺眉道：「爹都說了，各人有各人的打算，那還不如分家來得徹底。就這樣攪在一起過，能有什麼活法？」

「二叔說得對，咱們也是這麼想的。」沈氏見蕭福田半晌不吱聲，狠狠地瞪了他一眼，輕咳一聲，才繼續道：「再說，就算分了家，咱們還是一家人，若是有什麼大事，誰也不能置身事外啊。」

蕭宗海這次沒有發火，只是沈默不語。

兄弟倆眼前一亮。

看樣子，爹的態度開始鬆動了。

剩下的豬腿肉被孟氏醃成臘肉，整整齊齊地掛在屋簷下晾曬。風一吹，臘肉條輕輕地顫動著。

「要是每天都能吃上肉就好了。」蕭石頭拿著小板凳，望著紅白相間的臘肉直流口水。

「俺爹說了，等他去魚塘賺了錢，咱們就可以天天吃肉了。」蕭菱兒托著腮道：「俺喜歡吃肥肉，一咬就流油的那種。」

「俺也是，上次俺在姥姥家吃的紅燒肉，可香了，是俺舅舅給俺買的。」蕭石頭擦擦口水道：「俺姥姥說，等俺舅舅娶媳婦的時候，要給俺燉好多紅燒肉吃。」

「那你舅舅啥時候娶媳婦？」蕭菱兒問道。

「不知道。」蕭石頭搖搖頭，小大人般地嘆道：「聽俺娘說，俺舅舅是小混混，比咱三叔父都混，想娶媳婦，怕是得兩袋白麵，愁哪！」

麥穗聽了，禁不住抿嘴一笑，一回頭，卻見蕭景田一臉黑線地站在她身後。

她立刻垂眸掩藏表情，不聲不響地回了屋。

# 第九章　造船

「大哥、二哥，受制於人，不如自己作主來得自由，龍叔那裡你們還是別去了。」蕭景田勸道：「你們想想，若只是讓你們看魚塘，哪能給你們二兩銀子？我猜日後他肯定會安排別的差事給你們做的。商人重利，他肯定不會做虧本買賣。」

蕭貴田反問道：「只要能掙到錢，受制於人又如何，傲骨能當飯吃？況且咱們出海捕魚，也掙不了這麼多。」

「再說了，就算要安排別的差事，咱們盡心盡力去做就是了。」蕭福田不悅道：「老三，咱們是男人，得養家，你要是怕這、怕那的，啥事也做不成。再說你租荒地的事情，咱們都不同意，你還不是照樣租下來？如今咱們去魚塘，希望你也不要干涉咱們，連爹都說了，各人有各人的活法。」

蕭景田見他們如此堅定，便不再多說。

於是兄弟倆就這樣跟了龍叔，整天在海上忙著魚塘的事。

一連幾天，誰也沒有再提過要分家。

大家心照不宣地過日子。

沈氏和喬氏也沒有再鬧騰。現在她們的男人有了好差事，每個月能拿回二兩銀子，她們自然得好生伺候著，哪裡敢惹男人們生氣。

她們又不傻，誰還會跟銀子過不去？

牛五雖然沒有蕭景田這般有名氣，但他好歹也算是個小混混，一般人不敢輕易招惹，因此龍霸天便讓他暫時管著魚塘的瑣事。

牛五憑著三寸不爛之舌，又在村裡找了四、五個能打架，也願意跟隨龍叔的漁民，在魚塘那邊幫忙。

龍霸天的魚塘占了魚嘴村的一大半海灣，村人可以活動的地方，僅剩下能泊船的淺水灣。

也就是說，魚嘴村的漁民們想要捕魚，得繞開龍霸天的魚塘，去遠一些的地方才成。

漁民們雖然怨聲四起，卻也無濟於事，畢竟再借他們幾個膽，他們也不敢去招惹大名鼎鼎的龍霸天。

況且龍霸天承包魚嘴村的海域，也是經過衙門應允的。龍霸天是正經商人，可不是那些個土匪、強盜。

蕭福田和蕭貴田不再出海捕魚，沈氏和喬氏自然也不用風吹日曬地去賣魚了。妯娌倆在家織織漁網、繡繡花，日子過得很滋潤清閒。

蕭景田依然每天早出晚歸地忙著他的那片荒地，連午飯都是麥穗給他送到田裡去的。

麥穗見田地裡堆著許多粗壯的松樹，不解地問道：「你砍這麼多樹幹麼？」

「造船。」蕭景田擦了擦額頭的汗，面無表情道。

「你是想出海捕魚？」麥穗很欣喜。若是他出海捕魚，那她豈不是可以跟大嫂、二嫂以前一樣，去魚市賣魚了？
她很樂意！
反正她現在已經跟著蕭芸娘學會了織漁網，無論是粗眼網，還是細眼網，她的技術都不在話下。
她能幫上他！
蕭景田點點頭，表情冷峻地坐下來吃飯。
麥穗聳聳肩，轉身去把他砍下的枝枝葉葉收拾起來，用麻繩捆好，準備揹回家去當柴火。
「景田，吃飯哪！」一個身穿粗葛布短褂的老漢進了田裡，放聲喊道。
這老漢麥穗認得，是魚嘴村的老木匠莊栓。
她笑著上前打招呼。「莊叔來了。」
「景田媳婦這是過來送飯的吧？」莊栓老漢嘿嘿笑道。「妳婆婆到處說景田娶了個好媳婦，既能幹又賢慧。今日一見，果然是的。」
「你們聊，我過去收拾、收拾。」麥穗見他當著蕭景田的面這樣誇自己，臉微微地紅起來，忙轉身離開。
「莊叔，有您幫忙，這艘船用不著兩個月就能完工。」蕭景田看了看麥穗，正色道：「到時候田裡的活兒也差不多做完了，待我把麥子種上，年前還能出好幾個月的海，正好試試水。」

「就知道你這個小子無論做什麼事情，都是有板有眼的。」莊栓老漢笑著拍拍蕭景田的肩膀，嘆道：「只是你這船造得也不是時候，眼下咱們這片海域都讓龍霸天給包去，咱們可得再想想別的辦法捕魚了。」

「不礙事，咱們去遠一些的地方就是。」蕭景田不以為然道：「沒必要非得都擠在這淺水灣裡。」

「景田，村人聽說你要做船出海，他們嘴上不說，但心裡可高興了。」莊栓眉飛色舞道：「你連龍霸天都敢拒絕，村人敬你是條漢子，都願意跟著你捕魚呢！」

「拒絕龍叔是因為我這個人比較懶，不願意操心，想過著毫無牽絆的日子而已。」蕭景田淡然道：「再說捕魚也不是拉幫結派，各家有各家的日子要過，我做船出海也是為了餬口罷了。」

莊栓老漢點頭道「是」。

到了下午，蕭宗海趕著牛車把荒地那邊的松木全都拉回來，整齊地排在屋前的空地上。牛五剛好出門，看見那些松木，上前問道：「宗海叔，聽說景田哥要做船？」

「嗯，等忙完田裡的活兒，就該張羅著出海了，沒船怎麼行？」蕭宗海應道。

「嘿，福田哥和貴田哥的船現在都閒著，景田哥何必再重新做新的？」牛五撓撓頭，訕訕地笑道：「龍叔那裡的船多，也用不著福田哥和貴田哥的船過去。」

「誰有也不如自己有。」蕭宗海面無表情道。

「那是、那是，想必景田哥也看不上那些舊船的。」牛五一邊說著，一邊鎖上門，緊接著便精神抖擻地去了海邊。

他最近太忙，可顧不上跟蕭宗海閒話太多。

莊栓站在院子裡看著蕭景田親手繪製的圖紙，暗暗驚訝。「景田，你這漁船是用來打魚的嗎？我怎麼看著跟戰船差不多。」

「栓子叔見過戰船？」蕭景田問道。「說說看，怎麼跟戰船差不多了？」

「我還真是見過戰船的。看你這個船底艙的高度，竟還能放得下一艘小船，那不是戰船是什麼？」莊栓指著圖紙，笑道：「怪不得你看不上村裡的這些舊船，敢情你要的是這樣的大船。」

「還是栓子叔明白我。」蕭景田展顏一笑。「此一時、彼一時，咱們以後是不能在這淺水灣打魚了，得經常往遠處走，所以船得做得大些才是。」

麥穗正拿著抹布，站在南房的窗前擦窗臺，透過窗戶的縫隙，冷不防地看到蕭景田耀陽般的笑容。

她心裡暗忖，原來這個男人開心的時候也會笑，而且他笑的時候看上去很和藹。看來，他平日裡冷著一張臉，不是他性情使然，而是生活中沒有讓他高興的事情罷了。

「對呀，我怎麼沒想到這些？」莊栓倒沒怎麼在意蕭景田的笑容，他猛地一拍大腿，信誓旦旦道：「你放心，叔一定好好幫你做。這船若是做成，咱們魚嘴村以後的船就都是這個樣子了。」

兩人邊說邊拿著圖紙，去了屋前的空地上，蹲在地上仔細地選取木材。

莊栓望著堆得像小山一樣的松木，誇讚道：「景田，你小子就是有腦子、有力氣，這麼好的木材，你是怎麼找到的？」

「剛回來那會兒，我沒事就去山裡轉轉，看到中意的，就隨手標個記號罷了。」蕭景田淡淡道：「其實我剛回來的時候，就打算做船了，只是那個時候胳膊上的傷還沒有好，也就沒急著做，只是選了選木材而已。」

「你心思縝密，不慌不忙，將來是個能成事的。」莊栓笑呵呵地摸著下巴道：「以後在海上，叔這把老骨頭就交給你了。」

蕭景田只是笑。

蕭芸娘坐在炕上繡花，見麥穗將南房的窗臺裡裡外外擦了一遍，又不聲不響地拿起條帚開始掃院子，心裡對這個新嫂子很滿意，便同孟氏道：「娘，三嫂是個勤快的，人也不錯，可我怎麼看著三哥對三嫂很生分似的？他們兩個是不是彼此看不上眼啊？」

「好好繡妳的花，一個姑娘家，在那裡瞎操心什麼？」孟氏瞪了她一眼，道：「妳三哥的性子妳也不是不知道，他從小就那樣，對誰都冷著臉，妳還指望他對妳三嫂怎麼樣？」

「娘，兩口子跟別人能一樣嘛?!」蕭芸娘翻著白眼道。「按理說，作為男人，對誰冷臉也不能對媳婦冷臉，要不然這日子可怎麼過呢？女人找婆家是圖的什麼？就圖男人的冷臉？」

「哎呀，妳胡說什麼？」孟氏喝住女兒，低聲道：「家裡剛消停幾天，妳切不可再生事端。人家兩口子的事情，妳少摻和。」

「娘，您不知道，三哥至今都還在那張小床上睡呢！」蕭芸娘冷哼道：「您是我親娘我才提醒您的，若是再這樣下去，您就別想抱孫子了。」

「那妳說怎麼辦？」孟氏滿臉愁容道：「這種事情，我一個當娘的該怎麼勸？」

總不能逼著兒子上媳婦的床吧！

「娘，我倒是有個法子。」蕭芸娘眸光流轉一番，悄聲道：「我把三哥的床搬過來，他沒地方睡覺，不就到炕上去了嘛！」

「能行嗎？」孟氏表示懷疑。

「怎麼不行？您瞧我的。」蕭芸娘想了想，放下手裡的繡活，穿鞋下炕。

她看了看外面，見蕭景田不在，只有莊栓拿著刻尺來來回回地量著那些木頭，便一溜煙地跑回來。

麥穗掃完院子，又開始坐在井邊洗衣裳，見小姑子出來又跑回去，也沒在意。

她洗完衣裳還得去織漁網，等蕭景田的船做好，這些網也就能派得上用場了。

其他的事情，她幫不上忙。唯一能做的，就只有織漁網。

而蕭芸娘此刻正躲在屋裡翻箱倒櫃地收拾一番，又悄聲問孟氏斧頭在哪裡，慌得孟氏忙問道：「妳不是說要把妳三哥的床搬過來嗎？妳要斧頭幹麼？」

「我要三哥的床，總得有理由吧？」蕭芸娘有板有眼地道：「我得把我的床劈了才行。」

「什麼？妳要劈床？」孟氏聞言，差點暈倒。「妳想了半天，就想出這個辦法嗎？」

「娘，難道您有更好的辦法嗎？」蕭芸娘反問道。

孟氏無語。她的確沒有更好的辦法。

「娘，您說吧，您是要這張床，還是要孫子？」蕭芸娘直截了當地問道。

「當然是……孫子。」孟氏自然是要孫子，她連作夢都想要。

「這不就得了。」蕭芸娘自顧自地找來斧頭，三兩下把她的床硬生生地劈成了柴火。

噼噼啪啪的，聲音很大。

沈氏和喬氏站在門外探頭探腦地望著，心想這小姑子又在發哪門子瘋了？

「長了蟲的床還留著幹麼？」蕭芸娘故意大聲嘟囔，也不理會沈氏和喬氏，顛顛地把床板塞到灶間，又道：「反正三哥屋裡還有張空床，我就先睡他的那個吧！」

「也好，反正他們也用不著。」孟氏心虛地附和道。

母女倆進了南房，把蕭景田的鋪蓋一捲，抬到裡屋的大炕上。不等麥穗反應過來，她們便把蕭景田的床給抬走了。

「三嫂，我屋裡的床長蟲子了，借你們屋裡的床用用。」蕭芸娘一本正經地解釋道。「反正你們屋裡有炕，這張床其實也用不上。」

麥穗自然明白母女倆的心思，不禁暗自腹誹，難不成在婆婆和小姑子眼裡，她已經淒慘到需要她們的幫助，才能讓自己的男人跟她一起睡嗎？

拜託，她根本不需要好吧？

蕭景田一進屋，就發現他的床不見了。

他臉一沈，大踏步地去了正房問孟氏，得知緣由，立馬不滿道：「就算是床長了蟲，換一換木板也能用，不至於把床劈了當柴火吧！再說，怎麼還把我的床給抬走了？」

「你妹妹的床壞了，不從你屋裡抬床，要從哪裡抬？」孟氏也豁出去了，索性不講理道：「你看看你大哥、二哥屋裡，大人和孩子都擠在一個炕上睡覺。而你們屋裡就兩個人，難道還要占著炕又占著床？」

蕭景田不想反駁母親，便黑著臉回了屋。

雖然兩人相處快兩個月，也算熟人了，但畢竟是頭一次睡在一起，麥穗心裡還是有些彆扭的。

但人家蕭大叔被老娘和妹子算計得沒地方睡，作為名義上的媳婦，她總不能霸著炕不讓他上來睡吧？

目前看來，蕭大叔也算是禁慾系的，清心寡慾得很。早起晨練，晚間冷水沐浴，生活很有規律，做起事來更是一板一眼，是個靠譜的。

也不知道是哪個天殺的，說蕭大叔是殺人不眨眼的土匪，這分明是誹謗、是誣衊！

蕭景田枕著胳膊，望著黑漆漆的屋頂。他知道她還沒睡，於是很自然地問道：「妳最近在織什麼網？」

「我在織細眼網。」麥穗收回思緒，扭頭看了看他，清清嗓子道：「我聽芸娘說，每年這個時候會有很多黃花魚從海上游過，十里八鄉的人都會到這裡來撈魚，到時候這些漁網正好能用得上。」

「那是往年。」蕭景田扭頭看了她一眼，緩緩道：「今年村裡的海域都被龍叔給圍成魚塘，豈會讓別人過去撈魚？妳們切不可去惹麻煩。」

「哦，我差點忘了這事。」麥穗這才想起，現在魚嘴村的海域大部分已經成了龍霸天的，再也不能像以前那樣隨意趕海。她的心裡很失望，頓了頓，又問道：「那你船上不用細眼網嗎？」

「用倒是能用上，只是用的時候不多。不如這樣，妳幫我織幾條粗眼網吧！」蕭景田翻了個身，道：「至於大小、該怎麼織，妳去問大嫂、二嫂就好。」

「好。」麥穗輕聲應道。

兩人一時無話。

隔天，天剛矇矇亮，蕭景田便悄無聲息地起身穿衣，外出晨練。這是他多年來養成的習慣，輕易改不了，也不想改。

麥穗自然不好意思再睡，便也跟著起身。等她梳洗一番，才看見正房的門開了，孟氏已穿戴整齊地出來打水做飯。

麥穗連忙過去幫著抱柴、燒火。

爹娘手下愛勤人，不管在哪裡，手腳勤快點總是沒錯的。

「老三媳婦，起得這麼早啊！」孟氏展顏一笑。「我看妳昨晚織漁網織到後半夜才去歇息，怎麼也不多睡一會兒。」

「娘還不是也起得早。」麥穗笑了笑，把柴火塞到灶膛裡，打著火摺子，開始燒火。不得不說，做蕭家的媳婦，其實比想像中還要好。

婆婆不是個疾言厲色的，公公也不是個難說話的。早上媳婦們還不用輪流做飯，甚至可以起得比婆婆晚一些。

但為人也不能太放肆，她能做多少，還是會做多少的。

「媳婦，景田昨晚睡得好嗎？」孟氏裝作隨意地問道。

「好。」麥穗會意，不以為意道：「他一躺下就睡著了，一覺到天亮。」

孟氏似乎有些失望，但見麥穗表情如常，便沒再多說什麼。待鍋裡的水開了，她便把盆裡的玉米麵攪均倒進去。

蕭家的早飯通常都是玉米麵粥、鹹菜和窩窩頭，孩子們則是每隔三、五天，會有一個雞蛋吃。

吃完飯後，蕭芸娘便約麥穗去趕海，她用手比劃道：「昨天我聽牛五說了，說海裡的黃花魚明顯多了，讓咱們趕緊去撈一點。」

「可妳三哥說現在大半個海灣，都已經成了龍叔的魚塘，咱們還能去嗎？」麥穗有些猶豫。

「哎呀，沒事的，咱們不去魚塘那邊就是。這麼寬敞的海，難道都是龍叔的？」蕭芸娘不由分說地拉著麥穗就走。

「等等，我得拿一下我的漁網。」麥穗匆匆回屋取了漁網，便跟蕭芸娘直奔海邊。

# 第十章　闖禍

海面上風平浪靜，漂著數不清的紅色布條，遠遠望去，像是一片絢爛的花海。幾艘小船悠閒地穿插其中，有的在拉網，有的正在投放魚苗。隔得太遠，麥穗看不清船上的人。

「三嫂，妳看，那些用紅布條圈起來的地方，就是龍叔的魚塘。」蕭芸娘抬手指著那些紅布條，認真道：「牛五說，前面那片礁石後面的淺灣，是專門用來泊船的，咱們可以去那邊碰碰運氣。」

「好，那咱們去看看。」麥穗一聽還有個淺灣可以捕魚，很是興奮。她提起裙襬，拿著魚簍，跟著蕭芸娘一起走到礁石後面的淺灣。

正是落潮時分，淺灣清澈見底，水流平緩。成群的小黃魚在礁石間隙裡游來游去，看起來十分逗趣。

礁石叢中有不少人大呼小叫地捉魚，很是熱鬧。

麥穗和蕭芸娘都沒撒過漁網，兩人站在礁石上有些不知所措，眼睜睜地看著腳下成群的小魚呼嘯而過。

麥穗急了，索性把裙襬繫起來，把鞋子也脫了，道：「芸娘，咱倆不如下水去用漁網撈魚吧。」

「好。」蕭芸娘一聽，也脫鞋下了水。

姑嫂倆一人拽住一頭漁網，慢慢朝魚多的地方走去，一網下去，竟也撈起來不少魚。

看著網裡活蹦亂跳的魚，麥穗興奮道：「芸娘，快把魚簍拿過來。」

蕭芸娘也很高興，蹦跳著去取來魚簍。

兩人七手八腳地把魚倒進魚簍裡，沒一會兒工夫，兩人的魚簍便滿了。

其他人也抓了不少魚，人人臉上都帶著喜悅的笑容。

「你們這幫刁民，光天化日之下，竟然敢在這裡偷魚，簡直是無法無天！」身後，突然傳來一聲厲喝。「兄弟們，把他們給我抓起來，全都交給龍叔發落。」

眾人嚇了一跳，紛紛回頭看。

只見四、五個彪形大漢拿著棍子，氣勢洶洶地從堤岸那邊走下來，將正在捉魚的老老少少團團圍住。

「這片海現在都是屬於龍叔的地盤，你們不知道嗎？」為首的漢子看起來凶神惡煞，他抄起木棍，用力打在礁石上，陰沈著臉吼道：「居然敢在這裡偷魚，是活夠了吧你們？」

「這裡可不是龍叔的魚塘。」一個身穿藍粗布短褂的年輕人，不服氣地道：「不過是村裡用來泊船的淺灣，咱們抓幾條魚怎麼了？」

他是里長黃有財的兒子黃大柱，平日村人見了，都會禮讓三分，如今被人指著鼻子罵，心中感到很不服氣。

「嘴還挺硬啊！」為首那漢子二話不說，揚起棍子，劈頭蓋臉地朝黃大柱打去。

前助陣。

黃大柱也不含糊，揮起拳頭迎戰，村裡其他幾個年輕人也還算齊心，都紛紛挽起袖子上

怎奈他們不是那群漢子的對手，很快就被打趴在水裡，大呼小叫地喊著救命。

「你們別打了，咱們是真的以為這裡只是泊船的地方。」麥穗看不下去了，忙道：「再說龍叔的魚塘剛剛建成，總得圖個吉利吧，若是弄得大家有個三長兩短，反而不好。」

「就是啊，咱們又不是有意的。」眾人這才回過神來，紛紛上前勸道：「有話好好說，大家不要打了。」

「哼，少廢話，老子不跟女人囉嗦，晦氣。」為首那漢子雖然不屑跟麥穗說話，但還是制止了手下。「好了，不要打了。帶走，通通給我帶走。」

蕭芸娘見為首那漢子如此蠻橫，剛想上前說幾句，卻被麥穗眼疾手快地推到礁石後面，順勢把魚簍遞給她，低聲道：「妳不要過來，他們沒看見妳，妳自己想辦法離開這裡，趕緊回家。」

「三嫂，那妳怎麼辦啊？」蕭芸娘低聲道。「我可不能扔下妳一個人回去。」

「妳放心，咱們這麼多人，若不想引起公憤，他們是不敢把咱們怎麼樣的。」麥穗壓低聲音道：「再說能走一個算一個。記住，務必把這些魚帶回家去。」

蕭芸娘這才抱著魚簍，往裡縮了縮身子，慢慢地退到漁船後面。

「快走，拖拖拉拉的做什麼？」為首那大漢朝眾人吼了一聲，又扭頭對其他人吩咐道：「先把他們關起來，等我先去請示一下龍叔再決斷。」

「是。」其他大漢一齊應道。

待那些人走後，蕭芸娘才揹著魚簍溜回家。

「什麼？妳三嫂和一些村民們，都一起被龍叔的人帶走了？」孟氏聞言，臉色蒼白道：「這可如何是好，妳大哥、二哥不是在海上嗎？妳沒去找他們嗎？」

「娘，我想去來著，可我還揹著這麼多魚，怎麼去找他們啊？」蕭芸娘鬱悶道。「三嫂說了，這魚不能丟。」

「哎呀，妳們真是……」孟氏不知道說啥好了，忙放下手裡的活兒，急匆匆地往外走。「妳三哥去鎮上買桐油，現下也不在家，我去找妳大哥和二哥問問吧！」

「娘，您等等我，我也去。」蕭芸娘忙放下魚簍，跟了上去。

村人得到消息，也紛紛著急地趕到海邊探消息。

蕭福田和蕭貴田也在場，但他倆對此事表示全然不知情。

兩人心裡對麥穗頗有怨言，沒事在家裡好好待著得了，出來惹什麼亂子！

「福田，你快去問問，看能不能求個情，讓他們把老三媳婦放出來。」孟氏焦急道。「你們總歸是龍叔的人，想必這點人情還是能要到的。」

「娘，不是咱們不幫忙，而是咱們剛來也沒幾天，和其他人不熟悉。」蕭福田皺眉道。「再說他們只是被關在那間屋子裡，沒人打他們，也沒人罵他們，您就不要操心了。」

「就是，如今咱們說啥也沒用，就看龍叔怎麼處理了。」蕭貴田也打著哈哈道：「您放心，他們不會有事的，待龍叔來了，把一切問個清楚，也就沒事了。」

「如此說來，大哥和二哥是不想幫忙了？」蕭芸娘有些不樂意。

「芸娘妳啥意思啊？什麼叫咱們不想幫忙？咱們是幫不上忙！」蕭貴田越來越不喜歡這個妹妹了，不管什麼話，到她嘴裡也變了味。他沒好氣地拽著蕭福田就走。「走吧，咱們幹活去，今天還得下網呢。」

「哎呀，妳少說兩句吧！」孟氏白了蕭芸娘一眼，道：「咱們先回家，看看妳三哥回來沒有，想來這件事還得妳三哥出面才行。」

母女倆又急匆匆地回了家。

關押麥穗他們的這間屋子很大，足足有一般屋子的兩間大。

晌午的陽光從低矮的窗櫺影影綽綽地灑下來，斑斑點點地在地上晃動著。屋內的地上，還亂七八糟地放著一些網線和幾張破爛不堪的漁網。

他們一進去，很自然地分成兩邊，男的一邊，女的一邊。

幾個年輕人被打了一頓，雖說並無大礙，但也沒什麼力氣了，全都濕漉漉地坐在地上，一聲不吭。

女人們三三兩兩地站在一起，口沫橫飛地罵著那幾個大漢，說他們狗仗人勢、為虎作倀，竟然為了這麼點小事，就把他們關起來，真是欺人太甚。

麥穗找了個角落，抱膝坐在地上歇息。

龍霸天雖然去蕭家吃過飯，但她並沒有見過他，只知道他是來請蕭景田到魚塘幫忙的。如今看來，這個龍霸天並不是什麼好人，別的不說，光看他的手下就知道了。

下人如此囂張蠻橫，主子能好到哪裡去？

看來蕭景田早就知道龍霸天的為人，才會拒絕了他。

正想著，一個矮矮胖胖的婦人走過來，笑道：「哎呀，這不是景田媳婦嗎？妳嫁過來的那天，我還去吃過喜酒呢！」

「這位嫂子是？」麥穗笑著問道。

「這說起來，咱們還是親戚呢。」那婦人有板有眼道：「我跟妳婆婆是本家，我是她的堂姪女，論起來，妳得喊我一聲表姊。咱們雖然是親戚，可平日裡各忙各的，也不經常見面，妳就算不認得我也不奇怪。」

「表姊。」麥穗從善如流地喚道。

這時，又有幾個婦人走過來，嘻嘻哈哈地問道：「喲，老姜家的，這小媳婦是誰家的啊？長得這麼俊俏，俺們怎麼沒見過呢？」

「是景田媳婦啊，我堂姑姑家的兒媳婦。」姜孟氏親親熱熱地挽起麥穗的手，向麥穗一一介紹，這是狗蛋媳婦、這是梭子媳婦等等。

「原來是景田媳婦啊。」狗蛋媳婦和梭子媳婦聞言，不停地打量麥穗，也沒再多說什麼，只是訕訕地笑。

觸到她們臉上的表情，麥穗頓覺奇怪。

難道她是蕭景田的媳婦這件事情，有什麼不妥嗎？

撓了撓頭，她這才想起自己丈夫的惡名遠播。想來鄉親們對蕭景田是土匪這件事深信不疑，因此才會用那種異樣的眼光，看著日日與他這個「土匪」生活在一起的自己吧。

時值五月，屋裡很悶熱，屋內眾人的額上都冒著細小的汗珠。

不過，趴在地上的黃大柱卻連聲說冷，還不停地咳嗽。

一屋子人很擔心。

小六子摸了摸他的額頭，驚呼道：「大柱哥發燒了。」說完，便使勁用手拍著門。「快放咱們出去，有人生病了。」

外頭根本沒人搭理他們。

眾人無奈，也顧不上什麼男女之嫌，紛紛把地上凌亂的乾草收集起來，讓黃大柱躺下。

小六子脫下褂子給他蓋上。「大柱哥，你撐著點，咱們很快就能出去了。」

「大柱剛才落水，肯定是受了風寒。」狗蛋媳婦嘀咕道：「那些人也太狠了。」

「五月天也能受寒嗎？」梭子媳婦不解地問道。

「大柱渾身都被海水給弄濕了，緊接著就被關到這間熱屋子裡，這一冷一熱的，可不就受風寒了嗎？」狗蛋媳婦分析道。

麥穗走到那扇長滿雜草的窗臺處，端詳一番，然後小心翼翼地探出手，拔了幾株野菜，拍了拍上面的泥土，遞到黃大柱面前，輕聲道：「大柱兄弟，這是芥藍菜，也是一味藥材，你把它吃下去，很快就好了。」

「咦，這是藥材嗎？」狗蛋媳婦很好奇，道：「我家兔子經常吃這個，我以為是野菜呢。」

「大柱哥，那你趕緊吃吧，你就當自己是兔子好了。」小六子忙道。

眾人一陣哄笑。

「多謝嫂子。」黃大柱也顧不得太多，接過來就大口吃下去，連根都吞了下去。這些野菜他自然也認得，想來兔子能吃，他也能吃。

「景田媳婦，妳會給人看病啊？」姜孟氏很欣喜。在她的印象裡，那些會看病的大都是鶴髮童顏的老漢，很神秘，讓人望而生畏。如今這個看上去弱不禁風的小女子居然識得藥材，她自然震驚。

「哪裡，也是別人告訴我的。」麥穗淺笑道。村裡的女人幾乎全都目不識丁，甚至連男人們認字的也少，她不想出這個風頭，說自己是從書上看到的。

黃大柱吃了那幾株芥藍菜後，雖然氣色仍不是很好，額頭卻出了一層細汗，人也漸漸有了精神，身上也不像剛才那麼燙了。

他對麥穗很感激，一個勁兒地說著「多虧了景田嫂子」。眾人也跟著誇麥穗，連聲說著「景田有福氣，娶了個好媳婦」。

麥穗略感羞澀，低頭不語。

天就這樣漸漸地暗下來。

蕭景田和莊栓在鎮上買完桐油，又買了些造船所需的鉚釘之類的，見天色不早，才拎著大包小包的東西準備回家。

回到家之後，一聽說此事，蕭景田臉一沈，馬上快步去了海邊。

「沒有龍叔的命令，咱們不能放人。」那些大漢不認識蕭景田，囂張道：「滾、滾、滾，誰來求情也沒用，就連你們魚嘴村的里長都不好使。要是惹火老子，小心讓你吃不完兜著走。」

「該滾的是你們，不是我。」蕭景田沈聲道。「據我所知，他們並沒有抓你們魚塘的魚，是你們無理在先。趕緊給我放人！」

「哼，又來一個討打的。」幾個大漢氣勢洶洶地撲上去。雙方打成一團。

麥穗聽著外面的聲音，覺著有些耳熟，心裡不禁一陣激動。是他來了！

「是景田哥來了。」小六子趴在門口，興奮道：「快看，景田哥把他們都給打趴下了呢。」

話音剛落，門便被人一下子從外面踹開。

蕭景田高大魁梧的身影出現在門口，猶如天神臨世般耀眼奪目。他身後的幾個彪形大漢正躺在地上呻吟，全然沒有了適才的囂張跋扈。

眾人「嘩」的一聲圍上去，激動又有些忐忑地問道：「景田，你放了咱們，龍霸天不會找你的麻煩吧？」

「放心，我自有辦法。」蕭景田肅容道：「大家都散了吧！」

眾人忙簇擁著黃大柱，快步出了屋子，急急忙忙地朝村裡走去，唯恐那些大漢再把他們抓回去。

麥穗也跟著走出屋子，看著四下狼狽的場面，她走到蕭景田面前，內疚道：「對不起，我給你添亂了。」

她知道，若不是因為她也被關在這裡，他說不定不會來。

「無妨，這不是妳的錯。」蕭景田的嘴角扯了扯，再沒說什麼，轉身就走。

麥穗趕忙提著裙襬，屁顛顛地跟在他身後。

暮色四合，橙色的夕陽嫵媚地映在海面上，些許低飛的海鳥點綴其中，晚風裹著海的氣息溫柔地襲來。

蕭景田大踏步走在前面，衣角翻飛。

麥穗不禁心頭一熱，快走幾步，關切地問道：「若是龍叔為難你，該怎麼辦？」

「這是我的事，妳無須操心。」蕭景田頭也不回地道。

麥穗知趣地閉了嘴。

吃飯的時候，蕭貴田見大家誰也沒有提蕭景田去海邊強行放人的事，便忍不住責怪道：「景田，你今天也太衝動了，他們到底是不是冤枉的，得由龍叔來決定。你倒好，一來就直接把人放了，龍叔不惱你才怪呢！」

「就是，人家龍叔剛來咱們這裡建魚塘，總得立個威，就算錯抓，那也沒什麼，又沒打、沒罵的。倒是你啊，也太沈不住氣了。」蕭福田也跟著埋怨道：「你也不想想，咱們還在龍叔的手下做事，你這麼一鬧，讓咱們往後如何面對龍叔？」

沈氏和喬氏聞言，目光不約而同地在麥穗身上落了落，臉色也跟著沈下來。要不是因為她，老三哪能這麼魯莽地去惹龍叔？

真是的，沒事去海邊抓什麼魚，裝賢慧！

妯娌倆越想越生氣。

「若是龍叔追究起來，我會親自向龍叔說明白，這些跟大哥、二哥無關。」蕭景田坦然道：「一切後果，由我一個人擔著，不會連累你們的。」

「都是一家人，說啥承擔不承擔的。」蕭宗海放下筷子，對蕭福田和蕭貴田道：「大不了咱們不去龍叔那裡做事就是。只要兄弟們齊心，不愁沒有好日子過。」

近在家門口的海，突然成了別人的，他心裡其實也不習慣。再說鄉親們就算真的抓了魚塘的魚，也犯不著如此驚天動地地抓人吧！

「敢情爹是讓咱們聽老三的嗎？」蕭貴田不滿道：「他做什麼，咱們也跟著做什麼，這才叫齊心嗎？」

「大伯、二伯，這件事都是因為我……是我不好。」麥穗內疚道。「是我給你們添麻煩了，我是真不知道那片淺灣也是龍叔的地盤。」

「說起來，此事也不過是個誤會。」孟氏忙打圓場道：「我都聽芸娘說了，他們是在淺灣那邊抓魚，離龍叔的魚塘還遠著呢！」

蕭福田和蕭貴田這才閉嘴，兩人胡亂地扒了幾口飯，便悶悶不樂地各自領著媳婦、孩子回屋去了。

# 第十一章　這個男人很神秘

「爹，我知道您喜歡熱鬧，喜歡看著咱們兄弟和和氣氣地住在一起。可是爹，這樣是過不好日子的。」待兄嫂走後，蕭景田倚著窗臺，滿臉凝重道：「您不知道，在京城和鎮上，就算是有錢有勢的大家族，他們也不一定會住在一起。常言道，樹大分枝，人多分家，無論是分枝還是分家，都是為了讓樹或者家更繁茂而已。」

「也是，秧子多了不長，果子密了不大。」孟氏若有所思地看了看蕭宗海，嘆道：「既然孩子們都願意分家，不如分了的好，你也不用非得逼著孩子們住在一起，他們的路還長著呢！」

孟氏自然也是願意分家的。畢竟別人家都是媳婦看婆婆的臉色，可一到她這裡，則完全變了調。

孟氏嫁過來的時候，蕭宗海的老娘已經去世，她沒受過婆婆的氣。本來以為自己從此以後不用看人臉色過日子，卻不想老了倒是受盡媳婦的氣。

蕭宗海沈默不語。

難道這個家，真的只有分家這條出路嗎？

「我知道爹在為房子的事情發愁，爹放心，莊叔家就有兩處院子空著，他曾跟兒子說過，若是咱們家住不下，可以先住在他那裡。」蕭景田慢騰騰地喝著茶，繼續道：「莊叔的那兩處院子您是知道的，自從蓋起來之後，就沒住過人，並不比咱們家這個院子差，那磚瓦和木材都是上好的。」

麥穗一聲不吭地坐在孟氏身邊，靜靜地聽父子倆說話。

她突然發現蕭景田這個人，要麼不出手，一出手就肯定能把事情搞定。

或許，他早就看明白，知道這個家是非分不可了。

「就算是分家，也沒有借人家房子住的道理。」蕭宗海顯然還在做最後的掙扎。

蕭家三代單傳，到了他這輩，好不容易才有了三個兒子。他內心深處一直渴望家裡人丁興旺，兒子們能夠兄友弟恭，而不是各過各的日子。

「若是大哥、二哥中意那兩處院子，咱們可以買下。」蕭景田不緊不慢地道：「若是不中意，就先借住一年，咱們再蓋新房子。房子的事情，爹、娘不用擔心，銀子由我來出，我離家十年，也沒能在爹、娘眼前盡孝，如今我回來了，自然不會再讓爹、娘再為這些瑣事勞心費力。」

麥穗聞言，有些難以置信地看著蕭景田。倒不是她不同意他的說法，而是他哪來那麼大的自信，能在短時間內，就攢夠蓋兩處院子的銀子？他可別忘了，家裡還有兩袋白麵的聘禮要還呢！

「你哪有那麼多銀子？再說了，如今你也是成家的人，沒道理讓你一個人全扛下來。」

孟氏顯然也覺得很不可思議，扶額道：「此事還得聽你大哥、二哥的意思，說不定他們只是想分家不分院呢。」

「若是分了家，還在一個院子裡住，那還叫分家？」蕭芸娘嘀咕道。「分家就是應該分出去過嘛！」

「妳給我閉嘴，分不分家是妳一個姑娘家可以成天掛在嘴邊嚷嚷的嗎？」蕭宗海低吼道：「妳早晚都是別人家的人，摻和娘家的事情做甚？」

蕭芸娘見爹爹發火，立即訕訕地閉嘴。

「還有老三，你今天的確是衝動了，明天你就去鎮上給龍叔賠個不是。」蕭宗海囑咐道：「別忘了你大哥、二哥還在龍叔手下當差呢，鬧僵了也不好。」

「我不去。」蕭景田面無表情地拒絕，掉頭就走。

「你……」蕭宗海氣得說不出話來。

「孩子他爹，別生氣了，有話好好說。」孟氏勸道。

「好好說，你看他像是要跟我好好說話的樣子嗎？」蕭宗海一肚子火沒處發洩，索性對孟氏吼道：「妳看看妳養的好兒子，越來越不把我放在眼裡了！」

孟氏語塞。

第二天早上，一家人正吃著飯，卻見牛五慌慌張張地跑進來，疾聲道：「景田哥，大事不好了，衙門的人已經進村，說你昨天在海邊蓄意傷人，要前來拿你，你趕緊躲躲吧！」

炕上的人都愣住了。此事竟然驚動衙門，那可是鬧大了啊！

「躲得了初一，躲不了十五，躲什麼躲？」蕭景田面無表情地放下筷子，穿鞋下炕。

「景田，你不能出去啊！」孟氏臉色蒼白地拽住他的衣角，顫聲道：「你先出去避避風頭，有啥事娘給你擋著。」

「娘，妳別擔心。」蕭景田安慰道：「不過是去一趟衙門，只要說清楚就沒事了。」

蕭福田和蕭貴田在一旁沒吱聲，事到如今，他們也沒辦法了。

說話間，衙門裡的吳師爺就帶著人，氣勢洶洶地進了院子。

「蕭壯士，請吧！」吳師爺站在院子裡，不冷不熱地道：「在下也是奉命行事，得罪之處，還請壯士不要怪罪。」

蕭景田雲淡風輕地走上前去，彷彿一點事也沒有。

眾衙役馬上簇擁著他出了胡同，朝村外走去。

「等等。」麥穗急急地從屋裡奔出去，快步走到蕭景田面前，低聲道：「需要我做什麼嗎？」畢竟此事因她而起，卻不想連累了他，她心裡很不安。

「我今天可能會回來得晚些，妳不必擔心。」蕭景田抬頭看看天色，邊走邊道：「妳一會兒去把田裡的野燕麥草晾開，我估計下午會有雨。」

「你是故意要讓雨淋一下野燕麥草嗎？」麥穗很驚訝。

「對，妳儘管照我說的話去做就是。」蕭景田點頭道。

「好，我知道了。」麥穗點點頭，又問道：「那若是許知縣為難你，今天不讓你回來，咱們該怎麼做？」

「什麼也不用做。」蕭景田索性停下腳步，扭頭看著她，在觸到她那雙清澈如水的眸子時，淡然道：「妳回去吧，此事不用妳操心。」

麥穗見他這樣說，只得悻悻地回了家。

一進門，便傳來孟氏低低的哭聲。

「哭什麼哭？這件事並非老三的錯，去衙門說清楚也好。」蕭宗海低吼道：「多大點事，妳就慌成這樣？」

蕭福田和蕭貴田倚在炕邊，依舊沒出聲。不是他們不想幫忙，他們總不能跟衙門裡的人硬碰硬吧？

牛五也黑著臉站在院子裡，一籌莫展。若是別人敢找蕭家麻煩，他早就挽起袖子衝上去了，可來的是衙門的人，他就慫了。

麥穗也不好再說些什麼，只得拿起木叉，去了鳳凰嶺那邊的荒地。

遠遠地，她看見一個身影在田裡晃蕩，不停地圍著那幾大垛燕麥草轉圈。見麥穗過來，竟然飛也似地跑走了。

麥穗的心猛地跳了一下。

這個人該不會是想使壞吧？

但見田裡並無異樣，她才按照蕭景田吩咐的那樣，把曬乾的野燕麥草一一挑開，均勻地鋪在田裡。

好不容易曬乾了，卻又要讓雨再淋濕，真是搞不懂他。

縣衙後院裡，絲竹聲響，歌舞昇平。

「景田哪，你不要怪叔，叔大張旗鼓地拿你來衙門，只是想藉此立立威而已，並非有意為難你。」龍霸天看了看蕭景田，見他依然面無表情的樣子，又道：「昨天的事情，橫豎是我那幾個手下不對，他們不該亂抓人，聽說還錯抓了你媳婦。這個你放心，回頭我肯定找他們算帳。」

「對、對、對，這是一場誤會而已。」許知縣忙道：「龍叔說了，淺灣那邊本來就是泊船的地方，大家是可以到那裡去趕海的。」

蕭景田不吱聲，只是沈著臉，悶頭喝茶。

龍霸天和許知縣對視一眼，心裡暗忖，他倒是個能沈得住氣的，如此一來，倒顯得他們很理虧似的。

「景田，咱們明人不說暗話，我龍霸天敬你是條漢子，願意跟你推心置腹地說話。最近海路不太平，屢屢有商船、客船被劫，弄得人心惶惶。我雖然走南闖北數十年，卻從沒碰到過如此凶猛的海蠻子，我是不得已才會回村建魚塘，自己養魚，這也是沒法子的事，我手下數百名兄弟都等著養活家裡的妻兒老小呢！」龍霸天側了側身子，嘆道：「若想在這樣凶險的環境裡出海，得有一個能鎮住那些海蠻子的厲害人物出面才行，而這個人選，非你莫屬。所以，只要你願意幫我押貨，條件隨你開，只要我能做到的，絕對答應你。」

「景田，大家都是鄉親，有錢大家一起賺，沒什麼不好的。」許知縣語重心長地跟著勸道：「再說了，眼下你已經成親，就算是為了爹娘和媳婦，也該有所作為。你要是跟著龍叔幹，龍叔是不會虧待你的。」

「許大人、龍叔，你們的好意我心領了。並非我心高氣傲，不想跟你們做事，而是我雖然闖蕩多年，卻只是虛名在外。」蕭景田淡淡道。「我這些年因為個人生計，也屢屢置身險境，幾次差點葬送性命，因此名利對我而言，早已是天邊浮雲。如今在下只想在雙親面前好好盡孝，踏踏實實地做個莊稼人，過一過舒坦日子，還望大人、龍叔成全。」

「理解、理解，百善孝為先嘛！」龍霸天哈哈一笑，若無其事道：「這件事咱們以後再說，萬事好商量。」

「龍叔求才若渴，無可厚非，但景田想要盡孝，也在情理之中，咱們買賣不成仁義在嘛。」許知縣知道龍霸天並沒有死心，也跟著笑道：「來人，上菜。酒逢知己千杯少，咱們今天定要好好喝一杯。」

「大人、龍叔，既然此事已說明白，一切不過是場誤會，那我也該告辭了。」蕭景田起身抱拳道：「此事總歸是我太過魯莽，日後一定引以為戒，與人和氣相處才是。」

「好說、好說。」龍霸天假笑道。

許知縣一直把蕭景田送到縣衙門口，見四下無人，才低聲道：「景田，你在外多年，可聽說過成王？」

成王蕭雲成是當今皇上的胞弟，因當年謀逆的九王爺一案受牽連，被關進宗人府。半年前，宗人府意外失火，成王下落不明、生死未卜，成為宮廷一大懸案。

皇上如鯁在喉，於是重金懸賞緝拿成王，這讓許知縣很心動。

「成王的事情鬧得沸沸揚揚，我自然聽說過。」蕭景田心頭微動，沈聲問道：「大人怎麼這麼問？」

「聽說成王到咱們禹州城來了。」許知縣神秘道。「若是咱們能在禹州把成王緝拿歸案，這輩子的榮華富貴就都有了。平日裡你種你的地、盡你的孝，等我查出個名目來，你再帶人前去捉拿就行。你放心，此事就你我二人知道，不會走漏半點風聲的。」

再怎麼說，他也是朝廷命官，跟著他才是正道。龍霸天再怎麼有能耐，也不過是個商人而已。孰輕孰重，他想蕭景田心裡會明白的。

「大人，我不過是一介草民，不好插手朝廷之事，還望大人諒解。」蕭景田毫不猶豫地拒絕。

「過剛易折、過剛易折啊！」許知縣連連搖頭。

蕭景田不想再多說什麼，轉身就走。等他回到魚嘴村的時候，天已經黑了。

麥穗和孟氏正站在村口，忐忑不安地等著他回來。

見蕭景田無恙，孟氏才徹底鬆了口氣，忙上前問道：「景田，許大人和龍霸天有沒有為難你？」

「沒有。」蕭景田看了看麥穗，問道：「田裡的燕麥草都晾開了沒有？」

「都晾開了。」麥穗答道。

蕭景田點點頭，一聲不響地往前走去。

此時天上月明星稀，晴空萬里。麥穗有些不解，這種天還會下雨嗎？

直到半夜，窗外隱隱有雷聲傳來。

麥穗心裡感嘆，沒想到夜間的雨，他早上就能察覺到，這樣的本事，世間幾人能有？

這個男人到底是何方妖孽？

第二天，雨還沒停，一直淅淅瀝瀝地下著，院子裡到處都是水。

吃完飯，蕭福田和蕭貴田兄弟倆去了海邊，蕭宗海和蕭景田則坐在炕上閒聊。

雨天田裡沒什麼活兒，正好在家歇歇腳。

「你那些野燕麥不是都曬乾了嗎？怎麼還要故意讓雨淋濕呢？」蕭宗海不解地問道。

「爹，野燕麥草曬乾後如果直接燒掉，只能做底肥。可要是讓雨淋一下，曬個半乾後放七、八天再焚燒，才能真正解了元寶樹的油性。」蕭景田沈聲道。「以前我在外地的時候，也遇到過這樣的荒地，還是當地一個老莊稼把式告訴我這種解法的。您放心，這塊地肯定能種麥子。」

「那這些麥種也是他給你的？」蕭宗海問道。

「嗯，是的。」蕭景田點點頭，隨口道：「我救了他一命，他就送了我半袋麥種。」

蕭宗海乾乾地笑了幾聲。

而麥穗此時正挽著裙襬，打算去井邊提水洗碗、刷鍋。

沈氏和喬氏則抱著胳膊站在屋簷下，看雨閒聊。兩人站了一會兒，頓覺無趣，便回屋拿了油傘，串門子去了。反正誰的聘禮多，誰就多幹點活兒唄！

「快看，有閃電。」蕭菱兒和蕭石頭站在門口，看著一道道劃過天空的閃電。

「哎呀，快進屋，閃電有啥好看的。」蕭芸娘領著兩個孩子進屋，警告道：「別再出去了啊，小心被雷劈。」

「哼，我才不會被雷劈呢，只有壞人才會被雷劈。」蕭石頭不服氣地道。「姑姑是壞人，姑姑才會被雷劈。」

蕭芸娘剛想發火，卻聽見大門響了一聲，一把青色的傘擠了進來，傘下的人笑道：「姪媳婦在家嗎？我來給妳家報喜來了。」

「六婆來了啊？這大雨天的，您快進屋裡坐！」孟氏熱情地迎出來，拉著她的手進屋，一起上炕坐下，接著笑道：「不知道我家喜從何來？」

「前些日子妳不是讓我給妳家閨女作媒嗎？」六婆一拍大腿，笑道：「從那以後啊，我是吃不好、睡不寧的，心想怎麼著也得給妳家閨女找個好人家才行。這不，昨天山梁村那個徐四媳婦找上門來，要我給他家小兒子找個媳婦。我呀，頭一個就想到妳家閨女了。」

「就是在鎮上開海貨鋪子和雜貨鋪的那個徐四？」蕭宗海問道。

「對，就是他家。」六婆眉開眼笑道：「說到徐家啊，那可是大財主哪！」

蕭芸娘聞言，臉一紅，忙躲屋裡去了。

孟氏也聽說過徐家，心裡很歡喜，嘴上卻謙讓道：「咱們小門小戶的，怎敢高攀？」

# 第十二章　說媒

「哎呀，姪媳婦妳多心了，誰家不是高門嫁女、低門娶妻的。再說了，他家小兒子以後是要留在家裡打理祖業的，難道要他娶個十指不沾陽春水的大戶小姐不成？」六婆捏著帕子，滿面春風道：「徐四兩口子為人最低調謙和，況且當時我一提你們家閨女，他們家也是一百個願意。這不，就託我來問問你們家的意思了。」

麥穗盈盈上前奉茶。

蕭景田一聲不吭地坐在炕上，見麥穗進來，目光在她身上落了落，又不動聲色地移開。

「這是老三媳婦吧？哎呀，這細皮嫩肉的，真是個好媳婦。」六婆讚道，她說得口乾舌燥，端起茶杯就一飲而盡。

麥穗又給她倒滿。

「你們家老三媳婦進門也有兩個月了吧？」六婆關切地問道：「可是有喜了？」

麥穗頓感無語。這六婆不是上門給小姑子說親的嗎？好好說親就是，扯她幹麼！真是躺著也中槍。

「還沒有呢！」孟氏瞪了蕭景田一眼，勉強笑道：「這事急不得，得看緣分。」

蕭景田挑挑眉，只是低頭喝茶。

「對、對、對，我瞧著妳這媳婦腰細臂圓，是個好生養的。妳呀，就等著抱大孫子吧！」六婆許是渴了，抱著茶杯又咕嚕、咕嚕地喝了一氣，才扯回話題，道：「這親事你們慢慢商議，回頭給我個信兒，我也好去給人家回話不是。」

「有勞六婆了，咱們就先商量再說。」蕭宗海表情凝重道：「咱們就這麼一個閨女，嫁人是一輩子的大事，馬虎不得。」

「那是自然。你們若是有什麼想問的，就儘管提出來。」六婆笑著起身道：「我呀，為了喝這杯喜酒，跑斷腿也願意。」

送走六婆，孟氏顯得有些魂不守舍，見蕭宗海沈默不語地盯著窗外看，忙問道：「孩子他爹，你說這門親事應不應？」

「總得打聽、打聽再說。」蕭宗海肅容道：「高門嫁女、低門娶妻不假，但也得講究個門當戶對。我覺得這門親事不怎麼登對，徐家到底是商戶，家資豐厚，咱們家自愧不如。」

「爹，咱們關鍵得看徐三公子的人品如何，其他的並不重要。」蕭景田面無表情道：「那六婆也說了，徐三公子是要留在家裡看守祖業的，如此說來，跟芸娘也算般配。」

「景田說得對，咱們還是先探探消息再說。」孟氏點點頭，又忙對麥穗道：「媳婦，妳娘就是山梁村的，不如妳抽空再去山梁村一次，跟妳娘打聽一下徐三公子的人品如何吧？」

「娘，我倒是覺得道聽塗說不如親眼所見，上次我去山梁村的時候，聽說徐四家正在收小魚乾。要不，我把家裡前幾天曬的小魚乾送到徐四家，順便看看他家三公子怎麼樣？」麥穗其實並不想把吳氏牽扯進來。

若徐三公子是個好的，那自然皆大歡喜；若是個不好的，吳氏如實相告，到時候這門親事吹了，反而會讓徐家記恨。

「這不好吧？」孟氏皺眉道：「咱們跟徐家正議著親，怎麼好意思去人家家裡賣魚？」

「娘，六婆來說親，我這是碰巧在家才知道的，若是不在家，也許不會知道呢。」麥穗直言道：「事關小姑的終身大事，也管不了那麼多。再說我才剛嫁過來，他們壓根兒不認識我。」

「老三媳婦的主意不錯，就這麼辦吧！」蕭宗海沈默半晌，開口道：「這兩家剛議親，就算是自己閨女也未必會知道，何況是媳婦。」

蕭景田若有所思地看了看麥穗，並未出聲。

兩天後，天終於放晴，天上瓦藍瓦藍的，沒有一絲雲彩。

孟氏委婉地提醒麥穗，讓她去山梁村把家裡那些小魚乾賣了。

於是麥穗提起籃子，匆匆地上路。

「三嫂，妳等等我。」麥穗才剛出村口，蕭芸娘便大呼小叫地追上去，上氣不接下氣地道：「我跟妳一起去。」

「什麼？妳要跟我一起去？」麥穗有些驚訝地看著蕭芸娘。

這小姑竟然敢在與她議親的人家那裡拋頭露面，膽子可真不是一般的大。

「對呀，妳看到的，還不如我看到的。」蕭芸娘笑著從她手裡接過竹籃，道：「萬一妳看走眼，那怎麼辦？」

「那就走吧！」麥穗笑道：「妳能自己拿主意更好。」

徐四家門口蹲著兩隻石獅子，很是氣派，跟大戶人家一樣分了前後院，也算是個兩進的宅子。

兩個穿著短褂長褲的老漢，正有說有笑地在門旁鍘乾草，見到麥穗和蕭芸娘，其中一個老漢高聲道：「七嬸，有人來了，過來招呼一下。」

「來了。」被稱作「七嬸」的董氏應聲迎出來，不冷不熱地問：「姑娘，有事嗎？」

「嬸子，咱們來送小魚乾。」麥穗忙道。

「來送小魚乾啊。妳消息倒挺快，咱家收小魚還不到一個月呢！」董氏似乎有些驚喜，她家收小魚乾不是要自己吃，而是打算餵她家老頭子那對剛買了一個多月的小白鶴。

「我也是聽村人說的。」麥穗見她臉上帶著笑意，忙道：「嬸子，咱們是魚嘴村的，這些小魚前些日子剛打上來，雖然是乾的，卻很新鮮呢。」

「嗯，我就是要這種剛曬好的小魚乾。」董氏接過她手裡的竹籃掂了掂，進屋摸了個錢袋出來，道：「一斤一個銅板，妳這裡有十五斤，給妳十五個銅板。來，妳收好。」

「嬸子，您太厲害了，這也能掂出來？」麥穗驚訝道。這一籃子小魚，她在來之前就已經先秤過，的確是十五斤。

「那是，這十里八村的，誰能有這個本事？」董氏得意地看著兩人，臉上的皺紋彷彿擰成一朵花，道：「我若是沒這點本事，我家老四怎麼放心讓我給他們守著家呢！」

「聽說徐四老爺在鎮上忙生意，並不經常回來，您一個人撐著這麼大的家業，真辛苦。」麥穗笑道：「您是能者多勞。」

「妳可真會說話。這家裡也不是就我一個人，還有個孫子陪著我呢！」董氏哈哈一笑，道：「姑娘，以後妳家的小魚曬乾了，就往我家送，有多少我要多少。我這要是用不了那麼多，到時候就讓老四來拿，反正他過幾天也是要大量收這種小魚乾，好給一家牧場當飼料呢。」

「哦，原來如此。」麥穗若有所思地點點頭，便拉著蕭芸娘出門。

既然徐四準備大量收購這種小魚乾，那她可要提前準備了。就是不知道蕭景田的船啥時候做好，若是能早點做好，也能早點出海打魚。

待出了徐四家，麥穗才猛然想起她來這裡不是為了賣小魚，而是來打聽徐家公子的。

「三嫂，他們家的宅子看起來倒是不錯。」蕭芸娘眼帶笑意，低聲道：「想必這徐家祖上也發跡過，要不然，在這山野坡地的，哪裡能有這麼好的房子。」

「嗯，他們家的院子的確不錯，一看就是個家資豐厚的。可惜咱們沒見著徐家公子。」麥穗皺眉道：「我原本還以為徐家的院子跟咱們家的一樣，進門就是幾間房，不愁看不到家裡其他人，誰知道他們還是個兩進的宅子。」

「三嫂，啥是兩進的？」蕭芸娘頻頻回頭看徐家的院子，越看越滿意。

「兩進就是分前院、後院啊！」麥穗道：「大戶人家一般都是兩進或三進的房子，跟咱們住的不一樣。」

「噢，原來如此。」蕭芸娘恍悟，又道：「對了，三嫂，妳母親不是這個村的嗎？咱們既然來了，怎麼也得過去看看她吧。」

「好。」麥穗欣然點頭。

不巧，吳氏家鎖著門，並不在家。

林三寶嘴裡叼著一根狗尾巴草，正躺在屋頂上曬太陽，他居高臨下地看著麥穗和蕭芸娘，啞聲問道：「妳們找誰？」

麥穗嚇了一跳，抬頭見是林三寶，忙問道：「三爺爺，我娘去哪裡了？」

「她去田裡幹活了。」林三寶翻了個身，也認出了麥穗，打著哈欠道：「妳順著胡同一直往西走，翻三個山頭就看見她了。」

翻三個山頭？

算了，她還是不要挑戰這個身子的極限了。

「我一會兒還得回家，就不去找我娘了。」麥穗笑笑，又上前問道：「我二爺爺呢？」

「哼，妳別跟我提他，那個老不死的，為了討好村頭那個郭寡婦，快把整個家當都輸光了。」林三寶冷笑，語無倫次道：「他這會兒比神仙都逍遙呢，我不用猜，就知道他肯定是在徐四家賭牌。就他那樣的，我呸！不把褲子輸上，是不會回來的。」

蕭芸娘搗嘴偷笑。

「三爺爺，徐家不是經商世家嗎？怎麼還能賭牌呢？」麥穗拐彎抹角道：「我聽說徐家三公子也在家幫襯呢。」

「什麼經商世家，分明是個吃人不吐骨頭的地兒。徐家那個老不死的看上去瘋瘋癲癲，每天就知道遛狗、遛鳥，其實他娘的精明得很。去他家打牌，誰贏了誰還得交地頭錢，黑得很。」林三寶憤憤道。「徐家那個三小子在家管個屁？每天就知道抱著一本破書，啥活兒也不幹，還得別人伺候，瘦得跟紙片似的，說不定哪天就被風颳走了。」

「不會吧，我聽說徐家三公子可是種田的好把式，要不然他怎麼不去鎮上跟著徐四老爺照看鋪子呢？」麥穗笑道。「我還聽說，徐家三兄弟當中，就數徐家三公子長得最俊呢。」

「我呸，到底是哪個猴崽子告訴妳的？」林三寶一骨碌爬起來，不屑道：「不過是個小娘養的，要不是他老子有幾個臭錢，他算個屁！」

「三爺爺，徐三公子他……不是徐夫人生的嗎？」麥穗有些驚訝。

「哼，徐老四這個王八羔子的那點破事，別人不知道，我還能不知道嗎？」林三寶口無遮攔道：「他家三小子是徐老四跟一個唱小曲的生的，那董老婆子當初只認孩子，卻死活不肯讓那女人進門，氣得那女人一頭撞死在徐家門前。董老婆子是個不怕邪的，徐老四卻是個心虛的，這不，他就帶著他媳婦和兩個兒子去鎮上住了。你們想啊，徐家三小子如果是老四媳婦養的，怎麼可能把他一個人扔在這鳥不拉屎的地方，人家老大、老二在鎮上可風光著呢！」

「哦，原來是這樣啊。」麥穗皺眉，又問道：「那徐家在山梁村的地，都是徐三公子在打理嗎？」

「他打理個屁！這麼多年了，妳去問問村人，誰見過他下田幹活了？」林三寶翻了翻白眼，道：「妳那個老不死的二爺爺成天去徐家賭錢，也沒見著他幾次，聽說是身體不好在家調養，這些年怕是快養成藥罐子了。」說完，他疑惑地看著麥穗，問道：「妳打聽這些幹麼？」

「噢，我只是隨便問問。那啥，三爺爺，您忙，我先走了，改天再來看你們。」麥穗笑了笑，拉著蕭芸娘就走。

「想不到，徐三公子的身世還挺曲折的。」路上，蕭芸娘唏噓道：「怪不得徐家願意放下身段，從村裡給他找媳婦，原來，他竟是小娘生的。」

「是啊，大戶人家有大戶人家的煩惱。」麥穗同情地看著蕭芸娘，道：「徐家的門不是那麼好進的。」

「三嫂，我倒是覺得這樣也好。」蕭芸娘喜孜孜地說：「反正徐老爺他們一家子都在鎮上，徐三公子不過去摻和他們家的事情，兩邊倒也相安無事。」

「事情哪有妳想得那麼簡單？妳沒聽我三爺爺說，徐三公子一直在家裡吃藥調身子嗎？」麥穗不可思議地看著蕭芸娘，道：「男人沒有個好身體怎麼行？」

她覺得這門親事，還是推掉的好。

想那徐三公子生母身分卑微，又早已不在人世，他自小的日子想必是不好過的。日後若是再牽扯到分家產，肯定矛盾重重。

當然，最重要的是……徐家三公子身體不好。

無論在哪個時代，「寡婦」這個職業都是女人的噩夢吧！

「三嫂，道聽塗說的話能信嗎？」蕭芸娘不以為然道：「那人家還傳言三哥是殺人不眨眼的土匪呢，妳不是也嫁過來了？」

麥穗頓時語塞。

小姑子，算妳狠！

回到家之後，麥穗便將探到的信息，說給公婆知道。

孟氏得知徐三公子的身世，臉上反而有了笑意。她跟蕭芸娘一樣，覺得這樣其實也不錯，至少日後不用在婆婆的眼皮子底下討生活。畢竟，並不是每個婆婆都像她這樣，反過來被媳婦打壓的。

「娘，我聽我三爺爺說，這個徐三公子身子不是很好，是個長年吃藥的。」麥穗加重語氣道：「就算徐三公子的身世可以忽略，但他耕不了田、拿不了鋤的，芸娘若是嫁過去，豈不是會過得很辛苦？」

「芸娘的性子妳也是知道的，最受不了管束，若是成天跟婆婆住在一起，反而過得不舒服。」孟氏的關注點顯然跟麥穗不一樣。「再說了，這大戶人家的孩子都養得精細，打個噴嚏也要吃好幾天的藥，不像咱們皮糙肉厚的不當一回事。就算那徐三公子是個身體強壯的，難道還會要他親自下田幹活不成？」

「話也不能這麼說，就算不下田幹活，男人的身子骨也該壯實些，成天病歪歪的，算怎麼回事？」蕭宗海一聽就不樂意。「這門親事等我跟老三商量過後再說吧。」

「咱們門楣是低了一點，但徐三公子的出身也不高，況且他日後還是得留在村裡的，也不見得是咱們高攀。」孟氏在兩個兒媳面前性子軟弱，但在女兒的親事上，卻很固執，她執意認為這是門好親事。

「不是咱們高攀？難道還是徐家高攀了咱們不成？」蕭宗海有些生氣，敲著炕沿道：「閨女一輩子的大事豈能兒戲？」

「難道在這個家裡，就沒有我說話的分兒了嗎？」孟氏不悅道。「芸娘是我的親閨女，我還能害她不成？」

蕭宗海黑著臉，不再吱聲。

麥穗見公婆各執一詞，也不好再說什麼，便一聲不吭地回了屋。

# 第十三章　枕邊風

院子裡靜悄悄的，東、西廂房沒有點燈，漆黑一片。

自從蕭福田和蕭貴田去魚塘養魚，兩家的應酬似乎多了起來，經常出去串門子不說，還時不時就去鎮上走動。

而此刻南房裡，一燈如豆。

蕭景田正倚在被褥上看書。他披散著頭髮，洗得發白的裡衣半敞開，露出精壯結實的胸肌。他的神色很悠閒，見麥穗進來，眼皮也沒抬一下，繼續看書。

看蕭景田沒有要跟她說話的意思，麥穗率先開口。「我今天去徐四家了，賣了一籃子小魚乾，得了十五個銅板。」頓了頓，她又補充道：「我已經把銅板給娘了。」

「喔。」蕭景田似乎並不在意。

「還有就是……我聽徐家老太太說，徐四老爺過些日子會大量收購小魚乾，說是要給一家牧場做飼料用的。」麥穗脫鞋上炕，把搓好的細麻繩麻利地纏成圓球，放進一旁的籮筐裡，又道：「所以我在想，等咱們的漁船做好後，能不能先多撈一些小魚，我好曬成魚乾，賣給徐四老爺。」

「大魚更值錢。」蕭景田面無表情地翻著書頁，道：「沒道理放著大魚不撈，去撈小魚。」

他造了那麼大的船，以後是要出遠海用的，用來網小魚不是浪費嗎？

「我的意思是……能不能順道撒上幾網？」麥穗見他毫不動心，心裡有些失落，她還以為他聽了以後會很感興趣呢。

大叔，這可是她好不容易探來的商業機密啊！您老怎麼就不動心呢？咱們得贏得先機，搞生產、賺大錢啊！

「到時候再說吧。」蕭景田瞟了麥穗一眼，淡淡道：「海上情況複雜多變，也不是想撈什麼魚就能撈上什麼魚的。」

「嗯，這倒也是。」麥穗無奈地點頭，表示理解。「那我多給你準備幾張漁網，以備不時之需。不過，你若是有時間，務必記得給我撈幾網小魚。不，一網也行。」

「好。」蕭景田欠了欠身，隨口問道：「那個徐家三公子還行吧？」

麥穗便把去山梁村之後所聽到的消息，一五一十地說了一遍。

「爹和娘的意思呢？」蕭景田繼續翻著書頁問道。

「爹好像不是很同意，娘倒是很希望芸娘嫁過去。」麥穗見他對此事彷彿很感興趣，心裡暗嘆，果然是一母同胞，他對自己的親妹妹就是比較上心一些。她接著又道：「不過我倒是覺得徐家固然家資豐厚，坐擁良田百畝，但那徐三公子身體孱弱，終日纏綿於病榻，絕非佳偶。」

「怎麼說？」蕭景田合上書本，盤腿坐好，饒有興致地看著她，大有想與她秉燭夜談的架勢。

「首先，那徐三公子是庶子，身分自然不如正室的孩子來得矜貴，要不然，徐四老爺也不會獨獨把他留在村子裡。日後芸娘若是嫁過去，想必也比徐家另外兩個媳婦的地位還要低一階。」對於這門親事的看法，麥穗一直憋在心裡憋得難受，見蕭大叔如此感興趣，她便振振有詞道：「還有就是徐家的地是祖業，將來大公子、二公子自然也有份，可是鎮上的鋪子卻絕對不會給三公子。如此一來，要是徐三公子和媳婦留在村裡種地，不過是為他人作嫁衣罷了。」

說到這裡，她下了個結論道：「所以我覺得這也是徐四老爺為什麼要給徐三公子找個莊稼女子當媳婦的原因。因為徐三公子若是有個強硬的岳丈，分家的時候，老大、老二勢必有所忌憚，從而得多費些周折。」

一抬頭，觸及蕭景田看過來的目光，麥穗便不好意思地住口。她是不是有些班門弄斧了……

她見蕭景田一副若有所思的樣子，便悄聲問道：「你是不是想親自出馬，打探一下那位徐三公子的事情？」

「我沒那麼閒。」蕭景田面無表情道：「與其那麼麻煩，不如直接退掉親事算了。」

「娘怕是不會同意的。」麥穗低聲道。「娘說這樣也好，日後小姑嫁過去，婆婆住在鎮上，也管不著小姑。」

「無須她同意。」蕭景田沈聲道：「以後，她會想清楚的。」

麥穗眼前一亮，恨不得雙手抱拳，以表佩服。

大叔，您果然英明，以後小女子就跟著您混了。

「歇息吧。」蕭景田收起書本，緩緩道。

「好。」麥穗愉快地收起籮筐，出去洗手，才又上炕鋪開被褥。

月光肆無忌憚地灑進來，窗格的影子清楚地映在地上。兩人躺下後，一時無言。

麥穗翻來覆去地睡不著，轉身瞧見蕭景田也還沒睡，只是枕著胳膊、望著屋頂，不知在想些什麼。她心裡惦記那些小魚乾，又問道：「你那艘船……什麼時候能做好？」

「再一個月就差不多了。」蕭景田扭頭看著她，問道：「妳問這些幹麼？」

「沒事。」麥穗往上拽了拽被子，道：「我就是在想除了織漁網，我還能做些什麼？」

「沒什麼妳能做的了。」蕭景田答道。

第二天，蕭景田早早地便起了床，與父親說了一會兒話之後，就扛著鋤頭出門。

孟氏在灶間做飯，麥穗照常抱了柴，在一旁燒火。

以前，她覺得燒火是最沒有技術含量的活兒了，其實不然。這兩個多月下來，她發現燒火的時候柴禾最好放在鍋底的前方，因為風是從灶口往裡吹的，火焰自然而然地會往裡面燒，如此一來，整個鍋灶裡就都有火了。反之，若是把柴禾放在鍋底的後方，那滿灶的火便會順著煙筒去，很是浪費柴火。

蕭宗海背著手進了灶間，徑直走到孟氏身邊，低聲道：「孩子他娘，我跟景田商量過了，芸娘跟徐家的親事還是算了吧。」

「可是芸娘自個兒中意著呢！」孟氏心裡一沈，忙道：「要不，咱們再打聽、打聽？」

「她自個兒中意？」蕭宗海皺眉問道：「她見過徐三公子？」

「沒有，只是閨女昨天跟著老三媳婦去了徐家後，說是心裡願意呢。」孟氏如實道。

「她一個姑娘家的，怎麼好意思往尚未婚配的男子家裡跑？」蕭宗海一聽便火了。「妳也不管管，這都成什麼樣子了？我這就去回絕六婆，以後誰都不准再提起這門親事了。」

孟氏氣得直掉眼淚，卻不敢再說什麼。

麥穗邊燒火邊在心中感嘆，沒想到蕭家男人還真是個個威武，這一言不合、轉身就走的節奏，簡直酷斃了。

「老三媳婦，妳是不是跟老三說啥了？」孟氏冷不防地問道。

「也沒說啥，就是景田問我徐家的事情，然後我就把之前告訴您的，跟他說了一遍。」麥穗的臉微微紅起來。

咳咳，婆婆該不會以為是自己吹了枕邊風吧？不過，貌似她的確是吹了枕邊風……

孟氏再沒吱聲。

隨後幾天，麥穗驚訝地發現蕭芸娘竟對自己愛理不理的，好似認定是自己拆散她跟徐三公子的姻緣一樣。

天地良心，真正拿主意的是蕭大叔好不好？

這天一大早，西廂房就傳來蕭貴田的怒吼。「這麼大的事咱們總得跟爹商量後再決定，不用妳瞎操心，我看妳的膽子是越來越大了，敗家娘兒們！」

「我這還不是為了石頭好，難道是為了我自己嗎？」喬氏也不甘示弱，大聲道：「我早就讓你找爹商量了，可是你呢，連屁都不敢放一個，我可不想耽誤孩子。」

片刻，蕭宗海穿戴整齊地走出來，沈著臉衝著西廂房喊道：「老二，你們大早上的吵什麼吵，有什麼話不能好好說？」

蕭貴田憤憤道：「爹，這娘兒們要是不教訓一下，還不知道天高地厚了！我豈能由著她亂來？」接著，屋裡便傳來喬氏嚶嚶的哭聲。

「老二，你給我出來把話說明白，到底是怎麼回事？」蕭宗海鐵青著臉道。

「爹，這事都怪我，是我沒管好媳婦。」蕭貴田衣衫不整地站在炕前，滿臉尷尬道：「石頭他娘是想送石頭去鎮上唸書呢。」

唸書？蕭宗海心中頗吃驚。他們祖上就是漁民，世代捕魚，從來沒有人進過書房，就連蕭景田認的那幾個字，也是跟著村裡已故的董老先生學的。

「爹，其實這事我之前也想過。」蕭貴田訕訕地道：「咱們家幾代下來都是漁民，到了石頭這輩，也該換換門風了。」

「老大、老三，你們怎麼看？」蕭宗海不動聲色地問道。他的兒子他清楚，老二並非是受制於媳婦的性子。

「爹，若是您真的答應讓石頭去麒麟書院讀書，我和老二現在每個月二兩銀子的月錢，學費倒也不愁。」蕭福田皺眉道：「上次龍叔還跟咱們說，說他鎮上的那個鮮魚鋪還缺人手，問咱們願不願意去那邊幫忙呢。當時咱們嫌離家遠，也就沒說要去。」

蕭宗海又看了看蕭景田。

「既然二哥有意栽培石頭，就讓他去麒麟書院唸書便是了。」蕭景田淡淡道。

「只是麒麟書院離咱們魚嘴村有些遠，石頭又太小，得來回接送才行。」蕭宗海沈默片刻，又道：「如此一來，又得耽誤一個大人的工夫。」

「爹，這個您放心。」蕭貴田見蕭景田竟然也幫著他說話，喜出望外。「石頭要是去麒麟書院讀書，我就去鎮上的鮮魚鋪當差，到時候再租個小院子，讓石頭娘也跟著過去照顧孩子就成。」

「二弟妹是得跟著過去，畢竟孩子還小。」蕭福田看了看他爹的臉色，附和道：「況且村裡離鎮上這麼遠，來回也不方便，不如從家裡帶點吃的、用的，以後住在那裡就得了。」

蕭宗海聞言，臉一下子沈下來，氣急敗壞地抄起雞毛撢子，劈頭蓋臉地朝蕭福田和蕭貴田兄弟倆打去。「你們兩個才出去幾天，就學會算計你們老子了！你們哪裡是想讓石頭讀書，不就是想分家了嘛？拐這麼大的彎子是要戲弄誰呢？當你們老子是傻子嗎？」

「哎呀，爹，您誤會了，咱們就事論事，誰說要分家了？」蕭福田抱著頭，趕緊下炕躲閃道：「咱們沒說要分家啊！」

「就是啊，爹，咱們可沒想要分家。」蕭貴田身上也結結實實地挨了好幾下，他邊後退，邊哭喪著臉道：「咱們就是在商量石頭上書院的事情罷了。」

「你們還給我嘴硬？」蕭宗海繼續拿雞毛撢子亂抽一氣，吼道：「就你們那點花花腸子，還想在我眼皮子底下玩把戲？」

「爹，咱們有話好好說。」蕭景田一把攔住蕭宗海，沈聲道：「或許是您多心了。」

「你給我讓開！」蕭宗海一把推開蕭景田，厲聲道：「我不聾不瞎，知道他們在打什麼主意，我今天非得給他們一點教訓不可。」

蕭福田和蕭貴田被打得連連叫喚。

而蕭景田竟然真的讓開，面無表情地看著兩個哥哥挨打。

「孩子他爹，你這是在做什麼？」孟氏慌慌張張地走進來，伸手去阻止蕭宗海。

沈氏和喬氏聽見正房裡傳來的聲音不大對勁，也陸續跑進來看，就瞧見蕭宗海拿著雞毛撣子在猛抽蕭福田和蕭貴田。

她們立刻衝上前攔住蕭宗海，跪地泣道：「爹，您要打就連媳婦一起打吧。」

「爺爺，您不要打我爹娘。」蕭菱兒和蕭石頭也紛紛跑進來，站在門口哇哇大哭。

房裡頓時哭聲一片。

麥穗在屋裡，聽見正房傳來驚天動地的哭聲，著實嚇了一跳。

天哪，不會出人命了吧？

「你們都給我起來。」蕭宗海手裡的雞毛撣子無聲地落在地上，他看了看眼前跪了一地的兒子、媳婦，怒道：「分家、分家，明天就分家！」

難道老二兩口子吵架，其實是在唱雙簧？鬧了半天，原來是要分家啊！

蕭家三代都是單傳，族裡沒什麼人。若是要勉強找出個同族來，那就只有一個啞巴大爺蕭宗文。蕭宗海的爺爺跟蕭宗文的爺爺是堂兄弟，其實到了他們這一輩，關係就有些遠了，但因為蕭家家族裡再無其他長輩，因此對於分家這樣的大事，就只能找蕭宗文出面充充數。

蕭宗文是個老光棍，從未婚娶過，是個走街串巷的赤腳郎中。他不是天生就啞，而是因為年輕時試藥傷了嗓子，才變成啞巴。他家裡還有個同胞兄弟蕭宗武，因為出生時難產，腦子不大靈光，有些癡傻，村人都喊他「傻二」。

家裡一個啞，一個傻，故此蕭宗文的醫術備受質疑，幾乎沒人找他看病。他只能趁著田裡的活兒不忙的時候，挑著藥筐四處去賣一些草藥，日子過得也很清貧。

除了蕭芸娘，其他人都在場，大家表情不一地圍著炕坐了一圈，兩個孩子似乎也感覺到氣氛的沈重，因此都乖乖地坐在炕邊，小聲地翻著麻繩解悶。

黃有財端坐在炕頭上，悠閒地喝茶。蕭家人愛怎麼分就怎麼分，他只是來負責鎮住場面而已。分家嘛，你多我少的，難免一言不合就會吵得臉紅脖子粗，他見多了。

蕭宗文雖然是個啞巴，卻絲毫沒當自己是個來充數的。聽完蕭景田的打算，他急得連連擺手，手舞足蹈地比劃一番，意思是「這樣不公平」。

他覺得蕭景田這個孩子太傻，竟然想一個人扛起家裡的債務，還讓兩個哥哥帶著媳婦和孩子去住大房子，過舒坦日子。

「老三，債務還是咱們兄弟一起扛吧！」蕭福田訕訕地道：「否則這樣一來，倒顯得咱們不講理似的。」他好歹是老大，得表個態。

難道你們很講理嗎？麥穗在心裡冷笑。

蕭貴田沒吱聲，他覺得既然老三願意出這個風頭，那就讓他包攬家中所有的債務就是。

沈氏和喬氏也難得閉嘴。如果真要這樣分，那她們肯定是賺了的。賺了自然沒人會吭聲，可若是虧了，她們絕對不會就此甘休。

麥穗也沒出聲。雖然自家明顯是虧了，但她又左右不了蕭景田，反對也沒用。

吃虧是福、吃虧是福。她在心裡默唸道。

「那就這樣吧！」蕭景田淡淡道：「你們先搬到栓子叔那兩處院子裡去，若是住著滿意，我就買下來；如果不滿意，咱們再另找地方蓋新房子。我十年不在家，這些年也沒有為家裡出過力，家裡的債我願意扛。」

「你栓子叔的那兩處院子，都比咱們家的還要好，能有什麼不滿意的？蓋新房更費錢，橫豎就先住在那裡吧！」蕭宗海似乎一夜之間蒼老許多，啞著嗓子道：「既然是分家，就分得徹底一點，老三也分出去自立門戶。咱們兩老不拖你們後腿，以後你們的日子，就自己好好過吧。」

「如果老三也要分出去，那他們住哪兒？」蕭福田撓撓頭問道。

# 第十四章　分家

「除了你栓子叔那兩處院子，村裡也沒有更像樣一點的房子了，他們兩口子就在老宅這邊住下吧！」蕭宗海連說話也沒什麼力氣了。「待咱們百年之後，這老宅就是老三的了。我說了，我不會虧待你們哪一個，也不會偏向哪一個。」

他頓了頓，又道：「那些債務我也不能讓老三一個人扛著，我一把老骨頭了，捕魚不行，種地還能種幾年。家裡的田地和糧食，全都分成四份，而鳳凰嶺那邊的荒地是老三租的，因此賠或賺都是他的。家裡的積蓄也給你們交個底，總共還有九兩銀子，你們三兄弟一家分一兩，剩下的錢你們也不用惦記，既然打算買你們栓子叔的房子，怎麼著也得先把三兩銀子的訂金給人家。還有芸娘，她這些年給錦繡繡坊做繡活，也沒少往家裡拿錢，縱然是閨女，我也不想虧待她，等她出嫁的時候，我怎麼著也得拿出一些陪嫁。」

「應該的、應該的。」蕭福田和蕭貴田連連點頭。

喬氏一聽只分給他們一兩銀子，很不服氣。敢情他們兩家在海上拚死拚活這麼多年，就分到一兩銀子嗎？

她一個勁兒地朝沈氏遞眼色，不料沈氏卻一聲不吭。喬氏在心裡暗罵一聲「木頭腦袋」，咬牙開口道：「爹，按理說里長和啞巴大爺都在，我也不好插嘴，但媳婦覺得有些事還是說清楚才好。咱們這些年來起早貪黑地捕魚、賣魚，一年也歇不了幾天，卻只分了這麼點銀子……別的不說，連給石頭交學費都不夠。」

「妳胡說啥呢？爹說怎樣就怎樣！」蕭貴田耷拉著臉道。很顯然的，他也覺得少。

「我也是這個家的媳婦，怎麼就不能說了？」喬氏瞪了蕭貴田一眼，恨恨道：「分家不公，難道還不許人說嗎？」

「老二媳婦，妳嫁過來也五、六年了，海上的收成如何，妳比咱們還清楚。就拿去年來說，你們兩家一年統共拿回來不到六兩銀子，這麼一大家子的吃穿、田裡的花銷，還有親戚間的紅白事往來，哪一樣不用錢？」孟氏再也憋不住，又道：「這剩下的九兩銀子，也是從牙縫裡擠出來的，比起其他人家，咱們家有剩餘就不錯了。」

「那也不至於才分給咱們一兩銀子。」喬氏撇嘴道：「一兩銀子，光置辦織網的麻線都不夠，是打算把咱們分出去喝風嗎？」

「爹、娘，剛才老三不是說房子的錢他出嗎？」沈氏這才反應過來，嘀咕道：「那怎麼還從家裡的餘錢裡出？這可都是咱們賺的錢。」

「大嫂、二嫂，若實在要分清楚家裡的銀子都是誰賺來的話，怕是得往回算一算了。娘剛剛說了，去年你們兩家共賺回不到六兩銀子，也就是說，每家才賺三兩左右。可你們一家都是三口人，吃住都在家裡，一個人一年的吃穿，只用一兩銀子夠嗎？」麥穗仔細地分析道：「再說了，賣魚的錢都是經妳們的手，到底是不是賣了這麼多，妳們自己心裡有數。咱們之所以答應出房子的錢，是因為咱們兩口子大義，並不是傻，願意當個冤大頭。妳們不知道感激也就罷了，若是再得寸進尺，那索性所有債務都由大家一起承擔好了！」

最討厭這種得了便宜還賣乖的人，當別人都是傻子嗎？

沈氏和喬氏頓時語塞。

天殺的！這個妯娌伶牙俐齒的，真是好生討厭！

蕭景田遠遠地看了麥穗一眼，嘴角不禁微微翹起來。

「嘿嘿，老三媳婦說得對，你們一家三口過日子，別說一兩銀子，就是二兩銀子也不夠啊！」黃有財不動聲色地看了看蕭福田和蕭貴田，乾笑幾聲，又道：「福田、貴田啊，你們長年出海，家裡的莊稼都是你爹在打理，你們自然是不當家不知道柴米貴。這分了家，還有這麼好的兄弟給你們扛債務，你們卻還在算計這點蠅頭小利，不應該啊！」

「夠了，妳別在這裡丟人現眼了。」蕭貴田馬上會過意來，訓斥喬氏道：「有爹和大哥在，哪有妳說話的分兒。」

接著他又討好般地看著蕭宗海，道：「爹，您說怎麼分就怎麼分吧。」

喬氏只得閉嘴。

蕭福田忙道：「對、對，一切都按爹的意思來。」

「就是，按爹的意思來就成。」沈氏也忙附和道。

若是老三一生氣，不替他們兩家扛債務，那他們豈不是空歡喜一場？

蕭景田依然不吭一聲，慢悠悠地喝茶，他修長的手指捏著茶杯，細細品味。

麥穗腹誹道：你倒是惜字如金，半個字也不肯說。

敢情她剛才是在給他當代言人嗎？

「既然你們都商量妥了，就立個字據吧。」黃有財打量一下兄弟三人，摸著下巴道：「雖然你們分了家，但終究還是親兄弟，以後還是要互相扶持的。」

眾人不約而同地點頭道「是」。

蕭宗文只是一個勁兒地拉著蕭宗海，「啊嗚、啊嗚」地嘟囔不休，他覺得他們全家都在欺負蕭景田。

除了蕭宗文有些氣不過，這個家倒是分得很順利。連黃有財都在想，從沒見過這樣心平氣和就把家分好的。

許是覺得自己什麼也不做，有些過意不去，黃有財有模有樣地從懷裡掏出一本老黃曆，煞有介事地翻了翻，道：「俗話說，搬單不搬雙，下月初一是個好日子。你們看看，宜入宅、破土、修造等等，我看初一這天十分適合搬家。」

「那就下個月初一搬吧！」蕭宗海沈思半晌道：「橫豎也剩沒幾天時間，你們可以先過去收拾、收拾。」

眾人連連點頭。

沈氏和喬氏等不及了，當天就跑過去收拾新家，忙得不亦樂乎。

到了六月初一這天，蕭家在老宅、新宅各放了一串鞭炮，以示慶祝。

麥穗看著自家分過來的那點糧食，有些欲哭無淚。怪不得大嫂、二嫂覺得少，她也覺得不多啊！

高粱麵一袋、紅薯一袋、玉米麵和小米各半袋，各色豆子小半袋。然後，再加上碎銀一兩。

現在是六月，到秋收少說也還有三個月之久呢。就這麼點糧食，怕是連一個人也不夠吃吧？

「早上和晚上吃稀的，中午吃乾的。」麥穗掐著指頭算半天，依然覺得生存問題很嚴重。

她可憐巴巴地盯著蕭景田，用眼神向他求救。

大叔，能不能活下去，就看您的了。

「房前靠池塘那塊菜地裡的菜，妳可以隨便採摘。」蕭景田不冷不熱地道：「以後記得過去澆水、拔草就是。」

「就算有菜可以吃，但這些糧食也不夠啊！」麥穗托著臉嘆道：「就算是勒緊褲腰帶，省吃儉用，這些糧食也不夠吃三個月的。」

「誰說這些是要吃三個月的？」蕭景田嘴角一扯。「難道妳這三個月都打算在家裡坐吃山空嗎？」

「當然不是了。我最近不是一直在織漁網嗎？我打算去淺灣那邊撈點小魚，好曬來賣的。」麥穗如數家珍地道：「我算過了，其實賣小魚乾很賺錢的，因為幾乎沒人跟咱們競爭……」

「這不就完了？賣了魚，手頭上就有銀子了，妳還怕什麼？」蕭景田淡淡地打斷她的話，沈聲道：「想怎麼吃就怎麼吃，無須規劃，橫豎餓不死。」

「這倒也是。」麥穗點點頭。可是一想起他還獨攬家中的債務，心裡又是一陣鬱悶。

大叔，咱們可是任重而道遠啊！

「還有，家中的債務也不用妳操心，妳只要負責洗衣、做飯，好好打理家務就行。」蕭景田似乎察覺到她的心思，道：「以後妳賣魚的錢妳自己拿著花，想買啥就買啥，我不會過問。」

也就是說，她可以有私房錢？

好，成交！麥穗很痛快地用力點頭，表示贊同。

既然蕭大叔不想跟她同甘共苦，那她也沒必要累死自己吧？

淋濕的野燕麥草，沒幾天就曬乾了，就地焚燒後，田裡已是一片焦黑。

到了播種那天，蕭宗海又去姜孟氏那裡借了一頭牛。四個人分成兩組，小倆口一組，他們兩老一組。

蕭芸娘沒來田裡，她正在家裡繡花。

還是當閨女好。

當人家媳婦是有活兒先幹活、有飯人後吃，悲催啊！

蕭景田扶著犁頭在前面耕地，麥穗提著竹籃在後面撒麥種，蕭宗海和孟氏遠遠地在田地的另一頭耕種。

「妳種過麥子嗎？」蕭景田問道。
「沒有。」麥穗如實道。
她覺得這個任務很艱鉅，已經超出她所能承受的範圍，似乎還是去海裡撒網捕魚容易一些。
「妳先等等，我教妳。」蕭景田扶著犁頭走了一個來回，筆直地翻出兩道不深不淺的長溝後，便上前接過麥穗手裡的竹籃。
他從竹籃裡抓了一把麥種，半彎著腰，邊走邊把手裡的麥種均勻地撒到土裡。他的動作很熟練，像是種田多年的老莊稼把式。
麥穗只得硬著頭皮跟在他後面，只見他挽起褲腳，露出半截壯實的小腿，腰間繫著一個小巧的牛頭飾物。
那牛頭隨著他的步伐一顫一顫的，有一種草木般清香的氣息從中散出來，將她層層包裹。
「種子不要撒太多，否則，麥種不夠不說，出苗還不好。」蕭景田指了指放在田埂上的布袋，道：「種子就那些，妳心裡有數就行。」
「好。」麥穗點點頭，接過竹籃，抓了一把麥種，開始往田裡撒。
蕭景田跟在她後面看，誰知才走沒幾步，便聽他喊道：「停。」
「怎麼了？」麥穗停下腳步問道。
「妳自己回頭看。」蕭景田握拳輕咳。

麥穗後退幾步，看著自己撒下的種子，頓時紅了臉。有的地方多，有的地方沒有，的確是不好。

「要注意撒均勻了。」蕭景田走過去，用腳勾了勾那些堆在一起的種子，沈聲道：「繼續。」

麥穗在他的注視下，小心翼翼地撒著那些種子，心裡則不斷地鼓勵自己。

加油，妳行的，在大叔面前絕對要穩住、穩住！不能被小看了。

「停。」身後再一次傳來蕭大叔的魔音。

麥穗欲哭無淚。

嚶嚶嚶，古代不好玩，我要回家！

「妳撒到外面去了。」蕭景田提醒道：「要專心。」

折騰了小半個時辰，麥穗才漸漸找到訣竅，總算跟上蕭大叔的節奏。

兩人也不說話，只是不聲不響地耕地、撒種。過了半個多時辰，麥種都撒好了，他們便用木耙子把麥種給掩上。

黑幽幽、濕漉漉的田地中，有著泥土的清香，看著眼前播好種的一大片田地，麥穗頓覺很有成就感。

午飯是蕭芸娘送過來的，滿滿一籃子的野菜包子，還有一大碗鹹菜。

因為徐家的事情，蕭芸娘心裡一直憋著一口氣，覺得是爹爹和兄嫂阻礙她的幸福，而娘親又是個沒用的，不能替她主持公道。

故此，她誰也沒搭理，賭氣地放下籃子就走。
親爹、親娘和親哥都沒說啥，麥穗自然也不好說什麼。
待吃飽喝足後，蕭景田便跟蕭宗海商量起來，說是麥種不夠，不如騰出一、兩畝地來，種點雜糧什麼的。
蕭宗海則是點點頭，也覺得這樣可行。
孟氏去了鄰家的田裡，跟一個老婦人閒聊著。
田埂間就剩下麥穗一人，她頓覺無趣，索性去旁邊的一處山崗閒逛。
這個小山崗地勢較高，四周長滿許多低矮的野花，五顏六色的，倒也好看。霧氣裊裊，籠罩著遠處的大海以及近處的村莊，讓平常看慣的景色，變得很夢幻。一瞬間，她又有些恍惚了。自己是真的穿越了嗎？
突然間，一個黑乎乎的影子從她前方不遠處閃過，驚起一片正在灌木叢中覓食的小鳥。那東西跑得太快，她也沒看清是啥。
「你有看見野豬往哪裡跑去了嗎？」蕭景田往她這邊跑過來，出聲問道。
「什麼野豬？剛才倒是有個黑影閃過去，也不知道是什麼，就在那邊。」麥穗連忙指了指灌木叢。
蕭景田迅速地朝那片灌木叢跑去。
麥穗頓時也來了興致，便提著裙襬奔過去。見蕭景田正圍著那片灌木叢繞圈子，她好奇地上前問道：「你在找什麼？」

「噓，別說話。我懷疑剛才我在追的那頭野豬，應該是躲到這灌木叢裡了。」蕭景田變戲法般地從懷裡掏出一把短刀，看了她一眼，低聲道：「妳在這裡不安全，快回去，讓爹也別過來，我一個人能應付得了。」

「我跟你一起抓野豬。」麥穗立刻拍著胸脯保證道：「人多力量大嘛！」

她就知道，跟著蕭大叔肯定有肉吃。

「就憑妳？」蕭景田哭笑不得道：「妳還是回去吧！一會兒野豬衝出來，我可顧不上妳。」

就她這樣弱不禁風的，還想抓野豬？不添亂就不錯了。

麥穗知道蕭景田說一不二的性子，只得悻悻地往回走。誰知她還沒來得及邁開步子，便聽見蕭景田大聲喊道：「小心！」

她瞬間跌進一個溫暖結實的懷抱裡，隨後一股勁風從身邊呼嘯而過，兩人一個腳步不穩，同時跌在草地上。

四下裡頓時一片寂靜，五顏六色的小花依然在頭頂搖曳著，芳香四溢。

麥穗只覺得身下軟軟的，像是墊了一張厚實的墊子。她一低頭，正好迎上一雙深邃如夜的眸子，這才驚覺自己壓在他身上。女上男下，姿勢十分曖昧，她甚至能感受到他溫熱的鼻息，還有腰間的硬物……

真是羞死了！她慌忙地從他身上爬起來，滿臉通紅。

「妳沒事吧？」蕭景田起身，拍了拍身上的草屑和塵土，若無其事地道：「方才那頭野豬冷不防地跑出來，連我也沒有防備。」
「我沒事，你呢？」麥穗垂眸問道。
「我也無妨。」蕭景田見她羞得連耳根子都紅了，便移開目光，邊走邊道：「回去吧，爹娘怕是等急了。」
「嗯。」麥穗聲如蚊蚋。
兩人一前一後地走著，一路無話。等回到田地，只見爹娘正和牛五說話。
「咦，景田哥、嫂子，你們去哪裡了？」牛五是來田裡和蕭宗海請教一些莊稼的種法，見他們走來，便笑嘻嘻地起身看著兩人問道。
「剛才追野豬去了。」蕭景田坦然道。
「野豬？」牛五一聽兩眼放光，興奮道：「景田哥，你發現牠的窩了嗎？咱們晚上一起去抓唄！」
「看見了，就在那邊的灌木叢裡。」蕭景田展顏一笑，道：「那就等天黑，叫上我大哥、二哥一起過來看看。從蹄印上來看，這頭野豬少說也有三百來斤。」
「沒問題。我下午正好沒事，就先跟你們一起幹農活，等晚上咱們再來抓野豬。」牛五似乎對抓野豬很感興趣，忙抓起韁繩，牽著牛就開始耕地。
「千萬要當心些，這邊的野豬野得很。」孟氏囑咐道，見麥穗頭髮有些凌亂，忙問道：「媳婦，妳這是怎麼了？還好吧？」
「沒事。」麥穗順著她的目光，隨手理了理頭髮，不好意思地道：「剛才我被野豬給嚇一跳，不打緊的。」

「沒事就好。」孟氏當然不知道兒子和媳婦適才在山崗那邊摔跤的事，也沒再多問些什麼。她拿起竹籃，開始跟在牛五後面撒麥種。

蕭景田脫了鞋開始幹活，麥穗也提起籃子走過去，跟在他後頭。下午兩人的活兒幹得很有默契，麥穗也沒出什麼差錯，這麥子種得相當和諧。

天黑下來後，眾人齊聚在正房，熱血沸騰地討論著要怎麼抓野豬，大家的情緒都十分激昂。

讓麥穗感到驚奇的是，蕭景田竟然換了一身夜行衣。那黑色的緊身衣褲，襯得他的身材愈加高大挺拔。

蕭大叔就是蕭大叔，做什麼事情都不含糊啊！

# 第十五章　抓野豬

夜裡，只有麥穗一個人睡在炕上，蕭景田早已領著眾人抓野豬去了。

她躺在被窩裡，又想起白天的一幕，越想臉越紅，索性用被子蒙了頭，兩腿在半空中亂蹬，一直到後半夜才迷迷糊糊地睡著。

第二天一早，天剛矇矇亮，麥穗便被外面的嘈雜聲給吵醒。院子裡燈火通明，人影攢動，不時有說笑聲傳來。

難道，他們打到野豬了？

她忙起身穿衣，藉著窗外微弱的天光，匆匆地梳洗一下，便推門走出去。

果然，還散發著熱氣的野豬肉被分成好幾堆，其中一個木盆裡的肉格外多，滿滿的堆成了小山狀。

「要不是景田哥身手敏捷、出手利索，憑咱們幾個是打不著這頭野豬的。」牛五興奮道。「這份多的，理應是你的。若是你要推辭，下次再有這樣的好事，咱們可不好意思跟你一起去了。」

「就是、就是，這樣分肉，咱們還覺得像是白拿了一樣呢！」一個黑臉漢子樂得合不攏嘴道：「咱們啥也沒幹，就是幫忙抬回來，便也分了這麼多肉，怪不好意思的。」

「表姊夫客氣了，怎麼說你也是幫忙的。要是沒有你們，我一個人肯定扛不回來。」蕭景田笑了笑，道：「那就這樣吧，大家也熬了一夜，快回去休息吧。」

黑臉漢子是姜孟氏的男人，他也是漁民，跟蕭景田的關係還不錯。因此這次打野豬，蕭景田特意叫上他，就是想分給他一些野豬肉。

「沒錯，都先回去睡一覺，天亮了還得幹活呢。」牛五打著哈欠，喜孜孜地提著半袋子豬肉就走。

其他人也拿著自己那一份，興高采烈地出了院子。

麥穗望著大盆子裡滿滿的野豬肉，一時有些恍然。

這些野豬肉，都是他們家的？

這麼多的豬肉，夠吃好一陣子了！她來到這裡已經兩個多月，還沒好好地吃過一頓肉呢，這下子終於可以大口吃肉了。

幸福來得太突然，麥穗覺得有些招架不住。

「我回屋睡一覺，這些肉妳看著辦。」蕭景田走到她面前，沈聲道：「有什麼不懂的，就去問娘，不可把肉給糟蹋了。」

說完，他便從井裡打水，準備洗漱去了。

「嗯，好，我知道了。」麥穗心情愉悅地點頭應道。

在正房的門前，也擺了一大盆豬肉，此時孟氏和蕭芸娘正拿著刀，有說有笑地收拾著豬肉。

於是，她便也去灶房拿刀，挽起袖子打算開始處理豬肉。

蕭大叔也太小瞧她了吧？他怎麼就認定她會把肉給糟蹋了呢！

「媳婦，妳先別著急，等咱們收拾好了，就過去幫妳。」孟氏見麥穗一個人拿著刀在切豬肉，又道：「要不妳先切著也行，回頭我再幫妳把肉醃起來，做成臘肉。」

「娘，都已經分家了，您還管那麼多幹麼？」蕭芸娘冷著臉道：「人家願意怎麼做就怎麼做唄。」

「哎呀，妳個死丫頭，分家了咱們也是一家人，妳瞎說什麼？」孟氏訓斥道。「沒大沒小的，說話嘴上也沒個把門的，就不怕別人笑話。」

「笑話就笑話唄，反正我也不在意。」蕭芸娘撇嘴道。

麥穗笑了笑，沒吱聲。

以前沈氏和喬氏在的時候，小姑子就處處跟她們過不去；現在沈氏和喬氏搬走了，自己倒成了小姑子的眼中釘。

就因為徐家的事情，她蕭芸娘就全然不顧念舊情了嗎？難怪人家會說「女人心、海底針」，還真是摸也摸不透。

算了，不跟她計較。

面對這一大盆的野豬肉和些許豬下水，麥穗心裡自然是有打算的。

這裡沒有冰箱，這麼多肉一時半會兒也吃不完，可全部做成臘肉，又有些可惜。

想了想，她決定把肥的熬成豬油，五花的部分做成臘肉，剩下那些瘦的和豬下水留一些現吃，其他則都放在豬油裡保存起來。

她依稀記得前世她鄉下的姥姥，就是這樣保存豬肉的。

蕭家一共兩個廚房，屋裡一個，院子裡靠牆角處，還有一套小鍋灶。沒分家的時候，孟氏一直用屋裡的那個大鍋做飯，院子裡的這套鍋灶也沒怎麼用過。分家以後，麥穗自然就是用院子裡的鍋灶了。

麥穗對這個廚房，不怎麼滿意。因為是在院子裡，鍋灶上只是做了個簡易的草棚子，兩面靠牆、兩面透風。而且這個灶還不怎麼好用，常常弄得滿院子黑煙。就好比現在，她不過是剛剛準備要燒火熬一些豬油，院子裡便黑煙四起，嗆得她直咳嗽。

更悲催的是，竟然還驚動了蕭大叔，他以為是家裡著火了。

「讓開，我來。」蕭景田黑著臉坐下來燒火。

「小點火，這火大了，豬油可就熬不成了。」麥穗回屋扯了塊布巾，包在頭上，小心翼翼地把切好的肥肉丁倒進鍋裡，然後拿著鐵鏟來回翻動著。不一會兒，那些肉丁便開始在鍋裡融化，冒著騰騰的熱氣，散發出誘人的香味。

香氣太濃，不但孟氏和蕭芸娘都連連探頭過來看，更是引得村子裡的幾條狗在門口汪汪亂叫。

「妳弄這些豬油做什麼？」蕭景田邊燒火邊問道。

奇怪，怎麼蕭大叔一接手，院子裡很快就清明起來。嘤嘤嘤，看來她確實是不會燒火。

「待豬油涼透後，就可以放在井裡讓它凝固，然後再密封起來放在地窖裡，只要不接觸到空氣，這豬油肯定壞不了。」麥穗有板有眼道。「還有啊，要是把吃不完的豬下水和肉煮熟後，放到豬油裡面去，如此一來，這些吃不完的肉和下水，還能再存放一段時間。總之，這豬油的用處可大了呢！」

蕭景田挑挑眉，沒吱聲。

豬油很快就熬好了。

麥穗小心翼翼地把滾燙的豬油舀到早就準備好的瓷罐裡，又把鍋裡剩下的肉渣盛到盆子裡。

見蕭景田起身要走，她連忙道：「等一會兒再走，你還得幫我燒火，我必須把那些豬下水和瘦肉給煮熟了，得用大火來燒。我去打水，你幫我把柴給燒旺就行。」

見他眉頭一皺，她又補充道：「這次是用水煮，不用控制火候，你只管把火燒旺就是。等我把肉放進鍋裡，就不用你了。」

蕭景田只得重新坐下來，扯過一塊大樹根塞進去。樹根曬得很乾，因此火勢噼哩啪啦很快就燒起來。

麥穗從井裡打了水，倒進鍋裡，準備煮豬下水。誰知她剛一轉身，便聽見「砰」的一聲，接著便冒出一陣濃濃的黑煙。

蕭景田坐在原地，一臉黑線地看著她，沈聲道：「鍋炸了。」

啊，鍋炸了？

麥穗愣了一下，不可思議道：「咦，鍋怎麼能炸了呢？你怎麼那麼不小心？」

「是我不小心嗎？」蕭景田咬牙道：「那麼熱的鍋，妳竟然往裡頭倒冷水，它能不炸嗎？」

「可是、可是你知道我要煮豬下水的，怎麼還把鍋燒得那麼熱？」麥穗無辜道。「那、那怎麼辦？是不是得買個新鍋啊？」

蕭景田沒回話，臉一沈，大踏步地走出去。

這人真是的，鍋炸了就不管了嗎？

麥穗一邊腹誹，一邊收拾灶臺。她把灶間被水打濕的火灰都掏出來，來來回回地忙了好一陣子，才清理乾淨。

她無奈地發現，婆婆那邊已經做好飯了，她這邊的鍋卻還漏著水呢……

嚶嚶嚶，古代太危險，她要回家！

這時，大門一響。只見蕭景田面無表情地走進來，一回來就吩咐麥穗把炸了的鍋給刷洗乾淨，然後用火燒乾。

也不知道他從哪裡挖來一些紅色的土，並在井邊打水，將那些紅土調成泥狀。等鍋子燒乾之後，他便將紅泥給貼上去，均勻地抹在鍋底。

麥穗滿臉崇拜地在一旁看著。

大叔，您老忒厲害了，小女子佩服得五體投地啊！

因為補鍋耽誤了一下，兩人的早飯也吃得晚了些。

蕭景田一夜沒睡，吃完飯得補個眠，麥穗便跟著公公、婆婆去了田裡。三人忙到天黑，才總算把一大片田地給種完。

播好種之後，田裡的活兒便沒那麼緊張了，只剩下除除雜草、抓抓小蟲這些輕鬆的活兒，蕭宗海一個人就能做。

因此隔天，蕭景田便又開始跟栓子叔一起忙著造他的大船。

麥穗見栓子叔忙得灰頭土臉，很是辛苦，便跟蕭景田提議道：「雖說鄉親之間經常互相幫襯，但咱們還是得稍微表示一下謝意才行。趁著家裡還有些野豬肉，不如你找個時間留栓子叔吃頓飯，否則要是以後再請吃飯，怕是菜式上就沒有這麼豐盛了。」

「倒是我疏忽了。」蕭景田點頭道：「那就今天晌午吧，妳多準備幾個菜，順便再割十斤野豬肉給他。」

「好，我去準備。」麥穗欣然答應。

待院子裡的黑煙消散後，麥穗用來待客的四菜一湯也做好了。

涼拌肚絲、辣炒大腸、紅燒肉、油炸小魚乾，還有一道油菜肉丸子湯，每樣菜看起來都是色香味俱全，鹹淡適中。

滿滿一桌子幾乎全是肉，吃得莊栓連聲叫好。

「這些年也吃過不少間館子，可是哪家也沒有你家媳婦做的菜好吃。」莊叔拍案叫好，滿嘴流油道：「景田，就衝著你有這麼好的媳婦，咱們得趕緊把船做好了。早點出海捕魚賺錢，好讓你媳婦享福。」

「栓子叔說得是。」蕭景田展顏一笑，拿起湯勺給他舀了一碗肉丸子湯。大小適中的肉丸漂在奶白色的湯裡，三、四根碧綠的油菜點綴其中，看起來很賞心悅目。

看得出，這個女人是用了心的。

「等咱們出海捕了大魚，你家裡就不用吃這麼小的魚乾了。」莊栓指著那盤小魚乾，感慨道：「只是現在咱們村連這種小魚也不好捕撈了，自從龍叔建了魚塘，咱們村的人怕惹麻煩，連淺灣那邊都不怎麼去了。就等著你這艘船做好，帶著大家去找新的地方捕魚呢！」

「上次不是說了，淺灣那邊不是龍叔的地盤，村人怎麼還不敢去？」蕭景田挾了一塊紅燒肉放在嘴裡嚼著，道：「淺灣雖然地方小，但還是能撈點魚的。」

肥瘦適中的紅燒肉入口生香，鮮而不膩，他很喜歡。

「這還不是因為怕龍叔找碴嘛！」莊栓嘆道：「咱們村的人嘴上不說，其實心裡還是抱怨連連的。你說包魚塘就包魚塘，哪有霸著一整片海不讓別人打魚的？前幾天沙地村有幾艘船在龍叔的魚塘附近撒網，便被龍叔的人追上，好生打了一頓，說是魚塘四周也不讓捕魚的。那些個漁民礙於龍叔的勢力，只好吃了這啞巴虧。」

蕭景田聞言，沈默不語。

一頓飯吃下來，賓主盡歡。

蕭宗海中午在田裡吃。

孟氏去送飯的時候，麥穗特意盛了一碗紅燒肉，說要讓公公嚐一嚐。她這個當婆婆的嘴上沒說什麼，心裡卻很高興，送完飯回來後，便招呼麥穗一起去正房吃飯。

她知道莊栓在家裡吃飯，媳婦不方便過去同席。

麥穗便把剩下的菜全都盛到一個盤子，端著去了正房蹭飯。

孟氏做了包子，還拌了蘿蔔頭。她這個婆婆似乎特別喜歡蒸包子。

「家裡那麼多肉，您就做這樣的菜，誰吃得下去啊？」蕭芸娘瞥了一眼盤子裡的菜，憤憤地道：「有肉的時候也是這樣的飯菜，沒肉的時候也是這樣的飯菜，真沒勁。」

「這不是因為妳爹中午不在家吃飯，才沒煮肉嗎？」孟氏道：「妳想吃肉的話，晚上娘給妳做就是了。」

「您不是說晚上要讓大哥、二哥他們過來吃飯嗎？難不成桌上的肉都是讓我一個人吃嗎？」蕭芸娘冷哼道：「才分開幾天就又叫回來吃飯，您活該受媳婦的累，反正他們也都有分到肉，在自己家裡吃就是了，跑來這裡吃，算怎麼一回事？」

麥穗正津津有味地吃著飯，聽蕭芸娘這麼一說，才後知後覺地意識到自己被指桑罵槐了。

她挾起一塊紅燒肉，放在嘴裡有滋有味地吃著，笑道：「小姑若是這麼說，那妳出嫁後豈不是再也不會回來吃飯了？反正家裡什麼都有，沒必要在娘家吃飯了。」

「我說大哥、二哥呢！妳扯我幹麼？」蕭芸娘冷臉道：「我以後就是回娘家，吃也是吃我爹娘的，不會吃你們的就是。」

「難道咱們到爹娘這邊來吃飯，不是吃爹娘的嗎？」麥穗反問道。

反正在這個小姑子心目中，她早已是惡毒的嫂子了，她不介意讓自己的形象再黑一些。

「好了，妳們就不要鬥嘴了。」孟氏只當是姑嫂倆鬧著玩，也沒當一回事，吃了幾口便放下筷子道：「我先去準備晚上的飯菜，妳們吃完就過來幫我。」

「我下午要去鎮上送繡活，沒那閒工夫。」蕭芸娘沒好氣地道：「您樂意招待您的兒子、媳婦，自己做就是了。」

「娘，我幫您。」麥穗笑靨如花道。

蕭宗海晌午在田間吃了麥穗做的紅燒肉後，讚不絕口。回來後，他特意囑咐晚上要多做一些讓大家都嚐嚐，說是麥穗做的比鎮上一品居的招牌紅燒肉還要好吃。

孟氏見蕭宗海難得如此高興，便很痛快地切了一大塊肉讓麥穗做成紅燒肉。

「二姑姑，妳們在家做什麼好菜，大老遠就聞到香味了呢！」姜孟氏手裡提著兩條大馬鮫魚走進來，笑嘻嘻地道：「我家木魚今天出海網了兩條大魚，剛好妳家老二喊咱們兩口子過來吃飯，這不，正好添個菜。」

「來就來吧，還拿什麼魚？」孟氏嗔怪道：「這麼大的魚，咱們怎麼捨得吃？木魚出海一趟也不容易，快拿回去賣了吧！」

她其實不是客套，而是真的不捨得吃。

漁民們往往吃不到什麼大魚，大魚是用來賣錢的。

「哎呀，二姑姑，這提進門的東西，您再讓我拿走，這不是打我臉嘛！」姜孟氏不由分說地把魚放在鍋灶上，還順手拍了麥穗一下，笑道：「如今可是老三媳婦掌大勺了啊？那我得好好巴結妳一下了。回頭我家娃兒成親，妳可得去幫咱們做個菜呢。」

「表姊說的是哪裡話，只要妳開口，我肯定隨叫隨到。」麥穗衝著她莞爾一笑道：「到時候妳別嫌棄我吃得多就行。」

蕭芸娘撇撇嘴，扔下柴火就回了屋。

「哈哈，不嫌、不嫌，能吃是福。」姜孟氏見蕭芸娘黑著臉走了，訕笑道：「芸娘該不會是不樂意咱們來吃飯吧，我看她不大高興啊。」

「表姊，妳誤會了，她是在跟我生氣呢。」麥穗看了孟氏一眼，笑道：「都是我不好，我不應該跟她較真的。」

「這有什麼，成天在一個屋簷下過日子，哪有勺子碰不到鍋的。」姜孟氏的性子很討喜，也沒有細問，反而一屁股坐下來，在灶前開始燒火。她添了一把柴，又扭頭跟孟氏道：「二姑姑，我今天來，還真是有事要麻煩您的，請您務必要幫忙。」

「有啥事就說，跟我客套什麼？」孟氏道。

「是這樣，我家狗子今年都十七歲，也該說媳婦了。」姜孟氏熱切地看著孟氏。「我是想從咱們娘家的這些親戚裡，找個知根知底的閨女當兒媳婦，您就幫我瞅著點吧。」

提起兒子，姜孟氏馬上一臉洋洋得意。她兒子狗子是專門給人蓋房子的泥瓦匠，老實又能幹。

「妳可有中意的閨女？」孟氏問道。

「若說中意的，還真有那麼一個。」姜孟氏也顧不上燒火，起身湊到孟氏身邊，鄭重道：「我大姑姑家大表哥的閨女，如今也十五、六歲了吧。我大表嫂性子好，大表哥也是個憨厚的，想來閨女也差不了。如果可以，我倒是想讓他們家的閨女來當我的媳婦呢！」

大姑姑家的大表哥的閨女？麥穗在心裡默算著輩分。

不想，孟氏卻突然沈下臉，頓了頓，才道：「姪女啊，這事我幫不了妳，妳也知道他們家三姑娘，也就是妳那個三表妹，她當初……」

說到一半，孟氏悄然看了麥穗一眼。

麥穗心裡一動。

莫非那個什麼三表妹，跟蕭景田有關係？

# 第十六章　他的過去

「二姑姑，我倒是忘了那件事。」姜孟氏會意，也看了看麥穗，訕訕地道：「事情都過去那麼多年了……再說，咱們到底是兩家人，求娶的又是我大表哥的閨女，這不是親上加親嘛。我大姑姑也沒道理因為閨女的事情，而耽誤了孫女吧？」

孟氏嘆道：「自從出了那件事，咱們姊妹倆不知不覺疏遠許多。可是就三姑娘那個性子，別說景……別說別人了，就是我也受不了啊！」

「其實此事也怨不得二姑姑啊。」姜孟氏搖頭道：「畢竟是一輩子的大事，誰也不能將就的。」

「姪女，咱們畢竟是兩家人，萬不能因為咱家的事情，而攪了妳家狗子的姻緣。妳該找媒婆就找媒婆，該娶媳婦就娶媳婦。」孟氏畢竟是過來人，語重心長道：「自古姻緣天注定，該是誰的就是誰的，錯不了。」

「二姑姑說得是。」姜孟氏點點頭。

說話間，麥穗的紅燒肉已經出鍋了，滿屋子都是肉香。

姑姪倆雖然當著她的面在說暗語，但麥穗已經把事情的來龍去脈給猜出一個大概了。無非是表妹看上表哥，卻被表哥拒絕，癡情表妹發誓終身不嫁云云。

嘖嘖嘖，看不出蕭大叔身上還背著桃花債呢！

「好香啊，老三媳婦做的是啥肉啊？」姜孟氏吸著鼻子問道。

「紅燒肉。妳姑父才吃了一次，就愛上了呢！」孟氏笑道：「晌午的時候，老三喊了栓子過來吃飯，老三媳婦就做了這道紅燒肉，還給妳姑父送上一碗。沒想到，卻因此勾起妳姑父的饞蟲，剛才他一回來，就再三囑咐老三媳婦多做一些，說是要讓大家都嚐一嚐呢。」

「哈哈，那咱們也跟著有口福了。」姜孟氏抬頭看了看天色，接著便麻利地取過那兩條魚，掏了內臟、洗乾淨了，這才道：「不行，今晚我得露一手，可不能被妳家媳婦給比下去。要不然，我這頓飯會吃不安穩的。」

孟氏和麥穗只是笑。

待飯菜都做好了，蕭福田和蕭貴田兩家人才姍姍來遲。

「哎呀，真是來得早不如來得巧，你們一大家子倒是會趕飯點。」姜孟氏半開玩笑半認真道：「還以為妳們妯娌倆，能早點過來幫著做飯呢。」

蕭福田和蕭貴田沒吱聲，嘿嘿地笑著進了屋。

沈氏有些尷尬，喬氏卻不以為然地道：「婆婆有三弟妹跟小姑幫忙，哪裡用得著咱們再說了，咱們剛搬家，這幾日忙著在家裡打掃，這忙起來啊，天一下子就黑了。難不成咱們回公婆家吃頓飯，還得提前過來自己做嗎？」

「若是別人家，那是肯定的。」姜孟氏笑嘻嘻道：「可是你們家，自然就不用了，誰讓我二姑姑脾氣好呢。」

「這不就完了？」喬氏冷笑一聲，扭著腰肢進門。

因為有姜孟氏在，炕上破天荒地分成兩桌。男人一桌，女人和孩子一桌。

姜孟氏的男人姜木魚因為來晚一些，被蕭福田和蕭貴田兄弟倆連著灌了三碗酒，以示懲罰。

姜木魚也不含糊，三碗酒一下子就「咕嚕、咕嚕」地下了肚。

「哎呀，你們少灌他一些酒，要是待會兒回不了家，我拿你們是問。」姜孟氏笑道。

「他這個人你們又不是不知道，特實在，給多少、喝多少，從不會推辭。」

「瞧瞧，就說不能讓女人上桌。」蕭貴田一本正經道：「喝點酒還不能放開喝。」

「沒事，咱們喝咱們的，就當耳朵忘在家裡了。」姜木魚噴著酒氣道：「回不了家沒事，能爬上炕去就行。」

眾人一陣哄笑。

「景田，你的船做得怎麼樣了？」姜木魚問道。「得下個月才能做好吧？」

「用不著下個月。」蕭景田挾了一塊紅燒肉，放在嘴裡細細地嚼著，道：「也就十天、八天的事。」

「老三，現在整個魚市都是龍叔的天下，你就算捕了魚，也沒地方賣啊！難道你要走街串巷地去當魚販子？」蕭貴田端著酒杯，一飲而盡，頗有些恨鐵不成鋼地道：「你自己去捕魚，真的不如跟著龍叔幹，啥也不用操心，還有銀子可拿。若是你拉不下臉，二哥去幫你跟龍叔說……」

「老二，你別勸了，老三自有主意的。」蕭福田不以為然道：「之前爹就說了，各人有各人的打算，如今咱們分了家，就更不能說誰的路對、誰的路不對了。」

姜木魚訕訕地笑著。人家兄弟之間的事，他也不好插嘴。

「我的事就不勞大哥、二哥操心了。」蕭景田面無表情地道：「只要能打上魚來，就不愁賣不掉。」

「好了，咱們今天不說這個，你們兄弟幾個難得聚在一起，都給我好好吃菜，多喝酒。」蕭宗海悶悶地喝了好幾杯酒，皺眉道：「不管是不是跟著龍叔幹，你們都是親兄弟，無論遇到什麼事情，還得互相扶持才行。」

「對，姑父說得對，打虎親兄弟，上陣父子兵嘛。」姜木魚舌頭打結道：「這是誰做的肉？真好吃，俺這輩子還沒吃過這麼好吃的肉呢。」

「是老三媳婦做的。」姜孟氏高聲答道。

「老三，你是個有福氣的，娶了這麼好的媳婦。」姜木魚一臉醉意地說：「她可比三表妹強了百倍，你這叫好事多磨。」

「快吃你的飯吧，瞎說什麼？」姜孟氏白了自家男人一眼，又悄悄地看了麥穗一眼，恨聲道：「吃飯也堵不上你的嘴。」

姜木魚自知失言，只是嘿嘿地直笑。

「三表妹今年也二十五歲了吧？」喬氏是看熱鬧的不嫌事大，故意問沈氏道：「還沒有說婆家嗎？」

啊，劇情有出入，原來不是表妹，是表姊。如此一來，不就變成表姊跟表弟之間的恩怨糾葛了？

「沒有，三姑娘的性子那麼倔強，仗著自己長得好，尋常男人她哪能看得上。」沈氏用眼角瞟了瞟麥穗，才接著道：「就連蘇姨媽都拿她沒辦法。」

沈氏的娘家跟孟氏的姊姊是一個村的，對蘇三姑娘的事情還算知道一些。

麥穗心裡很鬱悶。

看我幹什麼？那蘇三姑娘的事情，跟我有關係嗎？

「吃飯、吃飯，不提這些了！」姜孟氏喧賓奪主道：「老三媳婦的紅燒肉就是好吃，回頭妳教我怎麼做，改天我也讓妳表姊夫去打頭野豬回來，我要頓頓都吃紅燒肉！」

沈氏和喬氏不屑地撇撇嘴，那野豬豈是想打就能打到的？

而這一邊，男人們正侃侃而談。

「龍叔這次下了四百個網箱，因為之前準備得充足，其中有兩百個網箱的魚放進去的時候，就是半大的魚苗，再有一個多月就能捕撈了。再加上醃曬的日子，估計過了八月十五，就能出貨了。」蕭貴田提起這些，兩眼放光，開心地道：「龍叔早就發話了，說下次去京城送貨，要讓我和大哥跟著去見見世面。」

「大哥、二哥，你們在魚塘養個魚還行，跟著貨船去京城，那可就有風險了。」蕭景田不動聲色地道：「若是途中遇到什麼危險，你們要如何應付？」

「在海上能遇到什麼事？」蕭貴田反問：「難不成還能遇到海蠻子？」

「淨瞎扯！哪有海蠻子？」蕭福田不以為然道：「龍叔去京城送貨這麼多年，都沒碰到過海蠻子。難道咱們這一去，還就給碰上了？」

「就算不會遇到海蠻子，那麼遠的海路，也是有危險的。」蕭宗海皺眉道：「外面千好萬好，也沒有家裡好，老三在外面闖蕩多年，自然知道外面的險惡，你們還是不要輕易出去的好。」

「老三在外面闖蕩這麼多年，還不是好好地回來了？」蕭貴田道：「爹，這件事就不用您操心了，咱們都是成家的人，知道自己該怎麼做。」

「成家了我也是你爹！」蕭宗海突然高聲道：「難道我和老三會害你們不成？」

眾人嚇了一跳。

「孩子他爹，有話好好說，那麼大聲幹麼？」孟氏嗔怪道。

蕭宗海只是一臉怒意，沒再說話。

月色如水。影影綽綽的月光透過白麻紙投進來，在炕上投出一片模糊的光暈。

麥穗躺在那一抹光暈裡，睡得正香甜，許是夢到什麼高興的事，竟然還笑出聲來。

睡意全無的蕭景田，正枕著胳膊想事情，乍然聽見她的笑聲，忍不住嘴角微翹。

到底是什麼事情，讓這個女人連睡覺都能樂成這樣？

他望著她蜷縮在被窩裡的纖細背影，感受著她身上清新的氣息，覺得這個女人看似柔弱，實際上卻是堅韌樂觀的性子。至少她從來沒有把自己對她的冰冷態度放在心上，依然悠然自得地過日子。

想到這裡，他突然覺得自己真是太無聊了。她是個什麼樣的人，跟他又有什麼關係？他和她，不過是各取所需地過自己想過的日子罷了。

夜裡，他作了個夢，竟破天荒地夢到了麥穗。

他夢到自己擁著她坐在田埂間，望著一大片黃燦燦的麥子笑開懷。後來，他忍不住低頭吻住她……

第二天一大早，院子裡靠牆根處的晾衣繩上，掛著男人濕漉漉的裡衣和裡褲。

麥穗暗暗驚訝，沒想到蕭大叔還真勤快，竟然這麼早起來洗衣裳……

唉，難道她以後都不能睡到自然醒了嗎？

一連幾天，蕭景田見到她，態度愈加冷淡，連話也不肯說了。好在麥穗習慣了，也沒覺得他有哪裡不對勁。

半個月後，蕭景田的漁船終於大功告成。

村人聞訊紛紛趕過來看，大家都對新船讚不絕口。

這艘新船比他們的船大了一倍不說，裡面設計得也很精巧，甚至連吃飯、睡覺的地方都有，想來這艘船就算在海上航行一個月，也絕對沒問題。

「景田，你啥時候出海啊？咱們可都等著你呢！」姜木魚憨笑道：「昨天大柱他們去千崖島後面試了幾網，網上除了纏上一些海菜，啥也沒撈到，就連指頭大的小魚也沒有，氣得大柱回來後就把漁網曬乾，高高地掛起來了，他還說要去鎮上打工，再也不出海了呢。」

「嘿嘿，景田哥，俺家沒船，俺想跟著你幹行不行？」小六子撓撓頭，一本正經道：「這麼大的船，你沒個幫手也不行吧？總得有個替你划船的啊。」

見蕭景田的目光落在他身上，小六子立馬露出結實的胳膊，信誓旦旦道：「你放心，俺絕對不會給你添麻煩，也不要工錢。俺啥活都會幹，就是想跟著你出去見識、見識。」

小六子自小沒了父母，是爺爺、奶奶一手拉拔大的。前兩年，二老相繼去世，家裡就剩下他一個人。他人雖然小，卻很勤快，不僅把田裡的活兒打理得有條不紊，閒暇時還幫著這家鋤鋤地、那家搬搬磚，在村裡的人緣還算不錯。

「好，你小子只要不怕吃苦，就跟著我幹吧。」蕭景田很痛快地應下來，道：「那你回去準備、準備，咱們明天就出海。」

小六子歡喜得手舞足蹈，趕緊跑回家去收拾出海要用的什物。

姜木魚小心地撫摸著新船，越看越喜歡，忙扭頭問道：「景田，你找人看過下水的日子了嗎？」新船下水，那可是有講究的。

「明天就是個好日子。」蕭景田淡淡道。

「那就好、那就好。」姜木魚連連點頭。

眾人圍著船說了好一會兒話，又紛紛動手幫忙把新船抬到海邊。待安頓好船，才各自散去，約好明早要一起出海捕魚。

淺灣裡的小魚越來越多。

蕭芸娘因為徐家的事情，跟麥穗鬧翻，一直對她愛理不理的。麥穗只得拽了姜孟氏過來跟她一起捕點小魚，一來相互之間有個照應，二來她也很喜歡姜孟氏的性子，兩人比較合得來。

「我說老三媳婦，咱們曬這些小魚能賣得出去嗎？」姜孟氏心裡沒個底，幾乎每天都要問一遍。「若是徐四反悔不要了怎麼辦？」

「放心，不會的。」麥穗擦了擦額頭上的汗，拽著漁網上岸，把網裡的魚倒出來，不厭其煩地解釋道：「我還是那句話，咱們現在的任務就是多撈點魚上來曬乾，賣魚的事情交給我就好。」

「若是真的能賣得出去，咱們可以再多叫幾個人過來的。像是梭子媳婦和狗蛋媳婦，那兩個女人都是能幹的。」姜孟氏熱心道：「我其實是擔心賣不出去，所以才沒叫她們。」

「表姊，我跟妳說了好多次，妳怎麼還是不相信我？」麥穗哭笑不得道：「我實話告訴妳吧，昨天我特意讓牛五去打聽了，他說離楊柳村不遠的趙家堡那邊，確實有個大牧場，到時候咱們直接送到牧場裡去就行。」

「這麼說，妳都跟人家聯繫好了？」姜孟氏嗔怪道：「那妳不早說，害得我白擔心了這麼多日子。」

「我也是昨天才知道嘛！」麥穗淺笑道：「明天妳把那兩個嫂子叫來吧，咱們多撈一點就是。」

「妳不怕咱們搶了妳的生意？」姜孟氏故意問道。

「不過是賣個魚，有什麼好怕？」麥穗正色道：「再說了，妳就算叫人家來，人家也未必會來。」如今大家都在養精蓄銳，等著捕大魚呢！聽說每年的七、八月，都會有魚隨著潮汛過來產卵，那時候的魚又肥又多。一年下來，漁民們也就指著這兩個月的收穫過日子。

「也是。」姜孟氏想了想，狡黠道：「那我不叫她們了，咱倆就把這裡的魚全都獨吞了。」她頓了頓，又道：「對了，下午咱們就別來了，妳跟我二姑姑一起去我家幫著做飯吧。我大姑姑前幾天託人捎話過來，說是今天午後要到我家來坐坐呢。」

「狗子的事情成了？」麥穗問道。

「能不能成，就看今晚的了。」姜孟氏笑道：「自我嫁過來，我大姑姑就沒去過我家，我猜她來是看咱們屋子的。」說著，又伸手戳了戳麥穗，道：「妳一定要來，我肉都準備好了，妳給咱們做個紅燒肉。」

「好，我去。」麥穗也沒多想，很痛快地應下來。

蕭景田站在不遠處的礁石上，看著她瘦小單薄又忙忙碌碌的背影，不禁嘴角微翹，心裡突然湧起一種莫名的舒心。

他本想走過去幫忙，可不知怎的，又突然停下腳步，轉身大踏步下了礁石，揚長而去。

# 第十七章　蘇三姑娘

姜孟氏的家在村子西邊，跟蕭家隔了大半個村子。她家的院牆高大，院子也修整得工整平坦，尤其是地上還鋪滿青磚，看起來很氣派。姜孟氏喜出望外地迎出來，拉著婆媳倆進了正房。正房窗明几淨，收拾得乾乾淨淨，麥穗越看越喜歡。真是不比不知道，一比嚇一跳，這房子跟蕭家那幾間破房子比，簡直是雲泥之別。炕上坐著兩個女人。

身穿褐色衣裙的老婦人臉圓眼大，眼角滿是皺紋，嘴唇緊抿，不怒而威。稀疏的頭髮勉強在腦後綰了個低低的松果髻，淺褐色抹額上還綴著一顆白色珍珠，在微白的天光裡閃著幽微的光芒。

依偎在老婦人身邊的紅衣年輕女子，目光盈盈、面如桃花，生得很嫵媚動人。兩人皆背光而坐，表情有些朦朧。

「姊姊。」孟氏輕輕喚了一聲，挨著炕沿坐下，又拉過麥穗道：「媳婦，這是妳大姨媽和三表姊。」

「大姨媽，三表姊。」麥穗忍住笑意，上前見禮。

話說大姨媽這個稱呼，很好笑有沒有？

蘇姨媽的眼皮抬了抬，沒吱聲。

孟氏頓覺尷尬，只是訕訕地笑著。

麥穗冷不防地覺得有一道冷冽的目光，抬頭一看，只見三表姊正淚眼矇矓地看著自己，鼻子還一吸一吸的，像是隨時都會哭出來一樣。

「大姑姑、二姑姑，妳們聊，我跟老三媳婦去灶房張羅吃食了。」姜孟氏見狀，忙拽著麥穗就進了灶房。

「我是真不知道三表妹會來。」姜孟氏指了指正房那邊，悄聲道：「待會兒不管她說什麼，妳都不要搭理她。」

「我哪裡招惹她了嗎？」麥穗很無辜地問道。

「哎呀，不是妳招惹她，而是妳家景田招惹她了。她打小就喜歡景田，長大後非要嫁給他，可景田卻死活不依。」孟氏低聲道：「景田這不是走了十年嗎？她也等了十年。妳想，如今三表妹見了妳，能不恨妳嗎？」

「她是因為景田才一直沒有嫁人？」麥穗覺得這個黑鍋，她背得有些冤。說到底，這都是蘇家三姑娘跟蕭景田之間的事，跟她有什麼關係啊?!

「算是吧。前幾個月我大姑姑給她張羅了人家，苦口婆心地勸著她嫁，本來三姑娘答應了，可是不知怎的聽說蕭景田回來，便又死活不同意了。」姜孟氏嘆道：「本來我大姑姑還想再過來跟我二姑姑提一提這門親事，哪知我二姑姑急匆匆地把妳娶回來，氣得我大姑姑在家大病了一場。這不，你們成親，她也沒來。」

真是癡情女子負心漢，古往今來皆有之哪！

麥穗一邊挑著韭菜，一邊嘆了口氣。

三表姊，要不咱倆換一換，妳嫁給蕭景田，而我去當蘇家的女兒。

正胡思亂想著，蘇三姑娘突然推開灶房的門，逕自走到麥穗面前，冷冷問道：「蕭景田呢？」

「他在家裡。」麥穗大大方方地看著她。

不得不說，蕭景田的這個表姊長得滿好看的，身材也不錯，還有一股楚楚可憐的韻味。

「妳去把他給我叫來，我有話跟他說。」蘇三姑娘紅著眼圈道：「我倒是要問問他，他的良心都被狗吃了嗎？」

「我去叫他？」麥穗愣了一下。

有沒有搞錯？蕭景田好歹是她的夫君好吧？有哪個當媳婦的會把自家男人叫過來，跟愛慕他的表姊見面啊？

「怎麼？難道還得我去見他嗎？」蘇三姑娘冷笑道：「不要以為他娶了妳，妳就真的把自己當一回事了。這世上除了我，誰也配不上他。」

「三表姊，首先我有沒有把自己當一回事，跟妳沒有任何關係。」麥穗正色道：「其次，如果妳覺得只有妳配得上他，那妳只管去找他就是，不必跟我說這些有的沒的。」

「唉，三表妹，過去的事情就讓它過去好了，景田如今都成親，妳就不要再生事端了。」姜孟氏好言勸道。「聽表姊的話，忘了他，咱再找個好的。」

「好啊，這話可是妳說的，是妳讓我去找他的！」蘇三姑娘不理會姜孟氏，朝麥穗嫵媚一笑，扭著腰肢款款而去。

麥穗和姜孟氏不禁面面相覷。

看來，這蘇三姑娘的脾氣還不是一般的怪啊！

「老三媳婦，妳說她不會真的去找景田吧？」姜孟氏側過身子，朝外張望一下，嘆道：「若是她真去找景田，妳就不在意嗎？畢竟他們之間曾經談婚論嫁過啊。」

「我要在意什麼？」麥穗皺眉道：「就算他們兩人談婚論嫁過，那又怎麼樣？我還能攔著不讓他們見面嗎？況且若真要發生些什麼事，我攔也攔不住。」

「也是。」姜孟氏坐下來，笑道：「景田的脾氣我知道，就算是三姑娘去找他，想必他也不會給她好臉色看的。景田還未成親的時候，就不大搭理她，如今成了親，更不會正眼看她了。」

麥穗只是笑著，沒有回話。

若是蕭景田回心轉意，想娶那個蘇三姑娘為妻，那她會二話不說，立馬給兩人騰出地方。

「對了，老三媳婦，妳說妳成親也有些日子了，怎麼還沒有動靜？」姜孟氏說著，目光落在麥穗平坦的小腹上，低聲道：「我聽說鎮上有個大夫，專看女人這方面的問題，要不要改天我陪妳去……」

「表姊，我沒病，看哪門子大夫啊。」麥穗聽她這麼說，臉微微地紅起來，道：「這種事急不得。」

她若是有了，那才不正常呢！

「難道是景田？」姜孟氏自知失言，忙摀嘴道：「要不讓他陪妳去，順便也讓他給大夫看一看。」

讓蕭景田去看大夫？

她腦補了一下蕭景田怒火沖天的樣子，心裡一陣狂笑。面上卻裝作一本正經地看著姜孟氏，忍住笑意道：「表姊，妳就別瞎操心了，順其自然就好。」

「你們、你們該不會還沒有同房吧？」姜孟氏見麥穗眉眼間神色很坦然，並無半點羞澀之情，心裡隱約猜到了幾分。「我知道那小子的驢脾氣，就是出去闖蕩十年也改不了。等他回來，我就去說說他，哪有這麼對媳婦的？」

「表姊，我求妳，千萬別跟他提起這件事，我覺得咱們現在這樣挺好的。」麥穗唯恐姜孟氏動真格的，忙道：「妳也知道景田那個性子，他不是別人能勸得動的，況且咱們如今這般相安無事地過日子，很是輕鬆自然。凡事水到渠成就好，刻意強求不是長久之計。」

「好、好、好，我說不過妳。」姜孟氏伸手戳了她一下，笑罵道：「也就妳這種沒心沒肺的人可以嫁給景田，換作是別人，早就哭鬧著回娘家了。」

「那是人家有娘家啊，我這不是沒娘家嗎？」麥穗認真地道：「說實話，剛開始嫁過來的時候，我還擔心他待我不好來著。但現在卻覺得其實他人還不錯，雖然不怎麼搭理我，但至少也不會為難我，我覺得很滿足。」

「唉，妳從小沒了爹，娘又改嫁，也是個可憐的。」姜孟氏嘆了一聲，拍了拍麥穗的肩，便起身出去抱柴火了。

這時，正房那裡突然傳來一陣低低的哭聲。

麥穗聽見，感到有些奇怪，便悄悄來到正房外，想要看一看到底是誰在哭。

「當年妳做了那麼丟人的事情，若不是我替妳在人前周旋隱瞞，妳能有如今的安穩日子過？」蘇姨媽用乾枯瘦弱的手敲著炕沿，冷臉道：「可妳倒好，明明知道我家三姑娘中意景田，不但不從中撮合，反而還替景田另娶了別人家的女子為妻！妳分明是沒把我這個姊姊放在眼裡！」

「姊姊，妳誤會我了。」孟氏低泣道：「景田剛回來那會兒，三姑娘正在議親，我自然不好擾了她的親事，才給景田另娶媳婦的。我哪裡會知道三姑娘還想著景田，竟然還把說好的親事給退掉了。」

麥穗聽到這裡，不禁愣了一下。

孟氏在蘇姨媽面前之所以這麼縮手縮腳的，原來是有把柄在人家手裡啊。這個蘇姨媽還真差勁，居然用那些陳穀子爛芝麻的往事來要脅孟氏。

她懷疑蘇姨媽今天來的目的，根本不是為了大表哥家的孫女，而是打算給她家的三姑娘談親事。

若是蕭景田沒有成親，倒也罷了。可如今她們母女倆明明知道他已經娶妻，怎麼還要來糾纏不清？

麥穗無奈地嘆了口氣，又搖搖頭。因為擔心姜孟氏回到灶房後找不著她，便沒再聽下去，趕緊回到灶房切肉去了。

「哼，妳當初但凡給我透一點口風，我家三姑娘也不至於落到這步田地。」蘇姨媽振振有詞道：「妳家景田走了十年，我家三姑娘硬是等了十年。她再怎麼不好，你們也不該如此鐵石心腸，眼睜睜地看著她熬成了老姑娘……」

「姊姊，如今景田已經成親，我這邊是沒有辦法了。」孟氏流著眼淚道：「若是有合適的，就趕緊給三姑娘說親吧，可不能再耽誤她了。」

「到了她這個歲數，哪還有什麼合適的？」蘇姨媽白了孟氏一眼，道：「咱家三姑娘說了，若是景田願意留她，她做小也可以。」

「做小？」孟氏頓感意外，忙擦擦眼淚道：「姊姊，使不得，可不能委屈了三姑娘。再說，像咱們這樣的人家，也不興納妾啊。」

「她心甘情願，也沒什麼好委屈的。」蘇姨媽一臉期待地望著孟氏。「讓她嫁給景田，我也放心，總比她一個人孤老一輩子強。再說，咱家三姑娘也不會吃白飯的，別的不說，她的繡活可是十里八村有名的，連鎮上的九姑也誇她的繡活好呢！」

「姊姊，這事我作不了主，得問景田和景田媳婦才行。」孟氏愁眉苦臉道：「若是他們不同意，我也沒有辦法呀！」

「我問妳，妳給景田娶媳婦的時候，他可願意？」蘇姨媽顯然是有備而來，理直氣壯地問道。

「他當時確實是不願意。」孟氏如實道。

「那不就得了。」蘇姨媽似乎等的就是這句話，正色道：「所以此事壓根兒不需要景田同意，只要妳願意就行。咱們也不要你們家的聘禮，雖然是做小，但我還是會把三姑娘厚嫁過來的，嫁妝我會多出一些。反正妳家老大、老二早分出去了，妳家的房子也夠住了。」

「姊姊，這不是嫁妝或聘禮多少的問題。」孟氏心裡雖然不同意，但又不敢明著反駁這個姊姊，支支吾吾道：「我、我得回家問問他爹才行。」

蘇姨媽還想說什麼，一抬頭，就見姜孟氏掀簾走進來，她才壓低聲音道：「好，我等著。」

姜孟氏不知緣由，笑吟吟地進去斟茶。「大姑姑、二姑姑，喝茶。」

「妳不用忙活了，都是自己人，隨便吃點就行。」蘇姨媽扯了扯嘴角，皮笑肉不笑地道：「妳這個家收拾得不錯，想來我家丫頭嫁過來也不會受委屈。等咱們回去商量個日子，你們過去下聘就行。」

「大姑姑就是爽快。」姜孟氏大喜。

「先不要忙著說好聽的。」蘇姨媽撇嘴道：「我只是讓你們家來下聘而已，至於什麼時候娶，咱們再商議。畢竟我家三姑娘是姑姑，二丫頭是姪女，沒道理姑姑還留在家裡，就先讓姪女嫁人的，妳們說是不是這個理？」

孟氏沒有回話，只是僵硬地笑了笑。

「大姑姑說得對，也不對。」姜孟氏不是扭捏的性子，她有話直說道：「若是三姑娘有了人家，訂了日子，那咱們自然得等三姑娘嫁了以後再說。可眼下三姑娘八字都還沒一撇，大姑姑也不能讓咱們等著吧！」

若是蘇三姑娘一輩子不嫁，那蘇家的孫女也一輩子不嫁嗎？

「誰說咱家三姑娘八字還沒一撇的？」蘇姨媽瞟了瞟姜孟氏，輕聲道：「眼下，就看妳二姑姑的意思了，只要妳二姑姑那一撇畫上就行。」

「二姑姑，妳要給三姑娘說人家啊？」姜孟氏驚訝道，她怎麼沒聽說呢？

「不是。」孟氏心裡猶豫一下，又覺得此事也瞞不住姜孟氏，但她又怕被麥穗聽見，於是便壓低聲音道：「妳大姑姑想讓三姑娘嫁給景田，做小……」

「啊？」姜孟氏更加驚訝道：「三姑娘哪裡能受得了這個委屈？」

「她自己都願意的事情，就不算委屈。」蘇姨媽不以為然道：「姪女，這事跟妳沒關係，妳只管張羅妳家的親事就是。」

蘇三姑娘嫋嫋婷婷地走到半路，遠遠就瞧見蕭景田腳步匆匆地迎面而來。她心裡一喜，忙迎上前問道：「景田，我正要去你家找你呢，你這是要去哪裡？」

「自然是去找我娘。」蕭景田面無表情地看了她一眼，自顧自地往前走。

「景田，你等等我。」蘇三姑娘提著裙襬，快走幾步追上他，粉臉微紅道：「你一走這麼多年，我有好多話想對你說。」

蕭景田像是沒聽見一樣，大踏步朝前走去，很快就沒了蹤跡。

蘇三姑娘氣得脹紅臉，卻又無計可施，只得悻悻地往姜孟氏家走。

這一頭姜孟氏給兩位姑姑斟好茶，便回到灶房。她鄭重其事地對麥穗道：「老三媳婦，妳知道我剛才都聽說了些什麼嗎？我大姑姑居然想讓三姑娘嫁給景田做小！這件事該妳出面了，妳就說妳不同意，否則三姑娘要是真的進了蕭家的門做了妾，那你們家的日子還真是沒法子過了。」

「表姊，景田早就說了，家裡的大事不用我管。」麥穗淡淡地道：「所以這件事，我也不好插手，就隨她們吧。」

「妳怎能不管呢？妳是景田明媒正娶的妻，他就是要納妾，也得經過妳點頭同意啊。」姜孟氏恨鐵不成鋼地道：「我告訴妳，妳千萬別不當一回事，這個蘇三姑娘可不是省油的燈。」

「表姊，妳覺得景田會聽我的嗎？」麥穗笑了笑，開始動手做紅燒肉，鍋裡的熱氣瞬間籠罩著她的臉。「說起來，我跟他不過是住在一個屋簷底下的陌生人而已。我覺得像咱們這樣互不干涉的日子還挺不錯的，我不想打破這種現狀。」

「可是妳也不能眼睜睜地看著別的女人，把妳的男人搶走啊！」姜孟氏驚訝道：「難道就算他把蘇三姑娘娶進門，妳也不在乎嗎？」

麥穗拿起水瓢，細心地把水淋在鍋邊，蓋上鍋蓋後，又拿起木棍把灶間的火苗均勻地攤開。「在乎能怎樣？不在乎又能怎樣？這件事橫豎不是我能決定的，我又何必多事。」

「妳的心可真大。」姜孟氏搖搖頭，表示不能理解。

蕭景田進了院子，和姜木魚打過招呼，知道孟氏此刻就在正房，便朝正房走去。

他來是打算和娘商量一下，看在他明日出海之前，能否幫忙再趕製一些漁網，以備不時之需。原本他也可以找自己的媳婦幫忙，但自從上午看到她在淺灣的身影，他心裡一直有種異樣的感覺揮之不去，因此暫時不想和她有所接觸。

經過灶房前，他冷不防地聽見麥穗和姜孟氏的談話，臉一沈，便大踏步走進正房，面無表情道：「姨媽若是以後還想著讓蘇、蕭兩家有所來往，就別再把三表姊與我牽扯在一起，否則，休怪我翻臉不認人。」

「蕭景田，你個沒良心的！你表姊等了你十年，十年啊！」蘇姨媽氣急敗壞道：「如今又因為你推掉了親事……你捫心自問，該不該對你表姊負責？」

「姨媽，一切都是她咎由自取，我並無半點過錯。」蕭景田冷冷道：「她就是再等十年，我依然是這句話。」

「娘，我不管，我就是要嫁給景田，您得替我作主。」蘇三姑娘此時也跨進門來，嚎啕大哭道：「他若是不娶我，我就不活了！」

屋子裡頓時亂成一團，哭聲、罵聲不絕於耳。

蕭景田沈著臉便甩門而去。

他也太不仗義，居然自己先溜了，把親娘和媳婦扔下不管！

麥穗趕緊趁著一片混亂，拉著婆婆溜之大吉了。

「妳大姨媽愛面子，景田那樣說，她哪裡受得了？」一路上，孟氏絮絮叨叨地道：「就算要拒絕，也得過些日子再說，怎麼能當面頂撞她呢？若是因為此事，她家丫頭跟狗子的親事黃了可怎麼辦？」

「娘，那您也不能任由她擺布啊！」麥穗頓感無語。「這種事情就得快刀斬亂麻，不能拖泥帶水的。人家三表姊都二十五歲了，您還敢拖著人家？」

麥穗覺得這個婆婆好是好，唯一的缺點就是……好得沒原則，好得太懦弱。

蕭宗海回到家，得知此事，便劈頭蓋臉地訓斥孟氏。「這件事說起來，就是妳姊姊不對。她的女兒嫁不出去，還要賴給咱們不成？納妾的事別說老三兩口子不同意，就是我也不同意。」

「你就知道朝我發火，我不也沒答應嘛。」孟氏哽咽道：「三姑娘是因為喜歡景田才耽誤終身大事，我總覺得有些於心不忍。」

「哼，那照妳這麼說，為了不委屈三姑娘，只好委屈妳兒子和媳婦了？還做小呢，虧妳那個姊姊想得出來！」蕭宗海見孟氏掉了眼淚，心裡愈加生氣。「還有蘇家丫頭跟狗子的事情，也不准妳去瞎摻和。」

「知道了。」孟氏低眉順目道。

# 第十八章　生氣

夜裡，麥穗剛展開被褥躺下，蕭景田就進了屋，緊接著不聲不響地脫鞋上炕。

麥穗隨手拽了拽被子，翻了個身，準備睡覺。

突然，身上一涼，她的被子一下子被蕭景田給扯了去。

「你幹麼？」麥穗一骨碌地爬起來，見他的目光落在自己身上，她有些尷尬地往後退了退。

「我於妳而言，只是生活在同一個屋簷下的陌生人？」蕭景田突然板著臉問道。

「難道不是嗎？」麥穗心想，肯定是姜孟氏把她的話原原本本地告訴了他。她暗嘆姜孟氏的嘴真大，索性道：「反正我覺得是。」

她穿著中衣坐在他面前，多少有些不自在，手不由自主地去抓被子，不想，被子卻被他扔到一邊。

「我想娶誰就娶誰，妳不會在乎？」蕭景田又問道。

「是啊。」麥穗想也不想地答道。

蕭景田臉一黑，順手把被子往她身上一扔，轉身睡去。

難道她說錯什麼了嗎？

麥穗對蕭景田的態度有些不解，但想起他原本就是這樣的性子，便也沒太在意，很快地跟著沈沈睡去。

第二天一大早，麥穗醒來的時候，蕭景田跟往常一樣，已不在身邊。

想起今天是他出海的日子，她便匆匆起身，打水梳洗。

「媳婦，景田已經出海去了。」孟氏從正房探出頭來招呼道：「妳快過來吃點飯，咱們一會兒還要到田裡鋤草去。」

見麥穗走進來，蕭芸娘「哼」了一聲就出門去了，連飯也沒有吃。

「她是在跟我生氣呢，妳別在意。」孟氏解釋道：「她中意徐家，嫌我不給她撐腰，一直埋怨我到現在呢。」

麥穗笑了笑，沒吱聲。

她連蕭大叔的態度都不在意了，還會去在乎蕭芸娘的冷臉嗎？

吃完飯後，婆媳倆來到自家的田地。

田裡的小麥已泛出青色，微風拂過，那青色的麥苗隨風輕輕擺動，宛如一片晃動不止的海面。

麥穗不會鋤地，但又不得不硬著頭皮上，她學著孟氏的樣子，慢騰騰地跟在她後面，笨拙地用鋤頭鬆著田裡的土塊。

孟氏不是個刻薄的，見麥穗很生疏的樣子，便很有耐心地手把手教她。

好在麥穗很快就領悟鋤地的技巧，漸漸地也能跟上孟氏的腳步了。

晌午的時候，婆媳倆剛要收工，卻見六婆踮著腳從田埂上一溜煙地跑過來，還提著裙襬進了田裡，神神秘秘地拉著孟氏去到另一邊，嘀嘀咕咕地說著些什麼，還不時地發出一、兩聲笑。

麥穗頓感無聊，便自顧自地拖著鋤頭去了田地另一邊繼續鋤地。不用猜就知道，六婆肯定是為了小姑的親事來的。

她才懶得瞎摻和呢。

「嫂子，在鋤地啊？」一邊的灌木叢裡冷不防地傳來一個男人的聲音，把麥穗嚇了一大跳。待看清來人，她才徹底鬆了口氣，笑問道：「大柱兄弟，你在這裡幹麼？」

「嘿嘿，聽說前些日子景田哥打了一頭野豬，我便尋思著過來放幾個野豬夾子，看看能不能夾住幾頭野豬。」黃大柱撓撓頭，見麥穗正淺笑盈盈地看著自己，臉竟然紅起來，期期艾艾地道：「嫂子，一直想跟妳道謝來著，上次在海邊石屋裡多虧了嫂子，要不然我的病也不會好得那麼快。那個……我、我想上門道謝來著，可是又覺得有些不妥，便拖到了現在。」

「大柱兄弟，你太客氣了。」麥穗笑了笑。「不過是舉手之勞的事，你又何必放在心上。」

黃大柱嘿嘿一笑，還想說什麼，卻見蕭景田大踏步地進了田裡，忙低聲道：「嫂子，妳忙，我去那邊看看。」說著，便急忙往回走，漸漸地消失在灌木叢裡。

麥穗不明就裡，聳了聳肩，繼續鋤地。

一個高大的暗影投在她面前，她一抬頭，才發現是蕭景田來了。

他應該是剛出海回來，還沒來得及回家洗洗就過來了，所以身上還帶著一股鹹鹹的味道。想到他昨晚莫名其妙的憤怒，麥穗看了他一眼，面無表情道：「你來啦。」

蕭景田點點頭，順手接過她手裡的鋤頭，不冷不熱地道：「妳娘來了，說有要事找妳。」

她剛才還在跟別的男人有說有笑，怎麼一見著他，就像是變了一個人似的？這讓他心裡感到很不悅。

「我這就回去。」麥穗心裡一顫，想著吳氏大老遠地跑來，該不會是發生什麼事了吧？於是她撒腿就往家裡跑。

吳氏帶來的消息，讓麥穗感到哭笑不得。

林二寶一把年紀了不知道檢點，成天圍著村裡那個小寡婦郭氏獻殷勤，幫人家砍柴、種地。而那郭氏也是個狐媚的，對林二寶的示好全然不拒絕，還嚷嚷著要吃鮮魚。

於是，林二寶一大早就自告奮勇地來到魚嘴村，要給那郭氏抓鮮魚，卻不想誤入了龍叔的魚塘，被龍叔的人以偷盜罪送進了縣衙。

「穗兒，妳二爺爺雖然為老不尊，但他終究還是娘的長輩，娘不能坐視不管。」吳氏愁容滿面道：「娘來找妳，也實在是沒有辦法了，尋思著妳婆家終究是這個村子的，想看看有沒有能說得上話的，也好把妳二爺爺給放出來。」

說著，吳氏從懷裡掏出一個錢袋給麥穗。「娘知道找人辦事得有銀子，這些碎銀妳拿著，若是不夠，娘再想辦法。」

「娘，您怎麼還跟我見外？」麥穗忙把錢袋推回去，道：「這銀子您先拿回去，等事情有了眉目再說。」

母女倆相互推搡了一番。

麥穗最終還是沒要吳氏的銀子，只說等家裡人回來一起商量之後，再來看這件事該怎麼處理才好。

吃飯的時候，孟氏問道：「媳婦，妳娘來幹麼？妳怎麼不留她吃飯？」

「我娘說有事要先回去了。」麥穗便乘機把林二寶的事情一五一十地說給公公和婆婆聽。

「既然是親家有難，那肯定得幫忙。」蕭宗海沈思片刻，道：「一會兒吃完飯，我先去衙門打聽一下情況吧。」

「那就有勞爹了。」麥穗聽了，心裡很感動。她還未曾開口說要他們幫忙，公公便已經把此事當自家的事情來看了。

午後，蕭宗海便去了縣衙打聽消息。

麥穗則叫上姜孟氏，兩人一起把曬乾的小魚送到趙家堡的牧場。

她思忖著若是要贖回林二寶，肯定得花不少銀子打點。而她娘親的日子過得又是如此艱難，她多少也想幫襯點。

牧場老闆是個四十歲左右的黑壯漢子，他很爽快地收下兩人的小魚乾，價格是每斤兩文，比徐家給的還多一文。末了還說這樣的小魚乾有多少就讓她們送多少來，他是持續要大量收購的。

麥穗和姜孟氏心花怒放。

兩人決定今後啥也不幹了，就去淺灣撈這種別人都不稀罕的小魚來賺錢。

「景田媳婦，咱們把賣魚的錢悄悄攢著，等夠了十兩銀子再拿出來，好嚇死他們。」姜孟氏喜孜孜地道：「這下子咱們更得保密了，要是讓狗蛋媳婦和梭子媳婦知道，非得跟咱們搶不可。」

「好，那咱們就不說。」麥穗狡黠道。

沒想到，她這些日子以來，竟然和姜孟氏一起曬了五百多斤的小魚乾，整整賣了一兩多的銀子！她真是太激動了！

兩人心情愉悅地回了村。

一進門，蕭宗海便告訴麥穗，說林二寶的偷盜罪名成立，若是要保他出來，得交五兩銀子。

「如果不交銀子呢？」麥穗問道。

「那就只能坐牢了。」蕭宗海皺眉道：「聽說最近衙門在修繕河道，牢裡的犯人都被趕去做苦力了。」

「這可如何是好？」孟氏嘆道：「五兩銀子不是個小數目，可若是不交的話，還得去做苦力。」

「不過是個不相干的人，你們何必這麼認真？」蕭芸娘冷哼道：「關進去也好，省得在外面惹亂子。」

麥穗嘴角扯了扯，默不作聲。

好吧，她的確也是這麼想的。

夜裡，蕭景田回來後，坐在炕上翻了一會兒書，見麥穗始終沒話要跟他說，這才臉一沈，自顧自地睡去。

其實，那個林二寶的事情，他有能力解決的……

隔天一大早，吳氏便又來找麥穗。

她大姑子雖然是同村的，但出了事比誰躲得都快，除了麥穗這裡，她沒有別的地方可以尋求幫助了。

「穗兒，妳陪我去鎮上走一趟吧，看能不能先讓我去衙門裡看看妳二爺爺。」吳氏皺眉道：「畢竟五兩銀子不是個小數目，我一時間也湊不齊。」

「娘，依我看，您根本不用拿銀子去保他出來，讓他待在裡面反省、反省也好。」麥穗手裡也沒多少銀子，便直言道：「反正他出來也是不務正業，咱們豈不是白白糟蹋那五兩銀子。」

五兩銀子啊！她得曬多少小魚乾哪……

「話不能這麼說，他總歸是長輩。」吳氏一本正經道：「但凡有一點盼頭，我都得試一試。」

麥穗頓感無語。

婆婆是任人揉捏的包子，親娘也是個包子，她們兩人還真是一對執著的親家包子……

吳氏見麥穗不說話，又有些擔憂地問道：「妳跟我出去，不耽誤家裡的事情吧？要是妳婆婆不高興，我就自己去吧。」

「沒事的，娘，咱們已經分家了。田裡的活兒有公公在，也不用我去忙活。我平日裡就是去海邊撈點小魚，收拾、收拾家務啥的，偶爾有需要，才會去田裡幫個手。您放心吧，我婆婆不會說什麼的。」麥穗說道。

吳氏這才放心，她又去正房找孟氏坐了一會兒，說了幾句客套話，便跟著麥穗一起去了鎮上。

母女倆腳步匆匆地去了衙門一問，卻不想碰了個冷釘子，守門的衙役根本就不搭理她們，更不要說讓她們探監了。

「娘，您就別擔心了，二爺爺肯定沒事的。」麥穗安慰道。「要不，您先回去，我去找找我二哥，看他在衙門裡有沒有認識的人。」

「妳二哥住在鎮上？」吳氏頗感驚訝。在她的印象中，住在鎮上的都是有錢人。

「嗯，他在龍叔的鋪子裡幫忙，孩子又在鎮上讀書，索性就在鎮上租了房子。」麥穗如實道。

蕭貴田一家子在分家後，原本是住到莊栓的一處院子，後來石頭進了麒麟書院唸書，他也開始在鎮上的鮮魚鋪當差，便乾脆在鎮上租了房，把喬氏也接到鎮上去住了。

「好，那這件事就靠妳周全了。」吳氏眼前一亮。

待吳氏走後，麥穗才後知後覺地想起，她根本就不知道蕭貴田住在哪裡。

「大人勞心勞力地組建海上巡防隊，在下自然願意效綿薄之力。」蕭景田一眼就看到了站在青石板路對面的麥穗，淡然道：「只是在下家中俗務纏身，不能事必親躬，還望大人見諒。」

「這個無妨，只要你閒暇之餘為我指點一二就好。」許知縣見蕭景田鬆了口，心中大喜，忙道：「你放心，我絕對不會耽誤你的事情。」

他是文人出身，對海上巡防可說是一竅不通，否則也不會三番兩次地找蕭景田幫忙。

「許多外村人並不知道龍叔在咱們魚嘴村承包了魚塘，所以難免會發生一些誤會。」蕭景田見他的小媳婦站在路邊一臉茫然的樣子，忍不住嘴角微翹，繼續道：「還望大人對誤入魚塘的老百姓，切不可太苛責，若是引發民怨，那就太不值了。」

「好說、好說，回頭我就讓人把那些誤入魚塘的人給放了。」許知縣連連點頭道：「其實把誤闖魚塘的人給關起來，也並非我本意，都是龍叔的人氣燄太囂張了。」

「難道龍叔的人也不把許知縣放在眼裡嗎？」蕭景田劍眉微挑。「還是如今連衙門也變成龍叔的了？」

「自然不是，我不過是秉公執法罷了。」許知縣皺了皺眉，尷尬道：「我一會兒回到衙門，就把人給放走便是。」

待出了茶館，蕭景田見麥穗依然站在那裡出神，便上前問道：「妳在這裡幹麼？」

「我、我想找二哥。」麥穗如實道：「你知道二哥住在哪裡嗎？」

蕭景田看了看她，沒吭聲，自顧自地往前走。

麥穗以為他是要帶她去找蕭貴田，便亦步亦趨地跟在他身後。

兩人七彎八拐地出了集市，進到一個小胡同裡。兩邊的屋子青磚黑瓦、院牆高深，漸漸地聽不見外頭的嘈雜聲。

蕭景田走得很快，麥穗得一路小跑步，才能跟上他的腳步。

「咱們這是要去哪裡？」麥穗跑了幾步，忍不住問道：「我聽說二哥住的地方離麒麟書院不遠，並不是往這個方向的啊。」

眼前的這個男人若不是她的夫君，她都要以為他想圖謀不軌了，怎麼把她帶到這麼一個偏僻的地方來了？

「誰說要去找二哥了？」蕭景田邊走邊道：「我想找個地方吃飯。難道妳已經吃過了嗎？」

「沒有。」麥穗這才驚覺日頭曬頂，不知不覺已經晌午了。

她真的有些餓了，望著走在前面這個身材高大魁梧的男人，她心裡有些竊喜。

原來夫君大人是要帶她去吃飯哪！

# 第十九章　守得雲開見月明

時值六月，于記飯館院子裡的槐樹，繁花剛剛落盡，一進門，依然有一股淡淡的槐香襲來，芬芳中帶著絲絲淡淡的清甜。

「蕭大哥來了。」身穿青色布衣的店小二見兩人進來，忙上前熱情地打招呼，他轉頭看了麥穗一眼，笑問道：「這位姑娘是……」

「你得叫嫂子。」蕭景田肅容道。

「你好。」麥穗本能地開口打了招呼，一扭頭，便觸及蕭景田看過來的目光，她的臉不禁微微紅起來。

她都忘了在這個時代，女子在外人面前，只要微微屈膝行禮就行了。只是屈膝該怎麼屈膝來著？

正胡思亂想著，便聽見店小二嘿嘿笑道：「哦，是蕭大嫂，今天人有些多，只能委屈大哥和大嫂去後院坐了。」

「無妨，都一樣。」蕭景田邁開長腿就往裡走。

後院房間是用來招待客人休息的地方，沒有桌子，只有一個臨窗大炕。炕上放著一張矮腳茶几，類似現代農家宴那般的格局。

蕭景田率先脫鞋，上了炕。

麥穗雖然跟他在一個炕上睡了那麼久，但那都是在家裡，如今換了個地方，她多少感到有些彆扭，也就沒有脫鞋，只是倚著炕邊坐下來。

「想吃什麼，自己點。」蕭景田把菜單推到她面前，面無表情道：「這家的招牌菜是大盤雞，做得不錯，看妳想不想吃。」

麥穗翻了翻菜單，見這家店做的大部分都是類似西北菜的菜系，動不動就是大盤雞、大盤魚啥的。

她瞟了一眼價錢，心裡瞬間倒吸了口涼氣——天啊，這價格是真心不便宜？

蕭大叔可是還有好多的債要還，她哪裡能橫下心來吃什麼大盤雞，便隨手點了個最便宜的臊子麵。

蕭景田見她瞅了半天，卻只點了個臊子麵，便伸手拿過菜單，扭頭對店小二道：「給咱們上個大盤雞，三斤水煮魚，再來一道鮮果湯。」

「來喔，這裡要紅燜雞一大盤，三斤水煮魚，還有鮮果湯。」店小二一邊高聲吆喝，一邊出了房門。

「隨便吃點就好了。」麥穗皺眉道：「那大盤雞要一百五十文呢。」

水煮魚和鮮果湯也不便宜，好心疼有沒有！

蕭景田扯過靠枕，慵懶地靠在窗臺上，漫不經心地道：「我聽說妳昨天賣小魚乾賣了一兩多銀子，夠這麼吃個兩、三頓的了。」

「可咱們眼下還背了家裡的債務，過日子得精打細算一些。」麥穗認真道：「我是賺了一兩多銀子，但那也是辛辛苦苦曬了好久的小魚乾才賺來的。」

敢情這男人是盯上她賣魚的錢啊！這人真是太討厭了，這麼胡吃海喝的，他們要到什麼時候才能還上債務……

男人背靠著窗臺，清亮的天光從他身後的菱形窗櫺映進來，襯得他年輕俊朗的臉龐格外深邃，細長的眸子一眨也不眨地看著她。

他的神情忽明忽暗，她看不出他此刻的喜怒。

「我說過，家中的債務不用妳操心。」蕭景田扭頭望著窗外鬱鬱蔥蔥的老槐樹，緩緩道：「妳放心，我很快就會還清的。」

麥穗嘴角扯了扯，沒再說什麼。

二十兩銀子、兩袋白麵，豈是動動嘴就能還清的？

不一會兒，店小二端著熱氣騰騰的大盤雞走進來，深褐色的雞肉中點綴著嫩綠色的小芫荽，散發出誘人的香氣，可謂色香味俱全。

「嚐嚐看。」蕭景田把大盤雞推到她面前，並拿起筷子把兩條雞腿挾到她的碗裡，正色道：「正宗的銅州大盤雞，可遇而不可求。」

「好，那我就開吃了。」麥穗挽挽袖子，拿起筷子就挾。

雞肉外酥裡嫩、滿口生香，吃起來還有股淡淡的藥香，這絕對是她有生以來吃過最好吃的大盤雞。

吃著、吃著，她心裡突然一陣感慨。

自穿越以來，她吃得最多的就是苦頭，如今總算守得雲開見月明，謀到福利啦！真是不容易啊不容易！

不一會兒，香噴噴的水煮魚和鮮果湯也端了上來。

白嫩的魚肉在滾燙的紅油辣子湯裡翻滾，辣得很是勁道。

鮮果湯也不含糊，蘋果和梨都被切成四方小丁，還有顆顆飽滿的紅漿果點綴其中，色澤紅白相間，湯汁清甜濃郁，入口生津。

蕭景田的吃相依然很優雅，吃得不緊不慢，還不時給麥穗挑著魚刺。乍看上去，兩人好像很恩愛的樣子。

麥穗吃得滿頭大汗，直呼過癮。她好久沒有這麼痛快地吃一頓飯，真是太爽快了。

她甚至有些恍惚，這不是夢吧？

「怎麼？不心疼銀子了？」蕭景田見她吃得津津有味，還連喝兩碗鮮果湯，便打趣地問道：「這頓飯可是得花三百多文錢呢。」

「反正都已經點菜了，與其心疼銀子，不如吃個痛快。」麥穗放下筷子，用一手托著下巴，認真問道：「你該不會經常到這裡來打牙祭吧？我看那店小二都認識你了。」

難不成他爹娘和媳婦在家裡吃糠嚥菜地艱難度日，他蕭大叔卻一個人躲到這裡來揮霍銀錢？

「我跟掌櫃的是舊相識，有些往來。」蕭景田淡淡地道：「我大船上捕上來的魚，往後就是要給這個飯館送的。平日裡我會讓小六子過來送魚，妳每到月底再過來結一次銀子就行。」

「原來如此。」麥穗眼前一亮，低聲道：「我來結帳當然沒問題，只是你能不能順便問他要不要菜啥的，咱們田裡的菜也可以往這裡送的。」

「不要。」蕭景田順手拿起窗臺上的蒲扇，慢騰騰地搖著，道：「于掌櫃自己有菜園子，他沒拿他的菜換我的魚，已經算我幸運了。」

麥穗愣了一下，突然間「噗」地笑出聲來。

蕭大叔的笑話好冷喔！

這時，一陣急促的腳步聲傳來。

一個五大三粗的男人匆匆地走進來，邊走邊道：「景田啊，你可算來了，你要是再不來，我就要去村裡找你了。」說完，目光又落在麥穗身上，他遲疑道：「這是哪位？」

「我媳婦。」蕭景田欠了欠身，雲淡風輕道：「不知于掌櫃找我有何貴幹？」

于掌櫃遲疑地看了麥穗一眼。

麥穗會意，忙下炕朝他屈膝一禮，又扭頭對蕭景田道：「你們慢聊，我先走了。」

她出了飯館，走到半路的時候，才悲催地想起，他還沒有告訴她蕭貴田住在哪裡呢！

「景田，你啥時候有了媳婦？」于掌櫃驚訝道。「連杯喜酒都捨不得請我去喝，不夠意思啊！」

「是我爹娘的意思，並非我本意。」蕭景田淡然一笑。「不過瞧她也不是個愚笨的，便想讓她過來幫著跑個腿而已。」

「我就說嘛，你連郡主都瞧不上，怎會甘心跟一個村婦湊合著過一輩子。」于掌櫃揶揄道：「不過，已經娶進門的媳婦，也只能先將就著用了。女人嘛，燈一吹，都一個樣。」

「你找我有什麼事？」蕭景田顯然不想跟他討論女人，便轉移話題道：「最近有什麼消息嗎？」

「根據可靠消息，成王的確是來到了咱們禹州。」于掌櫃壓低聲音道。「前幾天有人在禹州大菩提寺附近，發現了成王的蹤跡，可惜當時人太多，把他給跟丟了。隨後我命人秘密把守在各個路口，卻也沒有再見到成王，所以，我估計成王還在咱們禹州。」

「希望他能夠從此寄情於山水，瀟灑於天地間，才不枉費咱們當初費的那番功夫。」蕭景田抬手推了推窗子，靜靜地望著窗外的槐樹，幽幽道：「若是他起了不該有的心思，那就不好了。」

「景田，你別忘了，論勢力、論才幹，成王絲毫不輸當今皇上。況且先帝爺又沒有嫡子，他們只不過是差在長幼之別。我想，他是不會善罷甘休的。」于掌櫃看了看蕭景田，皺眉道：「不是我杞人憂天，我覺得你如今雖然已經解甲歸田，但依然過不上你想要的那種日出而作、日落而息的日子。別的不說，就說溧陽郡主，你跟她早晚得有個了結。她跟別的女人不一樣，不是你想抽身就能抽身的，你若惹急了她，她指不定還會做出什麼事情來，你可得當心啊！」

得罪了郡主，可不是鬧著玩的。

「前些日子有人在魚嘴村的海邊暗算我，可惜我還沒有問出個所以然來，那兩人就掉海裡淹死了。」蕭景田把目光從窗外收回，關上窗道：「到現在我都不知道到底是誰要害我。但我覺得不會是溧陽，她應該沒有那麼恨我，再說我走的時候，皇上已經答應過我，保證不會讓她再打擾我的。」

「那到底是誰要害你？」于掌櫃有些擔憂。

「我也不知道。」蕭景田無所謂地笑了笑。「這事我倒是不擔心。我現在最擔心的就是海上的事，我總覺得許知縣所說的海上不寧，絕非是尋常海盜出沒，而是另有隱情。」

「嗯，許知縣的話不可信。還有那個龍霸天不是成天吵著海上不寧，可他的商船已經跑了兩、三回，還不是一點事情也沒有？依我看，他擺明了是在唬人！」于掌櫃笑道，猛然又想起什麼，摸著下巴道：「差點忘了告訴你，我下個月也要辦喜事了。」

「喜事？」蕭景田頗感驚訝。

「是我以前的舊相識，咱們是一起在禹州城長大的。」于掌櫃搓著手道：「前些日子我在街上無意間碰到她，才知道她至今也沒有成家，我覺得我對她的情意還在，就打算娶她回家，一起過日子算了。只是具體日子還沒有定下，到時候我再派人通知你。」

「好，到時候我一定到。」蕭景田的嘴角扯了扯，笑道：「這杯喜酒我喝定了，你也該有個家了。」

于掌櫃只是嘿嘿直笑。

兩人又聊了幾句，這才各自離去。

夜裡，蕭景田翻來覆去地睡不著，便伸手推了推身邊的女人。「妳二爺爺的事情解決了嗎？」

「解決了。」麥穗閉著眼睛道：「我也不知道是怎麼回事。我今天剛回來，就聽牛五說，衙門把那些偷魚的人都放了，而且還是牛五用馬車分別把他們送回家去的呢。」

蕭景田點點頭。想不到，這個許知縣的行動還挺迅速的。

「我明天要出一趟遠海，少則三、五日，多則七、八天。」蕭景田瞧見她裸露在外的纖細小腿，眸底黯了黯，輕咳道：「妳早點起來幫我做點飯，我要帶到船上去吃。」

「好，沒問題。」麥穗打著哈欠道。

第二天一大早，麥穗早早地便起床，她熱了包子，又熬了粥，還挖了幾勺豬油給他烙了一大疊蔥花脂油餅，讓他帶到船上吃。

蕭景田見了蔥花脂油餅，不禁心頭微動。昨天在飯館的時候，菜譜上也有這個蔥花脂油餅，他本來想點這個餅的，但是想到她不愛吃油膩的肥肉，便翻過去沒點了。

不想，卻被她看在眼裡。

眼下，她竟然無師自通地給他做了這蔥花脂油餅，他心裡很愉悅，看她的目光也格外柔和。

可惜，這個女人被灶房的黑煙弄得灰頭土臉的，並沒有留意到他此刻表情的變化。

蕭景田一走就是五天，一點消息都沒有。

孟氏很著急，跟蕭芸娘嘀嘀咕咕地說要去找大仙算一算蕭景田什麼時候回來。

麥穗頓覺不可思議，怎麼一有點小事就要去找大仙，人家大仙不累啊？但婆婆也是關心兒子的安危，她一個當媳婦的自然不好說什麼。

她沒興趣去找什麼大仙，便順手拿起鋤頭，出了門。

這些日子忙著撈魚，她好久沒去鳳凰嶺那邊看看麥子長得怎麼樣了。再過幾個月，還得指望這片麥子有個好收成，好還債呢！

田裡的小麥長勢很令人喜悅，放眼望去，一大片鬱鬱蔥蔥。

自家公公果然是個勤快的，田間一株雜草也沒有，連邊邊角角都修整得整齊又平坦。

麥穗拖著鋤頭，在田裡轉了轉，並沒有發現需要下鋤頭的地方。她在心裡暗嘆，家裡有老人幫襯著就是好啊，田裡的活兒根本不需要自己操心。怪不得當初蕭大叔能一走就是十年不回家呢。

正待打道回府，她突然聽見不遠處的草叢裡，似乎有什麼聲音傳出來。想起之前黃大柱下的野豬夾子，麥穗瞬間興奮起來，難不成是套著野豬了？

剛想走過去，又想起野豬的攻擊性很強，她不敢貿然靠近。

想了想，她靈機一動，撿起一塊石頭用力扔過去。

沒想到草叢裡卻傳來一陣「哎喲」的呻吟聲，還夾雜著含糊不清的求救聲。「救命啊……快來人……救我。」

我靠，不是野豬，是人啊！

麥穗嚇了好大一跳。

「救命……」草叢裡的求救聲越來越大。

麥穗遲疑一下，便用鋤頭扒拉開草叢，壯著膽子走過去。

草叢裡躺著一個黑衣男子，看起來很年輕，從額頭到眼角的地方，還有著一道觸目驚心的疤痕。

他應該是不小心被野豬夾子給夾了腳，腳踝處全都是血，額頭上也有一塊新添的瘀青，好像是剛剛被她拿石頭給砸的。

見有人過來，黑衣男子手裡握著的匕首緊了緊，待看清是個女人，便稍稍放鬆警惕，強打起精神道：「姑娘，救我，麻煩幫我把腳上這該死的鐵夾子解下來。」

用黑鐵做成的野豬夾子，其中鑲嵌著參差不齊的鋸齒，鋸齒卡在他的腳上，陷進肉裡去，看起來一片血肉模糊，很是駭人。

麥穗沒見過這種野豬夾子，只得如實道：「我不會解，但我可以回村去叫人幫你解開。」

「不用。」黑衣男子連連擺手，目光在她手裡的鋤頭上落了落，咬牙道：「把妳的鋤頭借給我用一下。」

看樣子，這野豬夾子不是她放的，若是她放的，他說不定會一拳打暈她。

「好。」麥穗急忙把鋤頭遞給他，還迅速地打量他一眼。

這個人臉上的線條剛硬，身材魁梧，應該是個練家子。只是這樣一個看似有功夫底子的人，來到這裡做什麼？是路過？還是另有所圖？

麥穗正思索著，只見黑衣人咬著牙、忍著痛，用鋤頭扣住鐵夾子的機關，兩、三下就解開了鐵夾。不過他的傷口不斷有血滲出來，地上很快就落下一灘血。

麥穗一看那人流血，想也不想地便彎腰從她裙襬上扯下一圈布條，上前給他包紮。

那人遲疑了一下，見麥穗臉上的表情坦然，便暗暗收起藏在袖子裡的匕首，順從地讓她替自己包紮傷處。

麥穗覺得他身上的衣料出奇的綿軟，褲腳處還繡了一朵黑色的小花，若非離得近，這處刺繡外人根本看不見。

待包紮完畢後，她又道：「你先別動，我去給你採一些止血的草藥來。」

一旁的山崗再過去就是之前野豬出沒的灌木叢，麥穗怕真的碰到野豬，不大敢去，只在田邊草叢裡尋了幾棵開著紫花的白芨，連根拔起，然後腳步匆匆地返回去遞給那男子道：「幸好找到這幾株白芨，你連根吃下，可止痛消腫。」

「謝謝。」黑衣人有了些許力氣，便掙扎著起身，拍了拍草根上的泥，囫圇吞了下去，又道：「姑娘，妳怎麼會來這裡？」

「我是來鋤地的。」麥穗彎腰拿過鋤頭，指了指身後的麥田道：「這是我家的地。」

「原來如此。」黑衣人皺眉道：「這麼大一片麥子，若是收成好了，家中一年的糧食就不用愁了。」

「是啊，民以食為天嘛。」麥穗笑了笑，見他已經能走動，便道：「你保重，我也該走了。」

「等等。」黑衣人突然喊住她。

麥穗停住腳步，回頭看他。

黑衣人咬咬牙，望著女人純真無辜的眸子，像是下了很大決心，道：「妳仔細操心妳家的這塊麥田，特別是麥子快要熟的時候，但妳別跟人說是我告訴妳的，否則妳我都不會好過。」

說完，他一瘸一拐地走了幾步，轉眼就消失在草叢裡。

麥穗一頭霧水。難道是有人盯上了這片麥子？

她忽然想起之前自己過來曬野燕麥草的時候，碰到的那個黑影，會不會就是這個人呢？

麥穗心情複雜地回到家，腦子裡還在想著那個黑衣人說的話。

她前前後後細細地想了一番，頓時覺得害怕起來，若不是黃大柱下的野豬夾子夾住那個黑衣人，那片麥田豈不是要遭殃？到底是誰這麼缺德，想要毀掉自家的麥田？

她突然很想去找蕭景田，把這一切都告訴他。

麥穗心裡想著這件煩人的事，精神有些恍惚，做飯的時候鍋裡忘了添水，竟然再一次炸了鍋，黑煙鬧了滿院子。

嚶嚶嚶，蕭大叔你快回來吧，人家不會補鍋啊！

# 第二十章　打的就是你

「姨媽，這種事可不能不信，就當破財消災了吧。」蘇三姑娘和蕭芸娘簇擁著孟氏，嘰嘰喳喳地走進來，大驚小怪道：「橫豎是多費些白麵而已，否則要是景田再出事，那可怎麼辦啊？」

麥穗一瞧見蘇三姑娘，心裡頓覺堵得慌。

怎麼又是她？

「就是啊，娘，狐大仙的話可不能不聽。」蕭芸娘附和道：「為了我三哥好，咱們好歹盡一分心吧！」

孟氏有些猶豫，見麥穗正在收拾灶房，便上前道：「媳婦，剛才大仙說了，說是海裡的魚精在打我的主意，可是這災難會應在景田身上，破解的法子就是得用白麵捏九個麵魚，放在海邊供著。若是晚上魚精過來拿了麵魚，就說明去了災，景田就能平安回來了。」

「娘，是誰說景田遇難的啊？」麥穗見孟氏任憑蘇三姑娘擺布，很是生氣，不悅道：「咱們再等兩天，景田很快就回來了。」

「那萬一回不來怎麼辦？」蘇三姑娘越看麥穗越不順眼，猛地上前推了她一把，怒吼道：「橫豎是妳不關心景田，妳巴不得景田出事吧？」

「誰慣的妳這個毛病，一上來就動手動腳的？」麥穗心裡正窩著一股子火，想也不想地揚手就給了她一個耳光。「說景田出事的是妳，說他回不來的也是妳，妳才是成心要詛咒景田的吧！」

要吵架就來啊，誰怕誰！

孟氏愣住了。

她從未見過老三媳婦如此潑辣，怎麼還打人了呢?!

「妳算個什麼東西，竟然敢打我？我跟妳拚了！」蘇三姑娘沒想到麥穗會打自己，她捣著臉愣了一下，才又衝上前去，伸手就要抓撓麥穗的臉。「妳趕緊給我滾出蕭家，我再也不要看到妳了！」

「我是蕭家明媒正娶的媳婦，妳算哪根蔥？」麥穗一個閃身，避開蘇三姑娘伸過來的爪子，毫不示弱道：「要滾的人是妳，不是我！」

「三嫂，妳少說兩句吧，三表姊也是為了三哥好啊。」蕭芸娘忙把蘇三姑娘護在身後，氣急敗壞地道：「她好歹是咱們的表姊，妳怎能動手打她呢？」

「芸娘，妳眼睛長頭頂上去了嗎？」麥穗黑著臉道：「是我先動手的嗎？」

「好了、好了，妳們都少說兩句。」孟氏忙拉住麥穗，眼圈紅紅地道：「妳三表姊性子耿直，說話口無遮攔的，妳別放在心上。」

「姨媽，妳不用為我求情，反正嫁不成景田，我活著也沒意思，就讓景田這個媳婦打死我好了。」蘇三姑娘衝到到麥穗面前，抓住她的手，大聲道：「來啊，妳打我呀！有本事妳今天就打死我！」

「住手，妳們在幹什麼？」蕭景田站在門口，沈著臉喝道。

蘇三姑娘見是蕭景田回來了，忙鬆了手，上前拽住蕭景田的衣裳，掩面而泣。「景田，你可算回來了，你再不回來，我就要被你媳婦打死了。」她嚶嚶地哭著，像是受了極大委屈。

「怪我，都怪我！」孟氏見蕭景田回來，心裡徹底鬆了口氣，語無倫次道：「我要是再等等就好了，是我太擔心了。」

麥穗面無表情地理了理衣衫，連看也沒看蕭景田，轉身就進了屋。

蘇三姑娘哭得更大聲了。

「夠了，再哭就給我滾出去！」蕭景田怒吼道。

「蕭景田，你不知好歹！」蘇三姑娘見他對自己絲毫沒有半點憐惜之意，一時間也火了，氣沖沖地甩門而去。

麥穗若無其事地坐在炕邊整理網線，他打開門進來時，她竟連頭也不抬。

蕭景田頓覺好笑，不冷不熱地道：「越來越長本事了，竟然還敢打人了？」

麥穗臉一沈，扔下籮筐就往外走，卻被蕭景田一把扣住手腕。

男人低醇的嗓音傳來。「妳要去哪裡？」

「要你管！」麥穗掙扎道：「你放開我！」

「不放。」蕭景田捉住她的兩隻手，順勢把她抵在牆上，低頭望著那雙清澈的眸子，問道：「是因為什麼事情吵起來的？」

「你去問你表姊。」麥穗有些驚訝，沒想到蕭景田會做出這樣的舉動，她騰地紅了臉，推著他道：「去問你娘、你妹，你自己去問問她們，到底是怎麼回事。」

她拚命地想要推開他，卻怎麼也推不開，他就站在她面前，文風不動地把她環在他的雙臂之間。

淡淡的草木清香夾雜著一絲又鹹又濕的氣息，將她層層包裹，他離她這麼近，她甚至能聽到他強勁有力的心跳。

見她惱羞成怒了，蕭景田頓時驚覺自己的失態，便鬆開她，道：「好了，別跟她們一般見識，做飯吧。」

在船上的這些日子，他每頓都吃著她烙的蔥花脂油餅，時不時地也會想起她。

每當想起她的時候，心裡總是有種暖暖的感覺牽引著他的心，他越來越覺得他的這個媳婦，跟別的女人是不一樣的。

「鍋炸了。」麥穗不看他，賭氣般地道：「做不成飯了。」

蕭景田臉一沈，邁開長腿出了門。

半個時辰後，麥穗在大門外已和了泥巴，正準備要補鍋，卻見蕭景田扛著一口新鍋進了門。

麥穗心裡一陣竊喜，卻佯裝不在乎地提起籃子，去了菜園摘菜。等她回來的時候，蕭景田已經安好了鍋。

兩人也不說話，默契十足地做著飯。

麥穗掌勺，蕭景田燒火。

院子裡一片清明，唯有菜香裊裊。

吃飯的時候，麥穗忍不住把黑衣人的事情一五一十地告訴蕭景田，正色道：「我看得出來，他只是受雇於人而已，大概是因為我幫了他，他才出言提醒的。」

蕭景田點點頭，表示贊同，他看了看麥穗，沈聲道：「以後麥田那邊妳不要去了，我一個人過去打理就行。」

「要不在田邊搭個草棚？你不在家的時候，咱們還可以輪流去看著。」麥穗說出自己的看法。眼下那片田裡的麥子長勢太好，若是被人糟蹋了，那多可惜啊。

「妳去看著？」蕭景田聞言，俊朗的臉揚起一絲不易察覺的笑意。「若那些黑衣人真的來了，妳能打得過他們？」

「打不過。」麥穗沮喪道：「那怎麼辦？」

「放心，我自有辦法。」蕭景田放下筷子，掏出手帕拭了拭嘴角。見她低垂著頭，露出一小截粉嫩的脖頸，他的喉頭動了動，緩緩道：「我保證田裡的麥子一株都不會少，我也保證咱們來年頓頓有白麵吃。」

「你倒是有自信。」麥穗不以為然道：「難道你是打算去找出那幕後主使，然後再好好地警告他一下嗎？」

「正是。」蕭景田認真道。

麥穗笑了笑，沒吱聲。

怎麼可能找得到幕後主使，她才不信呢！

她想了想，又道：「對了，我給那人包紮的時候，看到那人的褲腳上繡著一朵黑色小花，因為是無意間瞥了一眼，也沒有看得太真切，但我覺得似乎有點像是曼陀羅花。」

一抬頭，見蕭景田正目不轉睛地看著她，她的臉又騰地紅起來，低下頭不再說話。

蕭景田見她紅了臉，忙移開目光，看向窗外。

看不出來這個女人還挺細心的，竟然看到了黑衣人褲腳上繡著的曼陀羅花。想到這裡，他的臉色一下子沈下來。

不過是一塊麥田，也值得動用那些人？

蕭景田吃完飯，便又去海邊把船上的魚給扛回來。

滿滿一大竹筐的魚，讓麥穗很驚喜。

這些魚比她在淺灣裡撈的魚還要大得多，送去牧場太可惜了，她便決定把吃不完的曬乾，留下來自家吃。

不用蕭景田吩咐，她已挑了一些大點的魚給婆婆送過去。

孟氏接過魚，很是開心。

「怎麼送了這麼多魚過來，妳自己沒留嗎？」許是覺得剛才的事情，有些對不住媳婦，她低聲道：「媳婦，妳三表姊終究是個可憐人，又是娘的親外甥女，剛才那事妳別放在心上。娘知道妳是個好的，就是妳三表姊的性子太潑辣了些。」

「娘儘管放心，我是不會放在心上的，但如果三表姊再無事生非，我照樣不會客氣的。」麥穗放下魚就走。

可憐之人必有可恨之處，她才不會白白受氣呢！

黃昏之際，一匹快馬停在飯館門前。

身穿玄色勁裝的男子，麻利地跳下馬背，大踏步進了飯館。

一見到端坐在炕上的人，玄衣男子神色一凜，忙俯首作揖，顫聲道：「屬下見過景將軍，景將軍別來無恙。」

「謝宗主，幾年不見，你鐵血盟怎淪落到如此境地？」蕭景田端起青花瓷茶碗，漫不經心地抿了一口，道：「竟還接手那些手段下流的小生意，這實在不像你的作風哪！」

除了讓江湖中人聞風喪膽的鐵血盟，還有誰敢用黑色的曼陀羅花做標記。

「屬下愚鈍，還望景將軍明示。」被蕭景田稱為「謝宗主」的男人，大氣也不敢出一聲地抱拳道：「鐵血盟這幾年在江湖上，一向是規規矩矩行事，萬不敢忘昔日將軍的教誨。」

雖然蕭景田不再是他的頂頭上司，可昔日餘威仍在。即使他現在已經是讓人畏懼的鐵血盟宗主，但在蕭景田面前，他仍然不敢拿大。

「謝宗主快快請起。」于掌櫃看了蕭景田一眼，才上前扶起他，笑道：「你們是大水沖了龍王廟，一家人不認一家人哪。」

謝嚴大驚，再次抱拳道：「若是鐵血盟無意中驚擾了景將軍，一切純屬誤會，還望景將軍見諒。」

「如今我已經解甲歸田，隱居山野，想過幾年安靜日子；不想，卻還是碰到了你們鐵血盟的人。」蕭景田繼續喝茶，波瀾不驚道：「既然是誤會，說開也就算了，但還有件事情，我想提醒謝宗主……關於成王那邊，你們還是少費心機為好，若稍有不慎，那便是殺頭的大罪。」

若不是因為鐵血盟想拿成王的事情立功，也不會連糟蹋他家麥田這等小事也幹了。說白了，不過是想四下裡探一探成王的下落而已。

這點小伎倆，當然瞞不過他的眼睛。

「多謝將軍教誨，屬下慚愧。」謝嚴面帶愧色，再次作揖道：「屬下明日就把禹州城的人全部召回，絕不再驚擾了將軍。」

蕭景田微微頷首。

謝嚴這才戰戰兢兢地退下。

「想不到過了如此多年，謝嚴還是這麼怕你。」于掌櫃笑了笑。「可想而知你以前帶兵征戰的時候，有多麼恐怖嚇人了。」

蕭景田嘴角動了動，緩緩道：「只怕他人在江湖，有些事情身不由己，這件事還得由你盯著點。」

「你呀，說是解甲歸田、不理世事，可如今卻這般牽掛成王。你就不怕皇上懷疑你歸隱是假，暗中扶持成王才是真？」于掌櫃低聲道。「雖說此地離京城遙遠，但你別以為你在皇上面前消失得無影無蹤，皇上就不會惦記你。」

「我只是提醒謝嚴不要為了立功而去為難成王，並不想過問皇上他們兄弟之間的事。」蕭景田沈聲道：「我既然已退隱，當然就要退得乾乾淨淨，但若是有人打擾了我的清靜，我是不會裝聾作啞的。」

人不犯我，我不犯人，一直是他待人處世的原則。

「唉，當初你們三人浴血沙場、義結金蘭，甚至比親兄弟還要親。可如今當皇上的當皇上，歸隱的歸隱，流落民間的流落民間，還真是世事無常哪！」于掌櫃嘆道。

蕭景田低頭摩挲著手裡的茶杯，並未回話。

見他不吭聲，于掌櫃識相地打住了話。「好了、好了，不說這些陳年舊事了。成王如今雖然落魄，但他怎麼說也是根基深厚，不會輕易被人發現的，你放心就是。」

接著于掌櫃順手從櫃子裡取出帳本，遞給他道：「我知道你回來的時候是兩袖清風，也知道你家裡其實沒什麼錢，可你又不肯收我的銀子，想必這些日子過得很清苦，我這心裡真是替你著急啊！這樣吧，咱們今晚就把帳結了。你放心，我沒有徇私，你送過來的魚都是按照市價算的。」

「既然要重新開始，自然得白手起家。」蕭景田並未接過帳本，淺笑道：「我對這樣的日子很滿意，若是錢財唾手可得，我反而覺得沒意思。銀子我不急著拿，等月底的時候，我會讓拙荊跟你結算。」

「唉，聽你說話，倒像是個年過半百的老人了。」于掌櫃搖頭笑道：「昔日征戰沙場的大將軍如今卻要靠捕魚度日，不知皇上要是知道了，會作何感想。」

「若是我大周堂堂的大將軍離了戰場就養不活自己，那皇上才該反思呢。」蕭景田一本正經道：「你且看著，用不了一年，我的日子肯定會越過越好。到時候我的魚，肯定不只供給你一家飯館，而是價高者得。」

「景田，你這可不夠意思了！」于掌櫃收起帳本，正色道：「你知道我這家飯館可是百年老店，選用食材很挑剔的。我就喜歡你船上那些雜七雜八的深水魚，之前我的菜譜上因為沒有合適的食材，一直跟別家飯館做的菜差不多，如今有了你這些深水魚，我正琢磨著要推出一些新菜品。若是到時候你把魚給了別家，捧紅了別家的生意，那我可是得跟你急！」

兩人又說笑了幾句，蕭景田才告辭離去。

于掌櫃一直把蕭景田送到大門口，才轉身要回飯館去。

臨了，于掌櫃突然又想起什麼，回過身來笑道：「下個月二十六，是個好日子，別忘了來喝我的喜酒。」

「一定。」蕭景田抱拳道。

「石頭他爹明明知道跟著貨船出去會有危險，卻還是去了，現在連船帶人都被海蠻子給抓走了，這可怎麼辦啊？」喬氏坐在炕上哭得天昏地暗。

出了這樣的大事，孟氏也沒辦法幫上什麼忙，只能好生安慰老二媳婦。

喬氏卻哭得更厲害了，她拍著大腿道：「娘，他就是為了讓咱們大家都過上好日子，才出去跑船的哪……」

麥穗在一旁聽了，頓覺無語。

說得蕭貴田好像多麼高尚一樣，還為了能讓大家過上好日子呢……他明明是為了自家的日子才去跑船的好吧？

蕭宗海和蕭福田兩人坐在一旁，沈默不語。他們從沒遇過這樣的事情，一時間也不知道該怎麼辦。

眼下，只能等蕭景田回來，看看這事該怎麼解決才好。

「老二媳婦，妳別哭了。」孟氏最是見不得人哭，不禁紅了眼，道：「老二會沒事的，妳別著急啊。」

「娘。」喬氏再沒了往日的刻薄，抱著孟氏大哭起來。「石頭他爹可千萬不能有事啊，石頭還這麼小，他都還沒長大成人啊！」

「沒事的、沒事的。」孟氏也跟著哭起來。

婆媳倆哭成一團，場面頓時變得有些混亂。

「好了，老二又不是死了，妳們這是哭啥呢！」蕭宗海被婆媳倆哭得心煩意亂，低吼道：「出了事情就得解決，光哭有什麼用？」

此時，牛五急匆匆走進來道：「叔、嬸子，我找到景田哥了。景田哥說讓你們不用擔心此事，安心在家裡等著消息就好。」

「景田去哪裡了？」蕭宗海起身問道。

「他去了衙門，說此事得先報案。」牛五擦了擦額頭上的汗，又道：「我就是回來跟你們報個信，讓你們放心在家等消息。」

眾人這才稍稍放了心。

# 第二十一章　蕭大叔的本事

縣衙後院

「這幫強盜真是越來越猖狂了！竟然敢劫我龍霸天的船？真是活得不耐煩了！」龍霸天拍案而起，怒道：「景田，你放心，咱們要船有船，要人有人，不怕他們。待我查明他們到底是哪一路鬼神，定要將他們一網打盡，讓他們死無葬身之地！」

「就是、就是，景田，你別著急，那些海盜擺明是衝著銀子來的，你二哥會沒事的。」許知縣附和道。「再說我這衙門也不是擺設，咱們的海上巡防隊如今也招募一百多人了。這樣吧，你把巡防隊的人全都帶上，壯壯聲勢。」

「大人，在下只是一介草民，雖然懂一些拳腳功夫，但也僅僅足以自保。」蕭景田淡淡道：「再說圍剿海盜是官府和衙門的職責，大人理應上報總兵府才是。」

「對、對、對，事關重大，本官這就上報總兵府。」許知縣愣了一下，忙點頭道。

禹州城位處大周朝國土的最東邊，南跟齊州相鄰，北靠宣州，呈三州環海之勢。為了疏通海運以及掌管海上事務，朝廷特在禹州城設立總兵府。

「上報是肯定要上報的，只是待層層審批下來，恐怕對船上的人不利。我的意思是咱們可以先出發，好探探虛實。」龍霸天其實壓根兒就不指望總兵府會出面幫他解決此事，他只想花錢私了，要是能乘機跟這些海盜搭上關係，那就更好了，以防後患。

但做這些事情，需要一個能鎮得住場面的人才行，蕭景田無疑是最合適的人選。

蕭景田是做過土匪的人，土匪還會怕土匪嗎？

「龍叔、大人，你們繼續商議，在下懇請官府能早日解決此事，救回我二哥以及各位鄉親，拜託了。」蕭景田像是沒有聽到龍霸天的提議，起身便告辭離去。

龍霸天和許知縣面面相覷。

等蕭景田離開後，龍霸天才惱怒道：「好個不識抬舉的蕭景田！他竟然連自家兄弟的安危都不顧了嗎？」

許知縣皺眉道：「龍叔莫急，待本官稟了總兵府再說。」

蕭景田從衙門裡出來後，並沒有回家，而是去了于記飯館。

「景田你放心，此事交給我就行。」得知海上有強盜劫船，于掌櫃忙道：「我這就讓人連夜徹查此事，最遲後天早上給你消息。」

「若是你的人發現那幫劫匪後，千萬別打草驚蛇，待摸清底細後，先回來告訴我。」蕭景田沈思片刻，又囑咐道：「我對這邊海上的勢力不大瞭解，也不知道到底有幾夥人在這裡作亂，你們切不可輕舉妄動。」

「嗯嗯，我知道了。」于掌櫃連連點頭。「沒有把握的事情，咱可不做。」

等蕭景田回到家的時候，已經半夜了。

麥穗睡得正酣，連蕭景田什麼時候回屋的，也未曾察覺。

蕭景田對她如此好睡感到很無奈，他不明白一個人怎麼可以睡得這麼沈、這麼香甜，怕是現在有人把她給抱走了，她也不會知道吧。

藉著窗外皎潔的月光，他靜靜地看著她恬靜的睡顏。

她其實長得還算不錯，雖然不是什麼傾國傾城之姿，倒也端莊清麗。他越看越覺得這女人的眉眼十分耐看，跟他所見過的那些村婦截然不同。

坦白說，他對她印象其實還算不錯。

難道是因為自己跟她朝夕相處的緣故，才會看她如此順眼嗎？他想了想，覺得不是這個原因，卻也無法明確地解釋自己心中對她的異樣感覺。

一番梳洗後，他躺在炕上，靜靜地回想著往事，又扭頭看了一眼身邊睡得正香的女人，心裡一陣感慨。

這就是他想要的日子嗎？

是夜，明明夜闌人靜、月光嫵媚。他卻夢到了戈壁黃沙、鐵馬冰河……

第二天一大早，麥穗醒來，見蕭景田依然躺在炕上蒙頭大睡，她大吃了一驚。以往這個時候，他早已經起身了，要麼出去晨練，要麼下地幹活了。

他今天是怎麼了？該不會病了吧？

麥穗悄然爬到他身邊，探頭看了看他，見他沒有醒來的架勢，便伸手摸了摸他的額頭，想看看他有沒有發燒之類的。

大家都是室友嘛，互相關心也是應該的。

哪知她的手才剛觸到他的額頭，就被他冷不防地扣住手腕，接著一個翻身，她竟然就這樣被他壓在身下。

事發突然，麥穗整個人都懵了。

他高大魁梧的身軀結結實實地壓在她瘦弱嬌小的身子上，那溫熱的肌膚透過單薄的中衣緊緊地貼在她身上，她清楚地感受到他有力的心跳和他身上特有的清香氣息，還有他腰間的硬物抵在她的小腹上。

她羞愧難當地在他身下掙扎，奮力推著他結實寬厚的胸膛，疾聲道：「景田，你醒醒，你壓到我了。」

「對不起，我作夢了。」蕭景田睜開眼睛，感受到身下的綿軟，隨即低頭看了看被他壓在身下的女人。他迅速地翻身，放開了她，沈聲道：「沒有傷到妳吧？」

「沒有。」麥穗面紅耳赤地躲回自己的被窩裡，手忙腳亂地穿著衣裳，解釋道：「你一向起得比我早，方才我看你還沒起來，以為你是病了……」

「無妨，我不介意。」蕭景田起身，有條不紊地穿著衣裳。

麥穗頓時語塞。明明占盡便宜的是他，居然還好意思說他不介意……

兩人一起吃完早飯，蕭景田便去了海邊，而麥穗則去河床那裡，繼續晾曬她的小魚。

估摸著再過一、兩天，就能去牧場送貨了。想到又能拿一兩多銀子，她心裡很興奮。

突然間，她想起早上自己被他壓在身下的事，瞬間又紅了臉。

她嫁過來也快四個月了，雖然兩人還沒有夫妻之實，但她對眼前的生活還算滿意，對蕭景田這個人也不反感，甚至還有些欽佩。她敬佩蕭景田的從容不迫和處變不驚，彷彿無論多大的事情，一到他這裡，他都能應對自如。

總之，這個人絕非是傳言中所說的土匪那麼簡單。麥穗雖然沒有見過土匪，卻覺得蕭景田不可能是土匪。

若是日子一直這樣安安穩穩地過下去，倒也不錯。她才十六歲，以後的路還很長，她不急著謀劃別的，只想多攢點錢。其他的事情，順其自然就好。

「老三媳婦，妳家老二的事情怎麼樣了？」姜孟氏也扛著麻袋來到河床曬魚，見麥穗正站在那裡發呆，便上前關切地問道：「村子裡都傳開了，說他們是被海蠻子給劫走了，家裡得拿銀子去贖，否則，他們就會被那些海蠻子給扔進海裡餵魚。」

沿海一帶的漁民，稱海盜為海蠻子，傳言他們殺人不眨眼，長得跟一般人也不大一樣，那模樣是特別凶神惡煞。只要提起海蠻子，人人都聞之色變。

「具體情況我也不清楚，只知道景田昨晚去衙門找許大人商量了，聽說這件事得由官府出面才能解決得了。」麥穗嘆道：「如今除了等，也沒有別的辦法了。」

此事她幫不上忙，也插不上話。

「對了，我姑姑沒去找狐大仙算算看嗎？」姜孟氏提醒道：「這件事不可大意，得讓狐大仙顯顯神通，幫幫忙才是。」

麥穗頓時哭笑不得。

大仙真的好忙啊！

喬氏和石頭昨晚沒有回鎮上，而是在蕭家老宅住下來。一睜眼，便又哭哭啼啼地過來正房吃早飯。

吃完早飯，蕭福田自告奮勇地把石頭送到麒麟書院，而喬氏吃飽喝足了，則繼續坐在炕上掉眼淚。

「老二媳婦，妳不要太擔心了。老三昨晚因為這事，忙到半夜才回來，老二肯定會沒事的。」蕭宗海破天荒地安慰兒媳婦。「這幾天妳就不要回鎮上去了，安心留在村裡等老二回來吧。」

「好，我聽爹的。」喬氏紅著眼圈，點點頭，又問道：「爹，昨晚老三只是去衙門裡問一問，還是託人出去找石頭他爹了？怎麼我瞧著今天一早，老三又出海去了呢？」

家裡出了這麼大的事情，難道老三不應該守在家裡等消息嗎？怎麼反而像個沒事人似的，照常捕他的魚呢？

「老三說了，許大人會連夜奏報禹州總兵府，總兵府會解決此事的，讓咱們安心等著就是。」蕭宗海嘆道：「除此之外，咱們實在也沒有別的辦法。我聽牛五說，他們是在齊州那邊出的事情，這千里迢迢，除了官府，咱們也無從尋覓啊。」

「可我聽說老三的船是大船，去一趟齊州應該沒問題吧？」喬氏捏著帕子，低泣道：「家裡出了這樣大的事，單單指望官府怎麼行？關鍵時刻還得靠家人相互幫襯。我娘家兄弟昨天還說了，若是咱們家要去齊州找人的話，可以叫上他一起去呢。」
姜孟氏正好來找姑姑，一進屋，只見喬氏眼睛紅紅的，便也沒吱聲，只是倚在炕邊，靜靜地聽他們說話。
「話也不能這麼說，老三昨晚跟我說了，說老二沒有性命之憂，那些劫匪不過是想打劫一些銀兩罷了。」蕭宗海皺眉道：「他們既然劫了龍霸天的船，肯定會給龍霸天送消息、要銀子的。咱們要做的，只有安心地在家裡等消息，切不可妄自生事。」
「媳婦，老三說了，就算是官府派人去齊州，也不會明目張膽地去，何況是咱們。」孟氏也跟著勸道：「妳放心，老二肯定沒事的。」
「就算老三說得有理，難道咱們不應該去齊州等著嗎？」喬氏臉一沈，起身下炕道：「對爹娘來說，反正蕭家有三個兒子，也不在乎少這一個；可是對我和石頭來說，石頭他爹就是咱們娘兒倆的天。你們不去，我去！」說著，她賭氣地下炕穿鞋。
「哎呀，我說老二媳婦，齊州那麼遠，可不是動動嘴皮子就能去得了的。」姜孟氏忍不住插話道：「石頭還那麼小，妳可別瞎折騰。」
「就是啊，老二媳婦，齊州路途遙遠，妳要怎麼去啊？」孟氏跟著勸道：「聽爹娘的話，咱們只管安心在家裡等消息吧。」
「別管她，讓她去。」蕭宗海一下子火了。「如果她這一去，能把老二救出來，豈不是更好？難道老二不是我的兒子嗎？敢情只有她著急，我這當爹的就不著急了？不知好歹的東西！」

孟氏只是嘆氣。

「姑姑，咱們還是去找狐大仙問一問吧。」姜孟氏低聲道：「省得到時候讓老大、老二覺得妳這個後娘不操心。」

「好姪女，妳跟姑姑想到一塊兒去了，我也正想著要去求求狐大仙，讓她老人家幫著出個主意呢！」孟氏道。

三天後，衙門那邊仍然沒有一絲動靜，也沒聽說總兵府打算派兵之類的。

蕭宗海再也等不了了，扔下鋤頭便去鎮上打聽消息。

半路上，碰到了于掌櫃。

「蕭大叔，你這是要去哪裡呀？」于掌櫃見是蕭宗海，忙停下馬車，熱情地問道：「我送您一程吧。」

「咱們家貴田一直沒消沒息的，我打算去衙門打聽、打聽。」蕭宗海勉強笑道。「老是在家裡等著，也不是辦法。」

「哦，原來是這樣。我來的時候還看見好多人圍在衙門口，嚷著要見許大人呢，想必就是為了貨船被劫一事吧。」于掌櫃皺眉道：「您不要著急，凡事都有景田扛著呢。」他想了想，又調轉馬頭道：「您上車吧，我送您去衙門，您正好可以跟那些人一起問問許大人。」

于掌櫃把蕭宗海送到衙門後，才又去了魚嘴村。

蕭景田正在海邊晾曬漁網，得知事情的經過，他沈思片刻，才道：「你派人去趟齊州百福鎮的悅來客棧，找遲掌櫃的，讓他幫忙把我二哥贖出來。然後再告訴他，日後贖金會翻倍給他，他自然明白該怎麼做。」

「就這些？」于掌櫃狐疑道。

「就這些。」蕭景田淡然道：「放心，他會妥善安排的。」

「那其他人怎麼辦？」于掌櫃對蕭景田這種只顧自家兄弟的行為，感到很不可思議，忙道：「為何不把他們全都給贖出來？」

「江湖有江湖的規矩。」蕭景田道。「遲掌櫃只能贖回一人。」

遲掌櫃是他多年前的舊相識，他知道遲掌櫃跟當地匪寇有些來往，也曾聽遲掌櫃說過他們那邊海蠻子的規矩。要想從海蠻子手裡贖人，除了銀子，還得看交情。

以遲掌櫃跟海蠻子的交情，只能贖一個人。

「那其他人怎麼辦？」于掌櫃皺眉道。「我看許大人對此事並不熱心，好多人在衙門門口吵嚷，他也不出面解釋，只是躲在衙門裡。」

「剩下的人只能自求多福了。」蕭景田淡然道。「不過，若是龍叔肯出銀子，他們倒也沒有性命之憂。」

「你是說，他們不會謀財又害命？」于掌櫃雖然也算是江湖人，但他到底沒有蕭景田經歷得多，對道上的規矩也是一知半解。

「只要有銀子就不會。」蕭景田收起漁網，扔到船上，拍了拍手道：「眼下龍叔和許知縣想拉我下水，讓我去把貨船給贖回來。並非他們不懂官場規矩，而是他們不想跟總兵府打交道罷了，畢竟若跟總兵府打交道，花的銀子會更多。」

禹州總兵府的趙大將軍趙庸，是當今皇上的大舅子，也是大周赫赫有名的紈褲將軍。他雖然有些軍事才能，也打過幾次勝仗，但相比之下，他吃喝嫖賭的名聲更甚於他的軍功。

無論多麼緊急的戰事，若是沒有銀子進腰包，就算天塌下來，他也按兵不動。這些年跟他打過交道的官員，無不叫苦連天。

「也是，整個大周誰人不知趙庸的名聲。但如今出了這樣的事情，若不上報，也是壞了規矩的。」于掌櫃看了看蕭景田，又道：「你該不會在救出你家二哥以後，就不打算管此事了吧？」

「如今我只是一介布衣，你覺得我還能管得了多少？」蕭景田平靜道。「不在其位、不謀其政，若是再參與官場之事，豈不是違背我的初衷？」

「好、好、好，我說不過你，不管就不管。我這就派人去齊州找遲掌櫃，你儘管放心就是。」于掌櫃一扭頭，見孟氏和麥穗正盈盈走過來，他擠眉弄眼道：「如今你媳婦可是越來越好看了。你該不會是沈迷在溫柔鄉裡，不肯出來了吧？」

蕭景田臉一黑，扭頭就走。

于掌櫃聳聳肩，不明白自己到底說錯了什麼。

# 第二十二章　泛舟海上

「娘，妳們怎麼到這裡來了？」蕭景田目送于掌櫃下了堤岸，才轉過頭來，不解地看著孟氏和麥穗，最後目光落在麥穗身上。

麥穗只是訕訕地笑。她是被婆婆大人硬拽來的……

「景田，娘去找了狐大仙，給你二哥算了一卦。那狐大仙說了，這次還是魚精帶來的災難。」孟氏嘆了一口氣，撩起胳膊上提著的竹籃，露出幾個熱騰騰的白麵小魚，鄭重其事地道：「狐大仙說了，這次的事情比上次凶險，必須由你跟你媳婦用船載著這九個小麵魚，在海上繞九圈。等到天黑的時候，再把這九個小麵魚供在淺灣那邊的大石頭上就行。」

「娘，這些都是迷信。」蕭景田不耐煩地道：「二哥的事不用您操心，我自有打算，您還是回家去吧。」

他在沙場馳騁多年，壓根兒不信這些鬼神之說。再說了，就村東頭那個所謂的狐大仙，這些騙人的小把戲還能糊弄住他嗎？

「景田，這次你說什麼都得聽娘的。」孟氏上前拽住他的衣角，不依不饒道：「是真的很靈驗。上次你出海未歸，娘就很擔心，前腳剛去求了狐大仙，後腳你就回來了。這次你二哥出事，娘一樣擔心，你就當替娘盡一分心吧。」

見兒子不屑一顧的樣子，孟氏的眼圈又紅起來，低泣道：「娘不能讓別人說閒話，自己的孩子便去求仙，可不是自己的，就不管了。」說著，又悄然拽了拽麥穗的衣角。

「景田。」麥穗會意，生硬地喊著他的名字，輕聲道：「我知道這些都是信則有、不信則無。只是如今二哥杳無音信，爹娘他們都寢食難安，若不為二哥做點什麼，他們心裡都過意不去。只要能讓二老心安，也無所謂信不信、靈不靈的，對吧？」

「妳是這樣想的？」蕭景田探究地看著她。她似乎特意打扮過了，鬢間還別著一朵嬌豔欲滴的薔薇，大概是路上新摘的，他依稀能嗅到淡淡的花香。

「對，只要能讓爹娘安心，咱們在海上繞個幾圈也無妨。」麥穗無所謂地道：「就當是在海上泛舟了。」

「那就走吧。」蕭景田邁開長腿，朝他的船走去。

孟氏心裡一喜，忙把手裡的竹籃遞給麥穗，低聲囑咐道：「我多做了兩個小麵魚，待會兒要是餓了，妳就跟景田一人吃一個，我還在裡面放了幾塊鹹菜。」

「嗯，好。」麥穗提著籃子跟上去。

婆婆其實是挺細心善良的人，就是太沒主見了。

海面上，霞光點點，碧波微漾。不時有水鳥從身邊低低掠過，瞬間便消失在視野裡，不見了蹤跡。

麥穗自嫁到魚嘴村，從來都不曾坐過船。確切來說，她前世也沒有坐過漁船。

這次坐船是有生以來的第一次。

她坐在船艙裡，不大敢動，只是東看看、西看看，感到很新奇。

自家這艘船的船艙，聽說比別的漁船還要多了好幾個艙槽。裡面設計得也很精巧，魚艙和其他艙是分開的；睡艙上的擋板也比其他船艙要高上一些，隱約能看見裡面放著一件半新不舊的棉袍。

麥穗突然想起有一次去姜孟氏家，見姜孟氏正用舊棉花做被褥，說是要給姜木魚在船上用的，當時她也沒多想。

然而眼下雖然是夏天，但海上畢竟潮濕。蕭景田的船一走就是十天半個月的，其實在船上，更需要一套被褥來禦寒。

麥穗望著正在搖櫓的蕭景田，心裡頓時有些說不清、道不明的情緒。

他和她之間，終究不是舉案齊眉、恩愛有加的夫妻，也許有些事，他也不好意思向她開口吧？

「妳在想什麼？」蕭景田回過頭來問道。

「我看你船上只有一件舊袍子，等回去的時候，我給你縫一套被褥過來吧，夜裡也好禦寒。」麥穗低頭撫摸著被鑿磨得異常光滑的船板，幽幽地道：「其實你早應該告訴我的，我若是不會做，還有婆婆在呢。」

她住在蕭家，跟蕭景田雖然沒有夫妻之實，卻有著夫妻的名分，為他做點事情，她覺得是理所當然的。

再說人與人相處，重在禮尚往來，而不是一味地索取。她最討厭一味索取，又不肯付出一丁半點的人。

「有一件袍子就夠了，幹麼要勞師動眾地做被褥？」蕭景田沒有麥穗想得那麼多，輕咳道：「海上哪裡能講究這麼多？湊合、湊合就是了。」

「到底是遠航，能舒服一些還是舒服一些的好。」麥穗望著波瀾壯闊的海面，頓覺心情舒暢，淺笑道：「待會兒我量一量尺寸，回去就給你做。這不過是舉手之勞，談不上勞師動眾。」

「隨妳。」蕭景田嘴角一扯，放下船槳，走到麥穗身邊坐下來。他的頭枕著船板，任憑木船在海面上隨波逐流。

不遠處漸漸出現一座鬱鬱蔥蔥的海島，依稀能看見島上炊煙四起，像是有人家住在上面的樣子。

「咦，那是什麼地方？」麥穗驚訝道：「我怎麼從不知道這裡還有個島呢？」

「那是千崖島，島上住著百來戶人家，來往的船隻大都會在那裡停靠。」蕭景田閉著眼睛解釋道：「妳之所以看不見，是因為被海上長年騰起的霧氣給擋住了。」

「哦，那你去過嗎？」麥穗好奇地張望著那座靜臥在海面上的小島，扭頭問道：「不知道海島那邊有沒有新奇的東西，可以拿到鎮上去賣的？」

淺灣那邊的魚群已經過去了，她暫時不用再去撈小魚，總得找點能賺錢的事情做。

「去過一次。」蕭景田倚在船板上，瞇眼望著眼前的海島，淡淡地道：「新奇的玩意兒倒是有一些，只是對鎮上的人來說不合用罷了。妳若是感興趣，下次我出小海的時候，再帶上妳。」

出小海是指在較近的海域撒個幾網，不走遠洋，當天就能往返。

「好。」麥穗興奮地看著他，伸出嫩蔥般的小指頭在他面前晃道：「拉鈎、拉鈎，誰要反悔，誰是小狗。你說話可要算話！」

之前聽姜孟氏說，女人是不能隨便上漁船的。她有些擔心蕭景田會以此為藉口，反悔不帶她去千崖島。

唉，古代女人出個門好難啊！

「自然算話。」蕭景田似乎被她快樂的情緒所感染，忍不住嘴角微翹，促狹道：「拉鈎就拉鈎，我蕭景田從來不曾失信於人。」說著，他伸出粗壯有力且帶著薄繭的小指頭，勾住她的小爪子。

望著他和她纏在一起的手指，麥穗突然紅了臉，忙縮回手指，有些難為情地低下頭。

她差點忘了蕭大叔是古代男人了！她這樣做，會不會讓他覺得自己很輕浮，或是刻意親近他？她對他可是沒有那個意思的。

「帶吃的了嗎？」蕭景田抽回手，神色從容道：「我娘該不會只讓妳帶了九個小麵魚吧？」

「多帶了兩個。」麥穗忙掀開竹籃，拿出一個小麵魚和一小塊鹹菜，遞給他，說道：「娘說讓咱們墊墊肚子。」

蕭景田咬了一口，似乎又想起什麼，彎腰掀開船板，從船底暗格裡掏出一個布袋，扔到麥穗面前道：「這是上次路過齊州的時候，碰到一個舊相識的船，他從他的貨船上扔給我的酸梅果，妳嚐嚐看喜不喜歡。」

「太好了，我最喜歡吃酸梅果了。」麥穗笑得眉眼彎彎，忙接過布袋，掏出紙包，津津有味地吃起來。

這酸梅果用黑糖醃漬後，吃起來別有一番風味呢。

跟著蕭大叔果然有糖吃，她竟然還能在古代吃到酸梅果，真是連想都不敢想啊。

蕭景田見她吃得津津有味，連嘴角都沾了糖漬，忍不住笑了笑，不聲不響地吃著籃子裡的小麵魚。

天色漸漸地暗下來，木船慢慢地朝岸邊划去。

「天哪，你怎麼把供品都吃了？」麥穗不經意地瞟了籃子一眼，低聲道：「我剛才不是跟你說只多出來兩個嗎？你怎麼吃了五個！」

「妳相信是魚精作怪嗎？」蕭景田反問道。

麥穗搖搖頭。

「那不就得了。」蕭景田不以為然道：「待會兒，我就讓妳看看真正的魚精長什麼樣子。」

麥穗聽蕭景田說要看魚精，心裡不禁狂跳幾下。見他神色篤定，她忍不住小心翼翼地問道：「你見過魚精？」

「沒有。」蕭景田見她緊張兮兮的樣子，突然感到好笑，他嘴角微扯，正色道：「之前沒有供奉過魚精，所以不曾見過，但既然今夜供奉了魚精，想必那魚精定會出來相見的。」

到了岸邊，麥穗大氣也不敢喘一聲地下船。

蕭景田泊好船，三兩下就爬上淺灣後面的那塊巨石，把剩下的小麵魚放在上面後，便拉著麥穗下了堤岸。

兩人繞了一圈後，竟再一次來到方才供奉小麵魚的那片礁石叢中。

「別出聲，待會兒魚精就來了。」蕭景田見麥穗滿臉不解，低聲道：「妳放心，魚精不會吃妳的，要吃也是先吃我，妳都不夠塞牙縫的。」

「哎呀，你瞎說什麼呀！」麥穗嬌嗔著看了他一眼，撫著胸口道：「我倒不是擔心魚精會吃我或吃你，我只是覺得這裡的氛圍挺讓人害怕的。」

慘白的月光。

空無一人的海面。

躲在暗礁後面等著看魚精的兩人。

麥穗的身子抖了一下，想想都覺得恐怖。

兩人半蹲在礁石的縫隙間，挨得很近，由於緊張，她整個人幾乎蜷縮在他的懷裡。她的一縷頭髮拂在他臉上，女兒家的氣息肆無忌憚地縈繞在他身邊。

他從來沒有跟一個女人靠得如此近，他低頭看著她，心中頓時湧出一股想要保護她的衝動。

不遠處，一個模糊的黑影朝礁石走去——確切地說是爬過去。

麥穗嚇得不敢再看，索性埋首在他懷裡。

原來這個世界上，是真的有魚精啊啊啊啊！

她錯了，真的錯了！她不該不信神靈的！

想到蕭景田多吃了三個供品，她的心裡一陣忐忑。

若是魚精追究起來，發怒了怎麼辦？

「別怕，有我在呢。」蕭景田感覺到懷裡的女人正瑟瑟發抖，低聲安慰道：「妳抬頭仔細看看，那個魚精長啥樣。」

「我、我不敢看。」麥穗嚇死了。

她是無神論者啊！可如今魚精的出現徹底顛覆了她的三觀。

她心裡很惶恐，腦海裡不斷浮現出魚精的樣子……

會是青面獠牙？還是眼如銅鈴？

「妳再不看，魚精就要走了。」蕭景田忍著笑，道：「不是每個人都能遇到魚精的，不看可惜了啊。」

麥穗一聽也是，便小心翼翼地抬起頭來，支起身子看著爬到礁石上面的那個黑影。

那黑影把蕭景田放在上面的小麵魚一個一個地揣到懷裡放好，然後又小心翼翼地順著礁石爬下來。

那黑影似乎有些不放心，四下裡看了看，才朝兩人藏身的礁石叢走過來。

待麥穗看清他的臉，臉上所有的表情瞬間都凝固了。這哪裡是什麼魚精，竟然是、竟然是魚嘴村里長黃有財的兒子黃大柱！

黃大柱並沒有發現躲在礁石叢中的兩個人，他穿過礁石叢，下了堤岸，腳步輕鬆地朝村子走去。

「怎麼會是他？」麥穗驚訝過後，還是驚訝。

「那個狐大仙就是黃大柱的外祖母。」蕭景田從容道。「他外祖母一個人住，就靠這個維生，說起來也沒什麼好大驚小怪的。」

「也是。」麥穗點點頭，表示理解。「再說這種事本來就是一個願打、一個願挨，橫豎大家只是求個心安罷了。」

麥穗突然覺得有信仰是件好事。人們有所畏懼，信仰便引人向善。

「的確是這樣。」蕭景田看她的目光多了幾分欣賞，雲淡風輕道：「所以有些事情，咱們心知肚明就好，不必斷人財路。」

麥穗點頭道「是」。

兩人相談甚歡，心情愉悅地回了家。

一大早，蕭景田就被蕭宗海叫過去。

「景田，許大人現在閉門謝客，誰都不搭理，總兵府那邊也沒有什麼動靜。」蕭宗海一夜之間彷彿憔悴許多，嘆道：「爹是個沒本事的，去不了齊州，你看此事該怎麼辦？」

「爹，您放心。」蕭景田盤腿坐在炕上，從容道：「二哥很快就會回來的。」

「昨天于掌櫃來找你，就是為了這件事吧？」蕭宗海問道。

「是的。」蕭景田點點頭。

「此事他有把握嗎？」蕭宗海知道于掌櫃是個家境殷實的，人脈也不錯，但卻從來沒聽說他們家跟匪寇有什麼瓜葛。

「于掌櫃在齊州有熟識的人，他說問題不大。」蕭景田看著父親憔悴不堪的臉，安慰道：「爹，咱們跟那些海蠻子無仇無怨，他們不過是貪圖銀子罷了，不會弄出人命來的。我之所以會去請于掌櫃幫忙，無非是想讓我二哥少受些苦楚，而不是擔心他會有性命之憂。」

蕭宗海這才釋然。

一輛馬車緩緩停在禹州城的總兵府門口。

龍霸天跳下馬車，煞有其事地理了理衣衫，給門房塞了銀子後，才順手遞上拜帖。事情已經過了五日，總兵府還是沒消息，許大人那裡也是一問三不知，他不得不親自出面了。

門房眉開眼笑地進去通報。片刻後，便引著他進了外院。

雕梁畫棟、小橋流水，金色的琉璃瓦在陽光下閃著耀眼的光芒，讓人不敢直視。不愧是當今皇上大舅子的府邸，果真是精緻奢華，無與倫比。

得知龍霸天的來意，趙庸打著哈哈道：「此事本將軍已知曉，這些日子也一直在整頓兵馬，等準備穩妥，自然會前去營救。」

龍霸天畢恭畢敬地從袖子裡掏出一張銀票，推到趙庸面前，陪著笑臉道：「小小心意，不成敬意，還望將軍笑納。」

趙庸瞄了一眼銀票，臉上卻無笑意，反而皺眉道：「龍老闆，你這些銀子只夠贖回你的貨船和夥計，本將軍卻還要代你墊付車馬費的。也罷，本將軍為國效力、為民分憂，也是分內之事。」

「將軍放心，小人哪敢讓將軍破費，至於車馬費什麼的，小人日後定當如數奉上。」龍霸天訕訕地道。「不知將軍打算什麼時候出兵圍剿海寇？」

「龍老闆，不過區區貨船，難道還要動用我總兵府的軍隊嗎？」趙庸一臉奇怪地道。「能用銀子辦到的事情，為什麼要動用武力？」

龍霸天頓時有如吃了蒼蠅般的噁心。若他打算用銀子贖回貨船，那還用得著上報官府嗎？他以為總兵府會願意出兵剿匪，還海路一個清靜呢！

「將軍，若是日後再出現同樣的事情，那不還得花銀子嗎？」龍霸天皺眉道：「若是一而再、再而三地被海盜劫船，那咱們商戶豈不是得不償失？」

「你放心，此事並不難辦。」趙庸不以為然地道：「龍老闆在道上混了多年，不會不明白有錢一起賺、有銀子一起花的道理吧？本將軍這次就是去幫你把船和人贖回來，剩下的就看你的了。」

「小人、小人明白了。」龍霸天心裡直罵，面上卻不敢顯現半分。

早知道趙將軍如此昏庸，他才不來這裡浪費銀子。但他又不能明著得罪趙庸，只得忍著怒氣回了金山鎮。

路過縣衙門口時，龍霸天忍不住冷哼一聲。

想必許知縣早就知道趙庸的德行，這幾日才會躲著他，甚至閉門謝客的。

哼，他跟那個趙庸都是一路貨色，兩人都不是什麼好東西！

# 第二十三章　遇到壞人

十天後，龍霸天被劫走的貨船終於順利地回了魚嘴村。

鎮上的人奔走相告，紛紛湧到魚嘴村迎接劫後餘生的人們。

望著毫髮無損且精神抖擻的蕭貴田，蕭宗海激動得老淚縱橫。明明才分開半個月，卻像是經歷了一場生離死別。

麥穗卻覺得蕭貴田有些奇怪。

明明是一起被海賊劫走的，別人都是風塵滿面、面容憔悴，可唯獨蕭貴田紅光滿面、精神煥發，根本不像遭到劫持的人。

見蕭景田正枕著胳膊，望著屋頂出神，她好奇地問道：「景田，你有沒有發現二哥有些不對勁？我看船上那些人，就數他精神最好，壓根兒不像遭了罪的人。」

「明天我出小海，妳要去嗎？」蕭景田答非所問。

「去。」麥穗頓時來了興趣，她早就想去那個千崖島看看了。

「那就趕緊睡覺。」蕭景田翻了個身，沈聲道：「天沒亮就得出發。」

麥穗不再多問，趕緊翻身睡去。

一早，麥穗還在呼呼大睡，就被蕭景田給搖醒了。

她猛然想起今天要跟著他出小海，連忙一骨碌地爬起來，穿衣洗漱，又匆匆地奔到灶房裡去做飯。

「不用做了，咱們去千崖島吃。」蕭景田說道。

麥穗心裡一喜。

太好了，蕭大叔又要請客了！

兩人收拾一番，便腳步匆匆地去了海邊。

小六子早就等在那裡了，見到麥穗，他驚訝道：「三嫂，妳也要去啊？」

「聽說你們今天要去千崖島，我就跟著去看看。」麥穗懷裡抱了一床被褥，一上船後，她就開始把被褥鋪在用來睡覺的船艙裡。

這可是她親手縫製、裡頭塞滿了新棉花的被褥呢。

「還是三嫂想得周到。」小六子摸了摸那床新被褥，興奮道：「以後出遠海的時候，晚上也不用受凍了。」

蕭景田笑了笑，沒吱聲，手腳麻利地起錨、挽繩、解帆。

麥穗幫不上忙，索性鑽進睡艙，躺在被窩裡，看他在船板上忙碌，心裡暗道出海真是不容易啊。

這時，陸續有漁民來到海邊，說說笑笑地跳上自家漁船，紛紛朝海裡划去。

這段時間以來，村裡已經有了一個不成文的約定，只要蕭景田出海，他們肯定是要一起去的。

麥穗見四下裡聚集的漁船越來越多，反而有些不好意思地從睡艙裡出來。待到了千崖島的時候，眾多漁船才漸漸散開來。

蕭景田划著船靠了岸，停好船之後，才招呼麥穗下船。

小六子本來就是小孩子性情，他興奮地跳下船，好奇地瞧瞧這、瞧瞧那，可惜天還沒大亮，周圍一片朦朧。

蕭景田讓小六子留下守船，便帶著麥穗上了堤岸，兩人沿著彎彎曲曲的小路，來到了鎮上。

鎮上住著百餘戶人家，靠捕魚、種地和做生意為生。

除了四面環海，千崖鎮跟金山鎮也沒什麼區別，不管是房屋建築、道路河流，都一般無二。

穿過一片寂靜的民房，下了小橋，兩人便走進一條燈火通明的街道。雖然天剛朦朦亮，街上的人卻是熙熙攘攘、川流不息，很是熱鬧，頗有些像不夜城的感覺。

街道兩邊林立著讓人眼花撩亂的鋪子，鋪子門前都掛著大紅燈籠，把整條街照得燈火通明。

乾果鋪、早點鋪、布料鋪、首飾鋪，應有盡有，甚至還有讓男人見了便挪不動腿的醉春樓，不時有恩客擁著千嬌百媚的鶯鶯燕燕從他們身邊走過，笑語連連，旖旎繾綣。

麥穗頓覺尷尬，以往在電視劇裡才能看到的妓院，就這樣冷不防地出現她面前。她悄然看了蕭景田一眼，見他目不斜視、神色淡然，似乎對眼前的景象早已司空見慣。

街道很深，兩人在人群裡約莫行走了一盞茶的工夫。

蕭景田這才放緩腳步，領著她進了一家西北麵館。

他們一進門，便有一個戴著薄薄瓜皮帽的小夥計迎上來，領著兩人在一張靠牆角的桌子坐下來，然後笑問道：「兩位吃點什麼？」

「兩碗臊子麵。」蕭景田瞟了小夥計一眼，神色淡淡地道：「外加一碟龍鬚菜、一斤醬牛肉。」

「好咧。」小夥計轉身退下。

「你來過這裡？」麥穗問道。

麵館分了上下兩層，收拾得很乾淨，桌椅連同樓梯都是紅木做的。

來吃飯的人很多，大廳一片嘈雜，操著各地口音的食客從四面八方聚集而來，談笑聲、唱曲聲絡繹不絕。

「沒來過，但于掌櫃來過這裡。」蕭景田道。「他說這裡的臊子麵和醬牛肉做得很地道，比于家飯館做得還要好吃，所以就過來嚐嚐。」

熱騰騰的臊子麵很快端上來。

細碎的肉片、碧綠的青菜，以及薄厚適中的麵片，再加上醬色的湯汁，整碗麵散發著濃郁的香氣。

醬牛肉的味道也不錯，入口潤滑，鹹淡適中。

「前些日子聽說金山鎮龍霸天的貨船，在齊州被海蠻子劫持半個多月，甭提多嚇人了！」鄰桌幾個操著外地口音的男人正在聊天。「聽說龍霸天為了此事，花了不少銀子呢。」

「是哪裡的海蠻子如此猖狂？依我說，總兵府就應該直接出兵滅了這些海蠻子才好，否則，下次倒楣的人就不知道是哪個了。」

「這個你就外行了，我告訴你們啊……」正說話的那個人，壓低聲音道：「趙將軍是有名的不戰將軍，這些年來，你們有誰見過他帶兵剿海寇的？被劫的船都是拿白花花的銀子去贖回來的，而且這銀子得苦主出，還得給總兵府車馬費，這是規矩。」

「原來如此。」眾人一陣唏噓。

「你們要是知道趙將軍的身分，就不會覺得奇怪了，趙將軍可是當今皇上的大舅子，真正的皇親國戚！」爆料的人神秘道。「前幾年咱們海上太平的時候，趙將軍還經常出海巡視什麼的，如今海上不寧，趙將軍反而越發不出門了。說到底，他不過是領著軍餉在這裡過逍遙日子罷了，哪裡會真的為咱們這些平民百姓考慮？」

眾人紛紛道「是」。

「噓，所謂當街不議政，大家都不要說了，免得惹禍上身。」有人提醒道。「橫豎咱們自己警醒點，別讓海蠻子給劫了船。」

「可是那些海蠻子到底是何方神聖，怎麼如此厲害？」

「聽說那些海蠻子一共分三個幫派，每個幫派都有自己的勢力範圍呢！」有人小聲道。

「前些日子劫船的那個就是齊州幫，齊州幫的贖金要得最多，估計每個人要一百兩銀子左右。」

麥穗聽得心驚肉跳，大氣也不敢出一聲。

唉，沒想到海上的情況如此複雜，竟然有三幫海盜在海上作亂，那日後誰還敢跑船呢？

蕭景田像是沒聽見眾人說的話一樣，面無表情地起身付帳，又給小六子買了幾個燒餅，便大踏步地出了麵館。

麥穗連忙起身，跟了上去。許是蕭景田走得太快，她一出門便發現他早已不見蹤影，整個人頓時懵了。

天哪，就算他不在乎她，或是她做錯了什麼，他也不該把她扔在這裡不管哪！

她在門口站了一會兒，也不見蕭景田回來，便順著來時路，急匆匆地往回走。

天已經大亮，街上的人更多了，麥穗順著熙熙攘攘的人群，迷迷糊糊地往前走著。

她的方向感不好，來的時候天又剛矇矇亮，因此更加不知道該往哪裡走了。她只記得從這條街出去後，再上一座小橋、過一片民宅就能到海邊，到了海邊就萬事大吉了，小六子還在船上等著呢。

一會兒要是見到蕭景田，她決定不理他了。

若是他們人多，走散也就罷了，可他們不過兩個人，居然也能走散了……

這說明什麼？一是他故意的，二是他心裡只有他自己。

麥穗越想越生氣。

走著、走著，她驚訝地發現自己已經跟著人群，來到一個更加熱鬧的所在。此處的攤販們無不大聲吆喝著，前面不遠處的大戲臺上，還有個戲班子在賣力地吹拉彈唱。

她問了問路邊賣布鞋的老婦人，才知道今天恰巧是千崖島一月一次的千崖大集。

千崖大集的歷史可以追溯到前朝，每個月的二十八開集，在十里八鄉小有名氣。

只是周圍村落裡的婦孺幾乎沒人過來趕這個集，原因只有一個，交通不便利，因為還得坐船。故此過來趕集的一般都是島上的人和來自天南地北的商家，人一雜，集市上的貨物也雜，賣什麼東西的都有。只有你想不到的，沒有買不到的。

老婦人約莫六十歲左右的年紀，慈眉善目，滿頭白髮上斜斜地別著一支木簪。她上下打量麥穗一眼，笑道：「姑娘，妳是從外地來的吧？怎麼就妳一個人呢？」

「大娘，我是從魚嘴村過來的，我夫君去附近送貨了，讓我在這裡等他，順便逛一逛市集。」麥穗生性謹慎，沒說自己迷路，故作鎮定道：「您忙，我四處看看。」

「姑娘，妳切不可走遠了。」老婦人看了看四周，壓低聲音道：「海上不寧，島上也跟著不安穩哪！那些海蠻子每次得了手，都會來島上花天酒地一番，誰知道這集市上來了多少海蠻子？妳可得小心點才是。」

「多謝大娘提醒，我會小心的。」麥穗不以為意地笑了笑。

這光天化日之下，還能有什麼危險？難不成那些海蠻子還能明目張膽地搶人不成？

要是真遇到個什麼萬一，也只能怪蕭景田，誰讓他丟下她不管呢！

想到蕭景田，她心裡又是一陣氣，因此決定在集市上好好逛一逛。

反正他也不在乎她。說不定這個時候，他早就帶著小六子捕魚去了。

麥穗在集市上遛達了一會兒，這裡吃的、穿的、用的、玩的，幾乎什麼都有賣，看得人眼花撩亂。想來，這個集市沒一天工夫是逛不完的。

她亂逛了一圈，發現這裡的魚乾賣得還挺不錯，人們在買的時候，往往都是一籃子、一籃子的買，其中賣得最多的，是一種名叫海娃娃的魚乾。

這種魚麥穗認得，它只能曬成魚乾來吃，新鮮的時候反而不方便吃。因為海娃娃的肉太鮮嫩，放在鍋裡熬煮，反而會把魚熬成一鍋粥，吃不到完整的魚肉。

不過要是將海娃娃魚用鹽醃一下，曬成魚乾，等想吃的時候再用鍋子蒸熟，然後挑了刺，把魚肉跟大蔥拌在一起吃，便是一道昂貴的海鮮冷盤。

如果把這種海娃娃魚曬成魚乾，拿到這裡來賣，肯定是極好賣的。

麥穗問了問海娃娃魚乾的價錢，心裡很驚喜，曬這種魚所得的利潤，還是很高的。

她決定回去以後，就去魚嘴村的魚市看看這種海娃娃魚的鮮魚價和乾魚價，若是魚嘴村的價錢比這裡低上一些，這個生意就能做。

反正蕭景田的船每次出海都會路過這裡，千崖島的大集又是一個月一次，她過來趕這個集，其實也很方便。

想著想著，麥穗又興奮起來。

戲臺上已開鑼彈唱，咿咿呀呀的唱曲聲響徹整個集市。

麥穗生性愛熱鬧，便興致勃勃地去了戲臺那邊，雖然聽不懂臺上的人都唱了些什麼，但她很喜歡這種歡樂的氛圍。

沒有人陪著也無所謂，只要自己高興就行。

看戲的人很多，裡三層、外三層地圍得水洩不通。

靠得近了，反而看不到臺上的演出，因此麥穗見不遠處有個八角涼亭，裡面人不多，她便提著裙襬走進去。

三三兩兩的人進來涼亭後又出去，不一會兒，涼亭中竟只剩麥穗一個人了。

此時，三個身材魁梧的大漢嘻嘻哈哈地走進涼亭，一見到麥穗，其中一個身穿玄衣的胖子便上前笑問道：「哎呀，敢問小娘子在此做甚，是在等咱們嗎？」

「哈哈，我說胖頭，你問得這麼直接，人家小娘子會臉紅的。」三人之中最瘦的那個白衣男子，搖著扇子笑道：「我看這小娘子生得細皮嫩肉的，模樣也俊俏，就是不知道摟在懷裡會是什麼滋味。」他雖然身著白衣，膚色卻異常黝黑，一笑起來，露出一口大黃牙，讓人感到很噁心。

「我說瘦猴，摟在懷裡，哪有壓在身下銷魂？」另一個藍衣男子色迷迷地望著麥穗清澈無辜的眸子，垂涎道：「這次，你們誰都不要跟我搶，我先來。」

麥穗知道自己是遇到色狼了，心裡一陣驚慌，連忙轉身就往外跑。哪知三人身影一晃，很輕鬆地就把她圍在涼亭裡面。

那瘦猴笑道：「小娘子別怕，只要妳乖乖跟咱們走，我保證日後讓妳吃香的、喝辣的，可有妳的好日子過了。但要是妳不聽話，咱們兄弟幾個只好在這裡先把妳給辦了，到時候，妳可別害羞啊！」

「我、我是在這裡等我夫君的。」麥穗努力讓自己鎮靜下來，正色道：「他很快就來了。我勸各位還是趕緊離開，否則，別怪我夫君對你們不客氣！」

「哈哈哈，小娘子，妳那點小把戲騙騙自己還行，想騙咱們？妳還嫩著呢！」胖頭仰頭大笑，道：「瘦猴、鯰魚，你們聽到了嗎？這小娘子撒起謊來，可是連眼皮也不眨一下呢。」

「嘿嘿，咱們都跟了妳一路，也不見妳所謂的夫君在哪裡，倒是見妳像隻沒頭蒼蠅似的到處亂逛，想必是迷路了吧？」瘦猴將扇子抵在麥穗的下巴，一字一頓道：「小娘子不必驚慌，只要妳好好地陪一陪咱們，咱們辦完事，自然會送妳回家的。」

「無恥！下流！」麥穗甩手打掉他的扇子，憤然道：「我跟你們素不相識，無冤無仇，你們如此調戲良家婦女，就不怕遭天打雷劈嗎？」

三人聞言，你看我，我看你，一齊哄笑起來。

「哎呀，天打雷劈呢，我好害怕啊！」胖頭誇張地抱著胳膊哆嗦一下，閃身到了麥穗面前，伸開雙臂就要抱住她，卻被麥穗使勁地推了一把。

他一個趔趄，差點摔倒，待站穩後，便摸著下巴笑道：「這小娘子越看是越好看，乾脆咱們就在這裡拜堂成親吧。」

「來人啊，救命啊！」麥穗一時間驚慌失措，偷了個空隙就往涼亭外跑。

「想跑？哪那麼容易！」剛跑沒幾步，瘦猴身影一晃，再度擋在她面前，冷笑道：「小娘子，妳可別敬酒不吃吃罰酒。今天，妳是逃不出咱們幾個的手掌心了。」說著，他一把拽住她，往涼亭裡拖，嘴裡不乾不淨地道：「爺看上了妳，是妳的福氣，妳應該高興才是。」

「這還有沒有王法了？」麥穗手腳並用地踢打瘦猴，又抬腳狠狠地朝他的腳踩去，疼得他哇哇大叫。

遠遠地有人朝這邊觀望，卻並未上前幫忙。這等閒事，他們可不敢管。

「娘的，就不信治不了妳這個小娘子。」藍衣男子揚手就要朝麥穗的後頸劈去。這小娘子太難纏，還是先打暈了，扛回去再說。

他的手還未劈下，便覺得後背一陣勁風襲來，還沒來得及回頭看清來人是誰，他便一頭栽在地上，不省人事。

胖頭和瘦猴見半路殺出來一個多管閒事的男人，他們臉色一沈，紛紛揚拳還擊，三人頓時打成一團。

麥穗腿一軟，癱坐在地上，再也起不來了，眼淚也隨之掉下來。

他現在知道來了？索性讓她死了算了。

胖頭和瘦猴明顯不是蕭景田的對手，很快地敗下陣來，兩人不敢再戰，立即抱頭鼠竄，全然不顧依然躺在地上、昏迷不醒的藍衣男子的死活。

「妳沒事吧？」蕭景田見另外兩人逃走，並沒有追上去，而是大踏步走到麥穗面前。看見她衣衫不整、滿臉淚痕的樣子，他黑著臉道：「讓妳好好地跟在後面也能跟丟。妳說妳人生地不熟的，亂跑什麼？」

麥穗見他這個時候還在數落她，氣得轉身就走。她也不管該往哪裡走才是對的，就這樣不停地在集市上四處亂走著。

當蕭景田跟著她在同一個地方轉到第四圈後，終於忍無可忍地上前一把抱起她，大踏步地出了集市。

「放我下來，誰讓你抱我的？」麥穗在他懷裡扭來扭去地掙扎著，賭氣道：「你走你的就是，我是死是活跟你又有什麼關係？」

「夠了，別鬧了。」蕭景田臉色一沈，低吼道：「妳個笨女人！發現走錯路還不趕緊回原地等著，沒事跑去亭子裡幹麼？別告訴我妳是去那裡聽戲的。」

麥穗原本受了驚嚇，如今被蕭景田一陣訓斥，心裡愈加委屈，忍不住淚流滿面道：「我一出門就發現你不見了，我找不到你，又迷了路。如今出了事是我倒楣，用不著你來教訓我……」

想到剛才被那三個男子欺辱，她再也忍不住地掩面大哭起來。

# 第二十四章　鬧彆扭

麥穗哭得蕭景田愈加不耐煩，索性把她往地上一放，冷聲道：「等妳什麼時候哭夠了，就自己回去。」

麥穗只是哭，不停地哭。

自從她來到這個異世，她就想努力地生活，哪怕被麥三全一家逼著嫁到蕭家，她也不曾退縮過。

她下田幹活、操持家務、下海撈魚，全都是為了好好地過日子。

如今她受到這樣的侮辱，這個男人卻絲毫不覺得自己有任何過錯，反而還一個勁兒地數落她……

這樣的男人她才不稀罕呢！

不時有路人從她面前指指點點地經過，麥穗全然顧不上丟臉，只是沈浸在她的委屈當中。

突然，一股勁風迎面撲來，她又被人攔腰抱起，急匆匆地往前走。

「我不要你管！」感受到蕭景田的氣息，麥穗愈加惱怒道：「你放我下來，我可以自己走。」

蕭景田不說話，只是一聲不響地抱著她上船。

「三哥、三嫂，你們……」小六子看著蕭景田懷裡的麥穗，差點驚掉了下巴。

誰能告訴他，這究竟是怎麼回事？

蕭景田抱著她，不費吹灰之力地跳上船艙，不由分說地把她扔進睡艙裡。

麥穗順勢抱住被褥裝死，不再理他。

小六子不敢再多問，拿起槳就朝魚嘴村划去。

一回到魚嘴村，小六子識趣地抓起蕭景田給他帶回來的燒餅，便一溜煙地跑回家了。

麥穗哭得眼睛都腫了，根本也不好意思回家見人，便一動也不動地抱膝坐在船上。

不知為什麼，她突然不想回蕭家去了。她覺得那不是她的家。

想著、想著，眼淚又掉下來。

蕭景田是最煩女人哭的，如今見麥穗哭得唏哩嘩啦的，心裡一陣煩亂，索性起身下船，大踏步朝家裡走去。

他走了幾步，突然又轉身往回走，見麥穗依然坐在船上低泣，他臉一沈，一躍上了船，索性伸出長臂把這個倔強的女人一把攬進懷裡，低頭看著她哭得梨花帶雨的臉，沈聲道：「今天這件事是個意外，我又不是故意把妳弄丟的，妳到底在委屈什麼？」

「我今天差點被那幾個混蛋欺負了，你覺得我不該委屈嗎？」麥穗一把鼻涕一把眼淚道：「但凡你心裡稍稍顧及一下別人的感受，就不會發生這樣的事情了，你居然還好意思說你不是故意的？」

「好了、好了，這不是沒事嘛。」蕭景田見她眼淚、鼻涕都蹭了他一身，皺了皺眉，伸手拍拍她的肩膀，好聲好氣地勸道：「以後絕不會再發生這樣的事了，我保證。」

想起這個小姑娘膽子小，看來的確是嚇壞了。

是他大意了。

「沒有以後了，我再也不會跟你出去了。我於你來說，壓根兒什麼都不是，我又何必跟著出去礙眼。」麥穗推開他，擦擦眼淚，起身跳下船，頭也不回地揚長而去。

蕭景田望著她遠去的背影，悶悶地下了船。

唉，女人就是麻煩。

一連幾天，麥穗都沒跟蕭景田說話。

她連見都不想見到他。

反倒是蕭景田，卻像沒事人一樣，有時候還會有意無意地跟她搭話。但麥穗並不領情，通常是扭頭就走。

他若是受不了她的脾氣，就休了她吧！她就不信離了他，還活不成了。

孟氏最先發現他們兩人不對勁。她雖然生性有些懦弱，但並不糊塗。

雖說之前這小倆口就不怎麼熱乎，但那都是她兒子冷淡媳婦，可如今她怎麼瞧著像是倒過來，換作是媳婦不搭理兒子了呢？

她這個當娘的有些擔心，但也不好問媳婦，便找了兒子過來問話。

「娘，啥事也沒有，您就不要擔心了。」蕭景田淡然道。「做夫妻也是講究緣分的，沒有緣分，還渴求什麼琴瑟和鳴？」

其實上次的事情，他知道自己有錯，她受了驚嚇，他也能理解。但她回來後一直不理他，他就算想跟她賠不是，也沒機會啊！

沒想到，這個女人竟是如此倔強。

「你甭跟我說什麼緣分不緣分的，你們既然成了親，就是有緣分。」孟氏嗔怪道：「景田，你們成親也四個多月了，就算你是塊石頭，也該焐熱了。你媳婦若是個不講理又胡攪蠻纏的，倒也罷了，可如今娘瞧著這個媳婦是真的好，你就好好地跟人家過日子，早點生個孩子吧。你是男人，這些事還用娘教你嗎？」

蕭景田一句話也沒說，起身就走。

孟氏只是嘆氣。照這樣下去，她什麼時候才能抱上孫子啊？閨女的親事還沒有著落，而兒子成了親，卻遲遲不圓房，那不是跟沒成親一樣嘛！唉，怎是一個「愁」字能說得透啊？

正想著，只見蘇姨媽帶著蘇二丫匆匆地走進來。

一進門，蘇姨媽就拍著大腿哭道：「你們說，我這是造了什麼孽啊！居然養了這麼個不孝的東西，這可怎麼辦才好啊……」

孟氏嚇了一大跳，顫聲問道：「出啥事了啊？」

「姨婆，我三姑姑不見了。」蘇二丫眼圈紅紅地道。「今天早上祖母說了三姑姑幾句，三姑姑氣不過頂撞了祖母，隨後便甩門而出，再沒有回來。有人在村口見到三姑姑上了一輛馬車，所以、所以祖母擔心三姑姑她，她……」

「我家三姑娘之所以離家，怎麼說也是跟妳家景田有關係。」蘇姨媽擦著眼淚道：「這事他不能不管。」

「姊姊，妳讓景田怎麼管？」孟氏不明白，這件事怎麼就跟她兒子有關係了？

「當然是讓他出去把咱家三姑娘給我找回來！」蘇姨媽振振有詞道。「我一個婦道人家，二丫他爹又是個老實的，根本上不了檯面，這件事只能讓景田出面了。他不會是有了媳婦，就忘了表姊吧？」

有了媳婦，忘了表姊？這話怎麼說都不通啊！

「那此事等景田回來，我再跟他說便是。」孟氏低頭道。「只是他最近出海比較忙，我也不知道他啥時候能有空閒。」

「妹妹，我家三姑娘丟了，這是何等的大事，怎麼妳還惦記著讓景田出去捕魚呢？」蘇姨媽黑著臉道。「他蕭景田要是還有一絲一毫的良心，他表姊一有事情，他就應該義不容辭地擺在第一位。」

「是、是，是，回頭我會跟他說的。」孟氏訕訕地道。

夜裡，孟氏見南廂房屋裡的燈亮了，便推門走進去。

蕭景田正倚著窗臺看書，麥穗則在織漁網。

兩人雖然坐在同一炕上，卻猶如隔著千山萬水，誰也不想搭理誰。

見孟氏進來，麥穗勉強笑道：「娘來了，快炕上坐。」

「景田，今天你蘇姨媽來了，說你三表姊不見了，想讓你幫著找找。」孟氏看了麥穗一眼，又道：「咱們到底是一家人，你看咱們是不是應該幫幫忙呢？」

「三表姊不見了，那應該報官，找我幹麼？」蕭景田緩緩地翻著書頁，不甚在意地道：「再說了，不管發生什麼事，那都是她自作自受，還找什麼找？」

「景田，話不能這麼說，那畢竟是你表姊。」孟氏嘆道：「咱們能幫多少就幫多少吧，妳說是不是啊，媳婦？」

麥穗面無表情地點頭道「是」。

蕭景田要不要去找三表姊，跟她有什麼關係？她又不是蕭景田的誰。

她有些無奈地暗自翻了個白眼。

沒想到，她這個表情被蕭景田看在眼裡，不禁笑了笑。他看著麥穗，意味深長地問道：「妳也覺得此事我應該管？」

原本嬌嫩活潑的小貓，如今突然變成帶刺的小刺蝟，讓他有些不適應。

麥穗的眼皮抬了抬，沒搭理他。

「你媳婦是個通情達理的，當然覺得你該管。」孟氏繼續勸道：「景田，就當娘求你了。」

「我知道了。」蕭景田有些不耐煩地道：「若是三表姊今晚沒回家，那我再出去打聽一下便是。」

待孟氏走後，蕭景田又鬼使神差地問麥穗。「妳說三表姊是躲起來了，還是被人綁架了？」

他語氣輕鬆，甚至還帶著一絲調侃，似乎他三表姊不是那個等了他十年的癡情女子，而是路人一枚。

麥穗對他這個態度有些反感。她雖然也不喜歡三表姊，但她並不希望三表姊出什麼事好不好？

見他這樣問她，她便不冷不熱地道：「你自己都不關心了，又何必問我？」

「誰說我不關心了？」蕭景田正色道：「她是我表姊，她出了事，我自然很擔心。」

不知道為什麼，麥穗聽他這樣說，頓覺好笑。他眼裡只有他自己，哪裡知道要關心別人呢？分明是在瞎說。

「妳明天去一趟于記飯館，把這個月賣魚的帳結算清楚。」蕭景田見她的眉眼柔和了些，又道：「正好小六子明天要去鎮上買網線，妳跟他一起買好網線，再去飯館那裡把帳結了吧。」

「你讓小六子買完網線後，再去飯館把帳結了就是，幹麼非得讓我去？」麥穗面無表情道：「我明天還有別的事情呢。」

「我的事情就是妳的事情。」蕭景田伸手把籮筐扔到一邊，展顏笑道：「明天妳必須去。」

麥穗頓感無語，兩人一夜無話。

第二天麥穗醒來的時候，蕭景田早已不見蹤影，這個人總是行蹤不定，她都習慣了。

吃完飯，小六子便穿戴整齊地上門來找麥穗，好一起去鎮上買網線。

麥穗當然不好說不去，便跟著他一起去了鎮上。

「三嫂，我聽說錦繡繡坊的網線挺結實的，咱們去錦繡繡坊看看吧！」小六子提議道。

「好。」麥穗點頭應道。

小六子跟了蕭景田這麼長時間，對船上用的網線自然比她更明白一些。

此時錦繡繡坊的門虛掩著，裡面依稀傳來女子嬌軟的笑聲和男子低低的說話聲。

小六子剛想上前敲門，卻被麥穗一把拉住。「算了，不要進去了，咱們等會兒再來。」

若是不小心看到什麼不雅的畫面，豈不是很尷尬？

不一會兒，繡坊的門才悄無聲息地打開。

一個身材發福的中年人精神抖擻地走出來，上了停在不遠處的青篷馬車，緩緩離去。

「嘖，徐老爺的豔福還真不淺，那麼個千嬌百媚的人就這樣弄到手了。」不遠處，有人指指點點道：「我看這錦繡繡坊，很快也要姓徐了。」

「未必，我瞧著這個九姑也不是個省油的燈。昨日我還瞧見她跟于記飯館的掌櫃出雙入對呢！」另一個人壓低聲音道：「聽說兩人是青梅竹馬的情分，已經談婚論嫁了。」

因為聽他們提及于掌櫃，麥穗心裡一動，凝神偷聽。

「哎呀，這可如何是好，難不成兩人要共妻不成？」

「嘿嘿，都是鎮上有頭有臉的人，若是為了一個女人鬧起來，豈不是天大的笑話？」

麥穗嘆了口氣，原來古代也有三角戀哪！

買完網線之後，兩人又去了于記飯館。

于記飯館門前，已停滿了馬車，十二間廂房全部爆滿。看來，于掌櫃這個飯館的生意還不是一般的好啊！

帳房先生取過帳本，噼哩啪啦地打了打算盤，才輕聲細語地道：「一共是二十五兩銀子，小娘子再對對帳，看對不對？」

麥穗瞬間懵了，沒想到居然有這麼多銀子可以收。

蕭家老大、老二當初捕魚的時候，一年才拿回六兩銀子，如今在海上跟著龍叔養魚，一年下來也不過二十四兩銀子。

然而，蕭景田一個月就賺了二十五兩……

難道是算錯了？老帳房是不是移錯了小數點？

「怎麼？不對嗎？」老帳房見她臉上的表情有些奇怪，忙拿過帳本推到她面前，認真道：「小娘子妳看，帳上記得很清楚，這個月蕭公子賣魚的錢統共是三十兩。月中的時候，他過來預支了五兩，剩下二十五兩。這裡還有蕭公子的親筆簽名，妳仔細看好。」

「哦，沒什麼，對的、對的。」麥穗一聽不是移錯小數點，馬上心花怒放，興奮道：「這帳沒問題。」

「那就好。」老帳房這才鬆了口氣。

直到回了家，麥穗還有些雲裡霧裡的感覺。

整整二十五兩銀子啊！

加上蕭景田提前預支的那五兩，這個月蕭景田的收入足足有三十兩銀子。

麥穗越想越激動，之前蕭景田攬下的債務，終於能還清了！怪不得他一直說家裡的債務不用她管，原來他心裡有底呢！

蕭景田回來後，就看見麥穗坐在炕邊發呆。他感到有些奇怪，便上前問道：「銀子拿回來了？」

「拿回來了。」麥穗興奮道：「一共二十五兩啊！」

「噢，妳收起來吧。」蕭景田似乎不怎麼在乎這點銀子，雲淡風輕道：「看家裡缺什麼，拿銀子去鎮上買就是。」

「咱們還是先把債務還了吧。」麥穗提議道。

欠著人家銀子，讓她感到心裡不大舒服。如今拿到銀子的第一件事，當然就是要還債了。

「行，那妳看著辦吧。」蕭景田進屋坐了坐，又起身去了正房。

麥穗撇撇嘴，一臉無奈。

他這是啥態度啊？難道要她自己去還債不成？

孟氏蒸了包子，招呼麥穗過去一起吃晚飯。

蕭景田端坐在炕上跟蕭宗海說話，他們在談論鳳凰嶺的麥子，麥子長勢不錯，有望豐收。

蕭宗海心裡很激動，侍弄了這麼多年的莊稼，還是頭一回看到希望。那麼大一片麥子要是收割下來，不但欠老大、老二那兩袋白麵有了著落，以後三、五年的白麵也是夠吃的了。

昏黃的燭光下，一家人心情愉悅地坐下來吃晚飯。

「明天把家裡積攢的草木灰，推到麥田去撒上一些。」蕭景田的目光在麥穗身上落了落，很自然地挾了個包子給她，繼續道：「連根帶葉都撒上一些，既能防蟲也能當肥，至於灑多少，您看著辦就行。」

他雖然年輕，但說起莊稼來，卻像是個老莊稼把式。

以前蕭宗海還有些質疑，但現在看田裡的麥子長得這麼好，也就不再說什麼了。

孟氏見蕭景田竟然給他媳婦挾包子，心中很震驚。這兩人的關係什麼時候變得如此融洽了？見麥穗一副心安理得的樣子，她心裡又是一陣欣喜，看樣子兩人跟以前不一樣了。

「好，你忙你的，這些事情我來做就好。」蕭宗海倒沒注意兒子和媳婦有什麼不對勁，點點頭，又問道：「對了，景田，你三表姊的事情怎麼樣了？」

「有人說三表姊上了一輛馬車，出了村子。也有人在去禹州官道上的一輛馬車上看到了她。」蕭景田皺眉道：「我估摸著她是去禹州城了。」

「禹州城那麼大，怎麼找？」蕭宗海輕飄飄地道。「三姑娘如此大的人了，居然還這麼讓人不省心，要是不小心碰上土匪、強盜什麼的，該如何是好？」

不是自家的事情，蕭宗海不怎麼上心。

「今天我找狐大仙算了算，說三姑娘是朝西北方向去了。」孟氏倒很熱心。「看來她是真的在禹州城，咱們得趕緊去把她找回來才是。」

「禹州城那麼大，妳要去哪裡找？」蕭宗海白了孟氏一眼。「家裡不用幹活了？」

「無妨，那我明天抽空去禹州城走一趟就是，也耽誤不了多少工夫。」蕭景田這次倒是出奇的熱心，篤定道：「只要她在禹州城，就肯定能找得到。」

麥穗一聲不響地回了屋。

蕭景田隨後也走進來，見她又在擺弄那些銀子，頓覺有些好笑。「妳確定這些銀子要先還債？」

「當然，趁手裡有銀子，還是先把債務都還了才好。」麥穗拿出二十兩銀子，細心地用手帕包起來，遞給蕭景田，認真地道：「你現在就去還了吧，免得夜長夢多。」

「一起去吧。」蕭景田一本正經道：「日後若是有什麼糾紛，妳也好做個見證。」

「好。」麥穗欣然應道。

兩人出了門，順著彎彎曲曲的小路朝莊栓家走去。

# 第二十五章　他心目中的女人

月色如水，帶著鹹味的晚風習習吹來，吹得人們衣袂翻飛。

蕭景田領著她不知道拐了幾個彎，這才來到莊栓家門前。

莊栓的房子很氣派。

高大厚實的木門塗著亮亮的黑漆，門上綴著一對帶有暗紋的黃銅門環，在月光下閃著幽幽的光芒。

門是虛掩的，兩人信步推門進了院子。

一個黑影汪汪叫著撲過來，朝兩人吠了起來，嚇得麥穗直往蕭景田身後躲。

「不怕、不怕，黑子不咬人。」蕭景田挽住她，安慰道：「妳走妳的，不要看牠就是。」

「黑子，趴下。」莊栓站在門口訓斥道：「居然連景田也不認識了，沒眼力的東西！」

黑子警惕地看了看麥穗，嘴裡發出警告的低吼聲，直到聽見主人的責備，才訕訕地退回安置在牆角處的狗窩裡。

「來，屋裡坐。」莊栓熱情地招呼兩人進屋。

得知兩人的來意，莊栓的老妻蒙氏臉上樂開了花，嘴裡卻謙讓道：「銀子的事不著急，這才住了幾天啊！」

「嬸子，欠債還錢，天經地義。」麥穗淺笑道。「畢竟咱們是先住了房子，後付的錢，怎麼說也是咱們占便宜了。」

「啥占不占便宜的，那房子空著也是空著。」蒙氏笑了笑，取出茶壺，張羅著給兩人泡茶，道：「你們小倆口可有口福了，這茶是你們栓子叔剛剛從鎮上帶回來的新茶，說是從禹州那邊過來的。」

兩人喝了茶，又坐了一會兒，便起身告辭。

麥穗害怕那隻叫做「黑子」的狗，出門的時候她緊緊地貼在蕭景田的身後。以後莊栓家能不來的話，還是不來的好。

蕭景田見麥穗嚇得緊緊地拽住他的衣角不放，心裡頓覺好笑。不過是一條狗，竟然把她嚇成這樣？

第二天一大早，還沒等蕭景田動身去禹州城，蘇三姑娘便回來了。

她是被人送回來的，而且是送到了蕭家。

「三姑娘，妳快說，到底是怎麼回事？」蘇姨媽哭哭啼啼地拽著三姑娘，泣道：「給我從頭到尾地說，原原本本地說，妳有沒有被人那啥……」

「娘，您亂猜什麼啊！」蘇三姑娘嗔怪道。「我是在城外的官道上碰見了劫匪，剛巧被路過的一個壯士所救，那壯士行俠仗義，是個好人。」

蘇姨媽這才放了心。

「後來我才知道，他是鏢行的人……」蘇三姑娘唇邊漾起一絲笑意，垂眸道：「他叫袁庭，巧的是他認識景田，一聽我是景田的表姊，二話不說就派人把我給送回來，還說改天會再來看我呢！」

知女莫若母，蘇姨媽見蘇三姑娘滿臉嬌羞，只覺腦袋裡「嗡」的一聲響，指著蘇三姑娘問道：「妳、妳不會是又看上那個什麼袁庭了吧？」

「是又怎麼樣？」蘇三姑娘抬了抬下巴，不以為意道：「他怎麼說也是我的救命恩人……」

既然是救命之恩，以身相許怎麼了？

直到晚上，麥穗才聽孟氏說，那個袁庭對蘇三姑娘一見傾心，想娶她做側室。而蘇三姑娘也是願意的，她覺得袁庭是真的喜歡她。

袁庭說蘇三姑娘是他見過最美的女人，當然更重要的是，袁庭的正室並不在禹州城，她嫁給他，覺得自己跟正室是沒啥區別的。

蘇姨媽雖然不怎麼同意，但也不敢再阻攔，若是再鬧上一齣，那三姑娘就真的嫁不出去了。

為了女兒，她這個當娘的就算再不願意，也只得點頭應了這門親事。

好在那個袁庭倒是挺真心的，過沒幾天便有模有樣地請媒人上門下了聘禮。原本他是想儘快把人娶回去的，但蘇姨媽想著養大女兒不容易，不能輕易便宜了他，硬是咬著牙沒鬆口，說是等過了中秋節再說。

袁庭爽快地答應了。

蘇三姑娘的婚事，終於塵埃落定。

蕭家所有的人，包括姜孟氏一家，都鬆了口氣。

總算是嫁出去了！

「等三姑娘嫁出去，就該輪到二丫嫁過來了。」姜孟氏坐在麥穗家的炕上，環視著收拾得亮亮堂堂的屋子，喜孜孜地對麥穗道：「我呀，現在是心心念念地盼著狗子娶媳婦呢，等他娶了媳婦，我這顆心才算是真正放下了。」

姜孟氏還不到四十歲，就要當婆婆了啊……

「對了，景田媳婦，妳上次不是跟著景田去千崖島了嗎？怎麼不見妳說起？」姜孟氏探究地看著麥穗，道：「我可是聽說了，你們從千崖島回來那天，妳是哭著跑回來的，是不是景田欺負妳了？妳跟我說，我替妳說說景田。」

「哪有啊！」麥穗尷尬道：「妳聽誰說的，淨瞎扯。」

「小六子的話還能有假？兩口子嘛，不吵不鬧不熱鬧，沒啥不好意思的。」姜孟氏推了她一把，打趣道：「你們孤男寡女成天在一個炕上睡著，我就不信你們心裡不想點啥，說說看，你們為啥鬧彆扭了？」

「表姊，咱們真的沒有，是小六子看錯了。」麥穗暗想小六子嘴真快，笑著轉移話題道：「咱們去的那天，正好碰到千崖島一個月一次的大集，我看見那裡海娃娃魚乾賣得不錯，還尋思著咱們回頭來曬點海娃娃魚過去賣呢！」

「妳說的那種魚我知道，只是咱們淺灣這邊沒有，得到深水裡去捕撈才行。」姜孟氏笑道：「這事妳得跟妳家景田說，他那大船倒是正合適。」

「什麼事得跟我說？」蕭景田大步跨進來問道。

「景田回來了。」姜孟氏笑著起身，看了看麥穗，揶揄道：「讓你媳婦親口跟你說吧，你們聊，我先走了。」說完，一溜煙地跑出去。

蕭景田一臉疑惑地看著麥穗。

「剛才我在跟表姊說，千崖島大集上的海娃娃魚賣得不錯，便想咱們能不能曬點海娃娃魚過去賣。」麥穗垂眸道：「表姊說，咱們淺灣這邊沒有那種魚，得去遠海才行，又說你的大船正合適出遠海。」

「知道了，等咱們收割完麥子再說吧。」蕭景田取過他早上放在窗臺上的書，脫鞋上了炕，不冷不熱地道：「再過三、五天，田裡的麥子該收割了，等忙完之後，我再出趟遠海，給妳撈點海娃娃魚。」

「好。」麥穗見他漫不經心地翻著書，突然想到上次看到的那個黑衣人，她心裡有些忐忑，又道：「上次那個黑衣人說的話，不能不信，我覺得呢，咱們這幾天還是去田裡看著的好。」

那麼大片麥子，若是真的被那些別有居心的人給毀了，多讓人心疼。

「聽妳這麼一說，我也覺得應該做些什麼。」蕭景田見她緊張兮兮的樣子，便順水推舟道：「要不，咱倆輪流去顧麥子，白天妳去，晚上我去？」

「行。」麥穗立刻應道。

「若是白天那個黑衣人去了，妳打算怎麼辦？」蕭景田看著她，問道：「妳確定能打得過他？」

「就算打不過，有人在總比沒人好。」麥穗見他話裡帶著一絲調侃，便道：「再說家裡不光我一個人，爹、娘和芸娘，他們都能去。」

「那好，你們白天輪值，我晚上去。」蕭景田一本正經地點頭道：「家裡的麥子能不能有個好收成，就看妳的了。」

麥穗不敢置信地看了他一眼，腹誹道，敢情都成了她的責任了?!

第二天，孟氏早早起身熬了紅棗粥，讓麥穗和蕭景田去正房喝粥。

麥穗這才知道，今天是孟氏的生辰。

「娘，今天讓嫂子她們過來吃飯嗎？」麥穗問道。

畢竟是長輩過生辰，總得慶祝一下吧。

「不用，女人還過什麼生辰？」孟氏見麥穗很慎重的樣子，便笑道：「等妳爹生辰的時候，他們都會來的，我生辰這天，也就是喝個紅棗粥。」

「那是以前，現在我回來了，這生辰得過。」蕭景田不假思索地道：「咱們也不用在家裡忙活了，直接去于記飯館就行。」

「那得花多少銀子啊！」孟氏嗔怪道：「不去。」

「就是于掌櫃的那家飯館嗎？」蕭芸娘聽蕭景田這樣說，很是興奮。「我聽說他家院子有棵大槐樹，能遮住院子裡所有的房間呢。」

「對。」蕭景田點點頭，道：「咱們今天晌午就去他家吃飯。」

「三哥，你真好。」蕭芸娘邊笑邊搖著孟氏的手，道：「娘，去嘛、去嘛，咱們家還從來沒去飯館吃過飯呢。」

「去飯館多費銀子，我不去。」孟氏忙道：「那還不如在家裡吃。菜是自己種的，也省錢。」

雖然兒子跟于掌櫃關係不錯，但他們一大家子人也不能白吃白喝，銀子總歸還是要付的。

「就這樣定了。」蕭景田放下碗筷，對麥穗道：「待會兒妳叫上大嫂、二嫂她們，都先去飯館裡等著，待我出海回來後，就跟爹去找妳們。」

「好。」麥穗點頭答應。

她雖然也有些心疼銀子，但蕭大叔作的決定，貌似輕易改不了。

「真的要去呀，那得花多少銀子呢……」孟氏一個勁兒地看著麥穗，意思是要她幫著勸勸兒子，不要去飯館了。

麥穗裝沒看見，卻在心中暗自腹誹。

妳自己的兒子難道妳還不瞭解嗎？他聽得進別人的勸嗎？

再說了，她在他心目中又沒有什麼分量，他根本不會聽她的。

她才不去自討沒趣呢！

「你們去你們的，不要管我，這方圓十里內原本就沒有多少地能種麥子，咱們家冷不防地收成這麼多麥子，難免會讓人眼紅。我想過了，從今天開始，我得在田裡看著那片麥子才行，很快就要收割了，可不能再出什麼差錯。」蕭宗海皺皺眉，臉上的皺紋深了深，鄭重地道：「老話說得好，害人之心不可有，防人之心不可無，凡事總得小心點才是。」

「對喔，咱們村子裡的麥子難得，是得好好看著點。」孟氏這才反應過來，忙道：「我看不用去飯館了，還是去田裡守著麥子吧。」

看來，有憂患意識的不只她一個呢。

麥穗不動聲色地喝著粥。

婆婆熬的紅棗粥挺不錯，入口軟綿，香糯可口，吃起來口齒生香。

「爹、娘，你們放心，會有人看守的。」蕭景田有些不耐煩地起身下炕道：「你們就別再說了，難道我就不操心那片麥子嗎？」

蕭宗海和孟氏對視一眼，這才訕訕地住了口。

見蕭景田這樣有把握，麥穗越發不解了。那他昨晚，怎麼還跟她說要一起輪流著顧好麥子呢？

沈氏和喬氏頭一次來于記飯館，這兒瞅瞅、那兒摸摸的，感到很新奇，尤其看到院子裡那棵大槐樹，更加覺得于掌櫃不簡單。

別的不說，就這麼粗的樹，她們還是頭一次見到呢！

蕭芸娘礙於爹娘出門前的叮嚀，不敢太過放肆，只是規規矩矩地跟在嫂子們身邊。

在于掌櫃熱情的引領下，一行人進了後院廂房，還是上次麥穗跟蕭景田一起吃飯的那間廂房。

屋裡一切如舊，像是沒有外人進來過一樣。

時值晌午，前來吃飯的人越來越多，于掌櫃把她們領進廂房，客套了幾句，便匆匆去前院招呼客人了。

孟氏心疼銀子，坐在炕上如坐針氈。

若不是兒子執意要來，她恐怕這輩子都不會到這種地方來吃飯。

「看來老三是掙到不少錢了，要不然哪能請咱們到這裡來吃飯呢？」沈氏穿著一件半舊的藍色葛布衣裙，鬢間斜斜地插了一支木簪，看上去比以前豐潤許多，笑道：「果然還是老三能幹。三弟妹，妳就跟著享福吧！」

「大伯、二伯也掙不少錢呢，咱們都享福。」麥穗淡淡道。

「哎呀，他們倆賺的那點錢，在老三面前算啥？」喬氏眸光流轉道：「不過是每個月二兩銀子，這一年下來也才二十四兩，我家石頭的學費就要十兩了，這雜七雜八地算下來，真是不夠用。」

「可不是，若是比起來，就數我家福田最沒本事了。先不說老三，就是老二在鋪子裡也能跟著長長見識不是？」沈氏絞著帕子道：「前些天我還讓福田去跟龍叔提一提，看能不能也去鋪子裡賣魚，可福田壓根兒不動心，硬說做不來老二那個差事，說自己就喜歡待在村子裡養魚。妳們說，氣人不氣人？」

「大嫂，妳也不能怪我大哥，上次我二哥那事得多嚇人啊。」蕭芸娘見三個嫂子聊得正歡，忍不住插嘴道：「我覺得還是待在家裡安穩些。」

「也是。」孟氏也跟著附和道：「上次的事情的確挺嚇人的。」

「上次那事吧，石頭他爹說了，那些劫匪也沒啥可怕的。」喬氏不以為然道：「他說他們是分開關押的，那些人就是剛開始那幾天態度凶了些，後來可都是以禮相待呢，反正石頭他爹覺得沒啥大不了的。」

「那是他膽子大，我看其他人回來的時候，都面黃肌瘦的，就二叔精神著呢。」沈氏心有餘悸道：「聽說好幾個人回來後，都嚇得病了好幾天呢。」

女人們坐在炕上，有一句沒一句地閒聊著，氣氛倒也融洽。

「妳們在說些什麼呢？這麼熱鬧。」說話間，蕭福田和蕭貴田兄弟倆一前一後地走進來。

炕上一下子變得擁擠起來。

兩個孩子直嚷嚷著餓了。

「我出去看看，讓他們先給孩子們上些點心。」麥穗乘機走出去，到前院找店小二點了盤點心。

店小二認識麥穗，二話不說去灶房端了盤點心送過去。

蕭景田和蕭宗海還沒有來，麥穗正猶豫著要不要先點菜，便順手去櫃檯上取了一本菜譜。剛轉身，卻聽見身後傳來一個男子帶著驚喜的聲音。「穗兒，妳怎麼在這裡？」

身長如玉的白衣男子站在廊下，正滿面春風地看著她，眉眼間全是驚喜和愉悅。

「吳公子，你也在啊。」麥穗微微一欠身。

「穗兒，妳還好嗎？」吳三郎上下打量她一眼，見她身上的衣衫還是以前他見過的那些葛衣布裙，又見她稱呼他「吳公子」，心裡一陣酸楚，忍不住上前握住她的手，動容道：「穗兒，我知道妳過得不好，妳放心，且再等我些日子，待我高中，就回來接妳。」

「接我？」麥穗甩開他的手，不敢置信地道：「吳公子年紀輕輕怎麼如此健忘？如今我已經嫁人，吳公子是打算怎麼接我？」

「穗兒，我知道妳在蕭家過得不好……」吳三郎信誓旦旦道：「妳放心，待我考取功名後，自有辦法把妳從蕭家接出來。」

麥穗淡淡地看了他一眼，少年依然是記憶中的少年，但畢竟是原主跟他之間的竹馬情懷，與她沒有任何關係。

況且，她也不喜歡他。

「穗兒，妳該不會還在生我的氣吧？」吳三郎見她表情甚是冷淡，忙道：「妳相信我，我不會棄妳於不顧的，妳等我。」

于記飯館的前院，一直是處於爆滿狀態。

院子裡的食客不斷地進進出出，她可不想被人誤會她跟他之間有什麼曖昧情事。

話說這個吳三郎也真是的，這般輕浮的話也能說出口，當人家蕭景田是空氣嗎？

麥穗剛想再說什麼，卻見蕭景田正站在門口，面無表情地看著兩人。

她心裡不由一陣尷尬，逃也似地跑回後院。

# 第二十六章　喝醉了

蕭景田果真是大手筆。

點了滿滿一桌子好菜，幾乎把這間飯館裡所有的美味都網羅過來。

一家人吃得很開心。

尤其是兩個孩子，吃得肚子圓滾滾，不得不去院子裡來回走動著，好消消食。

麥穗瞧著蕭景田臉上的表情並無異常，似乎方才壓根兒就沒看到她在跟吳三郎說話，想來他就算瞧見了，也不會在意吧。

想著、想著，她莫名又有些委屈，但自己不過是他的「室友」，還能指望他怎麼樣呢？

「咦，三弟妹，妳怎麼不喝酒啊？」喬氏眼尖，見麥穗碗裡的酒壓根兒沒動過，便笑道：「老三把婆婆的生辰弄得這麼熱鬧，沒有酒怎麼行？快喝了、喝了。」

「就是，這酒妳得喝。」沈氏吃得開心，笑得也開心，提議道：「不如，咱們三個敬婆婆一杯？」

「大嫂這個提議好，妳們三個媳婦是得向娘敬酒。」蕭貴田噴著酒氣說：「不過，得咱們兄弟三個先敬了酒再說。」說著，又扭頭跟蕭福田和蕭景田道：「老大、老三，咱們是不是得先敬娘一杯？」

「對、對、對，是得先敬娘。」蕭福田連喝了幾杯，舌頭都打結了。

蕭景田微微一笑。他拿起酒壺，給兩個哥哥和孟氏斟滿酒後，又給自己倒滿一杯酒。

兄弟三人畢恭畢敬地向孟氏敬酒。

孟氏受寵若驚，激動得說不出話來。

「你們的心意，她這個當娘的就心領了。」蕭宗海樂呵呵地道：「只是她不會喝酒，就讓她以茶代酒吧。」

麥穗忙拿了空的茶碗，給孟氏倒上茶。

「好了，他們敬完了，現下輪到咱們了。」喬氏滿臉紅光地起身給麥穗和沈氏倒滿酒，又給孟氏倒滿茶。

三個媳婦也恭恭敬敬地敬了婆婆一杯酒。

喬氏又多敬了一杯，她酒量不錯，連喝了兩杯，竟然臉不紅、心不跳的，就連沈氏也是如此。

麥穗暗暗稱奇。

「娘，大嫂，二嫂，我也不會喝酒，我也以茶代酒敬娘吧。」麥穗為難道，她是真的不會喝酒。

「嘖嘖，三弟妹，娘是長輩，不喝可以，咱們可不行。」喬氏不依不饒道：「再說了，只有不願意喝酒的，沒聽說過不會喝的。這酒是越喝越能喝，若是滴酒不沾，那才無趣呢！大嫂，妳說是不是？」

「那是，這酒必須得喝。」沈氏會過意來，端起酒杯硬是塞到麥穗手裡，笑道：「妳是第一次給婆婆過生日，老三又辦得如此隆重，這個酒，妳必須喝。」

麥穗扭頭看了蕭景田一眼。

誰知這個男人卻像是老僧入定般，坐在那裡紋絲不動，並沒有要搭理她的意思。

「三嫂，妳也不用看三哥。」蕭芸娘嘻嘻笑道。「男人要是替妳喝一杯，妳可得喝十杯才能還回來。」

「對、對、對，十杯頂一杯。」喬氏笑道：「老三，你可要替你媳婦喝酒？」

蕭景田像是沒聽到似的，只是不停地喝茶。

「哎呀，算了，老三媳婦不會喝，就別讓她喝了。」孟氏解圍道：「妳們的心意我都領了，茶酒都一樣。」

「那可不行，酒桌上有酒桌上的規矩。」喬氏堅持道。「以後這樣的場面還多著呢，三弟妹難道都要喝茶嗎？」

「我喝。」麥穗見蕭景田壓根兒就不看她，便賭氣般地拿起酒杯一飲而盡。

苦辣的味道瞬間席捲咽喉，她強忍著沒有吐出來。

沈氏和喬氏也紛紛舉杯乾了。

麥穗坐在那裡，只覺得頭暈暈乎乎的，身子也越來越沈。她的身邊一片嘈雜，卻聽不清大家在說什麼，最後，就什麼也不知道了。

醒來的時候，她發現自己已經躺在家中的炕上。

月光肆無忌憚地從窗外灑進來，在屋裡投下一抹模糊的光暈。

她躺在被窩裡，努力地回想一下，才想起白天的事，心裡一陣尷尬。
天哪，她肯定是喝醉了，被人給抬回來的吧？好丟人啊！
「醒了？」炕的另一邊，傳來男人低醇的聲音。「要不要喝水？」
「要。」麥穗這才覺得自己的喉嚨有些乾，忙點點頭，又想到還得麻煩他，便又搖搖頭。「我不渴。」
蕭景田看了她一眼，起身給她倒水。
麥穗臉一紅，知趣地接過碗，咕嚕咕嚕的一口氣就把水給喝光了。
「睡吧。」蕭景田把碗放好，又上炕躺好。
「我、我是怎麼回來的？」麥穗忍不住問道。
「自然是我抱妳回來的。」蕭景田淡淡地道：「不能喝就別喝，逞什麼強？」
他見過酒量小的，卻沒見過酒量如此小的。只喝了一小杯的酒，竟然就可以醉到不省人事。
「我也不想喝醉的。」麥穗想到這麼遠的路，讓他抱著她回來，心裡一陣尷尬。「可是你又不幫我。」
「妳又沒說讓我幫妳，我要怎麼幫妳？」蕭景田反問道。「我以為妳自有辦法解圍呢。」
「可是你從頭到尾都沒搭理我。」麥穗躲在被窩裡委屈道：「我也不好掃了大家的興致，所以才忍著喝了的。」

「這麼說，妳倒是那個忍辱求全的了？」蕭景田忍不住嘴角微翹。

當時他看她一臉大義凜然的樣子，還以為她在謙讓呢，哪裡知道她是真的不能喝。

「當然了，我又不知道你們家的人都是好酒量。」麥穗說著，這才發現她身上的衣裳被換過了，吃驚道：「是誰幫我換的衣裳？」

「除了我，誰還能給妳換衣裳？」男人似乎看穿她的心思，波瀾不驚道：「妳放心，當時妳吐得一塌糊塗，我只給妳換了外衣，裡衣根本沒動，我什麼也沒看到。」

麥穗的臉瞬間紅透了。

兩人一陣沈默。

「今天我在飯館碰到了吳三郎，所以就打了個招呼，說了幾句話。」麥穗覺得有必要跟蕭景田解釋清楚這件事，她正色道：「他說的話，你別往心裡去，我不想再跟他有什麼瓜葛的，希望你相信我。」

「放心吧，我不會放在心上的。」蕭景田漫不經心道：「像那種弱不禁風的文弱書生，我是壓根兒瞧不上的，他連當我對手的資格都沒有。」

麥穗一時語塞。

蕭大叔還真是自負！

終於到了收割十畝麥田的日子。

一家人興高采烈地拿著鐮刀到了田裡。

蕭宗海說這片麥子雖然是熟了，但其實還可以往後拖幾天的，讓成熟的麥粒在麥稈上晃悠幾天再收割也不遲。

但蕭景田執意要收割。

他說過幾天有雨，若是收遲了，麥子會曬不乾，磨成粉以後會影響麵粉的口感。

蕭宗海是老莊稼把式，如今看著更年輕的莊稼把式兒子，再看看這萬里無雲的晴空，心裡雖然有所質疑，卻還是選擇了相信蕭景田。

麥穗沒有割過麥子，心裡有些犯愁。

眼瞅著蕭宗海和蕭景田很快地放倒了大片麥子，自己卻只能龜速向前。好在蕭芸娘也不是個快的，她們兩人就這樣慢騰騰地並肩齊行在田裡。

鐮刀雖然磨得鋒利，但麥穗拿在手裡卻有千斤重，加上姿勢不對，她才割了沒幾下，手上竟然起了水泡，可大家都在幹活，她也不好意思說出來，只得咬牙繼續割麥子。

蹲在與腰齊深的麥田裡，幾乎讓人透不過氣來。麥穗累得滿頭大汗，蕭芸娘則似乎壓根兒不想割麥子，因為她每割一把，都要細細地數數她這把割了幾根，然後再整整齊齊地擺在一旁放好。

麥穗對這種偷懶行為很鄙視。

但她自己也比蕭芸娘快不了多少，自然不好意思說人家。

孟氏性子雖然慢，幹活卻很快，她揮舞著鐮刀，竟然不比那兩個大男人慢多少。

許是見麥穗和蕭芸娘太慢，她還沒割到盡頭便又迅速地割回來接應姑嫂倆，見麥穗不停擦汗，忙道：「媳婦，妳先去喝點水，休息一會兒，看妳熱的。」

「不用了，我割得也不多。」麥穗不好意思地看著孟氏道：「我在家沒割過麥子，不熟練。」

「娘，我累了，我去喝水了。」蕭芸娘乾脆扔了鐮刀就往田埂走去，喝了水後又說肚子疼，竟然招呼也不打一聲就跑了。

麥穗望著蕭芸娘理直氣壯的背影，幽幽地想，當人家的女兒就是好啊！

「怎麼？累了？」蕭景田一邊拿起毛巾擦汗，一邊朝她走過來。他已經割了一個來回，放倒了一大片麥子，照他這個速度，這片麥子很快就能割完了。

「不累，我過來喝水。」麥穗喝完碗裡的水，又彎腰取了另一個碗，倒滿水後才遞給他。

蕭景田接過來，咕嚕咕嚕地一口氣把水喝完，又從腰間取出帕子，擦了擦額頭的汗，神色淡淡地道：「妳不用割了，去把咱們割下的麥子捆起來就行，反正這些麥子遲早也得捆。」

「好！」麥穗心裡一喜，又環視一眼四周，問道：「有麻繩嗎？」

沒有麻繩怎麼捆？

「用麥稈當麻繩。」蕭景田隨手抓起一把麥稈，分成兩股，熟練地挽了個結，然後往兩邊一拽，麻利地把地上成堆的麥子捆起來，問道：「會了嗎？」

「會了、會了。」麥穗連連點頭。

「妳捆一個我看看。」蕭景田意味深長地看著她。

這是要考她嗎？

麥穗忙學著他的樣子，取了麥稈，笨拙地挽了個結，有模有樣地捆著麥子。哪知她還沒直起身子，那一束麥子便散了，她打的那個結也鬆了。

「剛才你打得太快，我沒看清楚。」麥穗訕訕地笑道：「麻煩你再做一次示範。」

蕭景田頓感無語。她剛才不是說會了嗎？

「景田，讓你媳婦回去做飯吧！」蕭宗海遠遠地喊道。「這原本就不是女人在幹的活兒。」

「哎呀，你別管，由他們去吧。」孟氏忙扯了扯蕭宗海的衣角。

「怎麼，妳是心疼兒子，還是心疼媳婦？」蕭宗海不解地問道。

「景田原本就不怎麼中意這個媳婦，如今他既然願意教她做這些活兒，你就讓他教唄。」孟氏嗔怪道。「讓他們多說說話，多經歷點事情，總是好的。」

這幾個月以來，她能看得出來兒子對媳婦的態度慢慢變好，她越看越覺得他們兩人是十分般配的。

什麼時候兒子想明白了，她離抱孫子也就不遠了。

蕭宗海會意，也就不再說什麼，繼續彎腰割麥子。

蕭景田又不厭其煩地示範幾次，麥穗才勉強捆緊一束麥子。

麥穗望著田裡成排的麥堆，欲哭無淚，這得什麼時候能捆得完啊？

捆了一會兒，麥穗便驚奇地發現，前面的麥堆不知什麼時候都被蕭景田給捆好，並且整整齊齊地立成了一排。

她望著他高大魁梧的身影，臉不禁悄然紅起來。他這是在幫她嗎？

蕭芸娘雖然偷懶，卻也知趣，早早地送了午飯和水過來。一家人坐在田埂吃了飯，稍稍歇息一會兒，才又開始幹活。

下午，蕭景田依然幫著麥穗捆麥子。

一天下來，麥穗其實也沒幹多少活。

蕭景田一邊賣力地割麥子，還要一邊幫她捆麥子，實在是太辛苦了。麥穗自知在捆麥子方面沒有什麼天賦，只好一趟趟的給他送水喝。

「妳的手怎麼了？」蕭景田從她手裡接過碗的時候，終於發現她手上未消的水泡。

「沒啥，就是磨了個泡。」麥穗淺笑道：「是我拿鐮刀的姿勢太生硬了。」

「把手伸出來，我看看。」蕭景田放下碗，索性拉著她，坐在麥堆上，從腰間懸掛著的腰包裡，取出一個牛皮小袋子。

他從小袋子裡取出一根長長的銀針，抓住她的手，細心地為她把水泡挑破。然後又取出一個小瓷瓶，撒出些許白色細末倒在傷口處。他的動作很輕柔熟練，像是經常給人上藥的樣子。

「你怎麼會有這些東西啊？」麥穗有些難以置信地問道。

「這些都是以前用過，沒用完剩下來的。」蕭景田淡淡道。「一直放在包裡沒拿出來過，不想，卻在今天用上了。」

「謝謝你，一點都不疼了。」那些白色細末敷在傷處很清涼，而且還感覺不到疼痛。傍晚的霞光灑在他身上，他的眉眼在橙色的天光裡顯得格外柔和。

她看著他，忍不住心頭微動。這個男人待她，還是不錯的……

有了蕭景田這個勞動力，十畝麥子不到三天便收割完畢，接著把麥子拉到房前平坦的石板路上打麥子，就是用石滾子把麥粒打出來曬乾，又如此忙了兩天，才把黃澄澄的麥子裝了麻袋、收了倉。

蕭宗海和孟氏從來沒見過這麼多麥子，樂得合不上嘴，這下好了，老大、老二媳婦的那兩袋白麵總算能還上了。

麥穗心中更是高興，這些麥子足夠吃好幾年了。

一連幾天，她都用無比崇拜的目光看著蕭景田。

跟著蕭大叔不但有野豬肉吃、有糖吃，還有白麵吃啊！

蕭景田豐收了十畝麥田的麥子，這個消息像風一樣傳遍整個魚嘴村，甚至還驚動了久未露面的王大善人。

「什麼，竟然收了近萬斤的麥子，怎麼可能？」王大善人簡直難以置信。這些年來，那塊地可是種啥都不長，怎麼可能收了那麼多糧食？

「爹，是真的，魚嘴村的人親眼看見蕭景田在田裡打下那些麥子，還裝了幾十個麻袋，都說他發財了啊！」王子揚哭喪著臉，結結巴巴地道：「他、他蕭景田收割糧食事小，可是、可是、外面的人肯定會笑話咱們，說咱們有、有眼不識泰山，守著金元寶卻不知啊！」

「放心，他既然是租咱們的地，那租子可不能少給咱們的。你去跟黃有財說，讓他準備八成的租子給咱們送來，少一斤咱們就跟他沒完。」王大善人冷笑道：「以前是看那片地荒著也是荒著才租給他的，如今這地可說是風水寶地，我豈能善罷甘休？」

「嗯，好，我、我這就去趟魚嘴村。」王子揚興沖沖地跳上馬車，一溜煙地去了魚嘴村，直奔黃有財家。

「八成租子？」黃有財得知王子揚的來意，吃驚道：「我記得當時景田是立了字據的，說是給兩成租子的啊！」

「那、那是荒地的價錢。」王子揚不屑道：「現在我那塊地是荒地嗎？分明是、是風水寶地，風、風水寶地的租子自然得貴一些，只收他八成算是少的了。若、若他不服，就儘管到衙門來告咱們就是。」

「我的大公子，那蕭景田可不是好惹的，難道你沒聽說他當過土匪的事情？」黃有財提醒道：「這事，不大好辦啊！」

蕭景田要收多少糧食，交多少租子，跟他沒有半點關係，他又得不到什麼好處。兩邊都是不能輕易打發的人家。

他誰也不想得罪，也得罪不起。

「怎麼不好辦、辦了？」王子揚憋紅臉說道：「你、你叫他來，我來跟他說，沒、沒聽說過種人家的地還有理了？」

黃有財只得苦著一張臉出門，去了蕭家。

# 第二十七章 仗勢欺人

蕭景田出海去了，蕭宗海也不在家。

孟氏一聽黃有財的來意，瞬間慌了神，連聲說這麼大的事情，得等男人們回來再說。

這幾天以來的興奮感，頓時雲消霧散。她就知道好事沒那麼容易落到他們頭上，這不，前腳剛收了糧食，後腳東家就找上門來了。

竟然還跟他們要八成的租子！唉，這該如何是好？

「娘，我去跟他說。」麥穗一聽很氣憤，這擺明了是在仗勢欺人嘛。見孟氏心慌意亂，她連忙安慰道：「咱們可是立了字據的，他們這樣就是無理取鬧。」

「那妳過去要好好跟少東家說，切不可惹惱了他。」孟氏壓根兒不覺得媳婦能解決此事，不過她也擔心蕭景田的那個暴脾氣，會跟人打起來，還是讓媳婦先去探探虛實也好。

王子揚見來了兩個女人，很是不屑，蹺著二郎腿道：「你、你們蕭家的男人都是慫、慫包嗎？怎麼讓女、女人出面呢？」

「少東家說笑了，白紙黑字的事情，還用著男人出面嗎？」麥穗不慌不忙地拿出字據往王子揚面前一推，笑道：「少東家，字據上寫得明明白白，每年交兩成的租子，咱們可是都賴不掉的。」

「我再說一遍，那是荒地的、的行情。」王子揚見來人竟然是個俏麗的小娘子，馬上直起身子，上上下下把麥穗打量一番，媚笑道：「不過，看在小娘子伶牙、伶牙俐齒的分、分上，咱們一切都好商量。」

「怎麼商量？」麥穗感受到他不懷好意的目光，冷聲道：「還望少東家指教。」

「明天這個時候，妳、妳來鎮上、鎮上的一品居酒樓找我，好好看看我的、我的、我的字據上寫了幾成。」王子揚摸著下巴笑道：「我怎麼瞧著我家、我家字據上寫著八成呢？難、難不成是咱們、咱們看錯了不、不成？」

「少東家，若是兩家字據有誤，您拿出來，咱們當面對質就好了。」孟氏自然也感覺到王子揚不懷好意，唯恐媳婦吃虧，忙道：「此事咱們婦道人家作不了主，還是等咱們家男人回來再說吧。」

她突然很後悔讓媳婦出來拋頭露面。

「哼，剛才不是說，只是看個字據，用、用不著男人嗎？」王子揚冷哼道：「若是明天見、見不著這小娘子，咱們公堂上、上見，我就不信你們敢欠、欠咱們家租子。」

「少東家，那咱們就公堂上見吧。」麥穗不冷不熱道。「我相信許大人會給咱們主持公道的。」

「哈哈哈，許大人為、為妳們主持公道？」王子揚哈哈大笑道：「妳們不、不要忘了許大人的公子，可是我、我姊夫，妳們覺、覺得他會替妳、妳們主持公道嗎？」

「公道自在人心。」麥穗一本正經道。

「小娘子，若是明天妳、妳來找我，咱們一切好說，否則，只能公、公、公堂上見了。」王子揚又再度色迷迷地打量她一番，笑道：「孰輕孰重，妳、妳自己看著辦。」

麥穗臉一沈，拉起孟氏就往外走。

「呵呵，我、我就喜歡這樣的小娘兒們。」王子揚望著那婀娜的背影，意味深長地道：「這樣才夠味，是不是？」

「哎呀，我的大少爺，她的主意您可不能打。」黃有財哭笑不得道：「我剛才不是跟您說了嘛，她是蕭景田的媳婦。蕭景田可不是好惹的，您可千萬別打他媳婦的主意啊！」

「蕭景田當、當過土匪又、又怎麼樣？」王子揚不以為然道：「你怎麼不想想，我爹、爹是誰，我姊夫是誰，難道我還會怕、怕、怕一個土匪？若是他敢說個不字，信不信，我、我滅了他！」

黃有財皺皺眉，心裡暗忖，真是不知者無畏哪，到時候，誰滅誰還說不定呢！

蕭宗海聽說此事後，一時間沈默了。他思索良久，最後長嘆一聲。「那個王大善人，咱們實在惹不起，八成就八成吧。」

「他還跟許大人是親家，咱們也是投告無門。」孟氏看了看蕭景田，道：「你也不要生氣，橫豎他們是看咱們豐收了眼紅，想多要點租子罷了。」

「爹、娘，眼下不是咱們惹他，是他惹了咱們。」蕭景田沈聲道。「此事不用你們操心，我自有分寸。」

「景田，可不許你魯莽。」蕭宗海見蕭景田出奇冷靜，忙警告道：「王大善人跟許大人畢竟是姻親，咱們就是再有理，也不能跟他們硬來。咱們還要在魚嘴村討生活哪！」

「就是啊，景田，你現在也是成家的人了，凡事切不可過於衝動。」孟氏也跟著勸道。

蕭景田臉一黑，抬腿就走。

蕭宗海和孟氏只是嘆氣。

夜裡，蕭景田很晚才回到家。他悄無聲息地去井邊提水洗漱，然後才輕手輕腳地上炕躺下。

「你去哪裡了？」麥穗翻身問道。屋裡很黑，她看不到他臉上的表情。

「去于掌櫃那裡坐了坐。」蕭景田躺進被窩答道。

「租子的事情，你打算怎麼辦？」麥穗支起身子問道。

蕭景田把枕頭往麥穗那邊挪了挪，雲淡風輕道：「原本就是他們理虧，咱們並沒有做錯什麼。」

「他們也太仗勢欺人了。」感受到他的親近，麥穗悄然紅了臉，幽幽道：「咱們不過是多收了點糧食，他們就想要占為己有，也太卑鄙了。」

「只要咱們不肯讓他們欺負，不就得了。」蕭景田淡然道：「咱們事先是立了字據的，不怕他們。」

「可他們畢竟是姻親，能幫咱們嗎？」麥穗擔憂道：「我看許大人也不像是個能主持公道的。」

「那就逼著他主持公道。」蕭景田很自然地伸手拍拍她的肩膀，溫熱的氣息吹到她的臉上。「妳放心就是。妳不是想曬海娃娃魚去千崖島賣嗎？我看了看潮水，得下個月下旬才行，等過了中秋節，我就出趟遠海，打些海娃娃魚回來給妳曬。」

「好。」麥穗點點頭，剛想說什麼，卻聽見窗外傳來轟隆隆的雷聲，接著，便狂風大作，嘩嘩地下起了大雨。

真的下雨了啊！好在他們提走收割了麥子。

麥穗望著窗外沙沙的雨聲，再一次對蕭大叔佩服得五體投地。

「還愣著幹什麼，快關窗啊！」蕭景田說著，跳下炕，去關另一間屋子的窗。

麥穗忙起身把炕上的窗關好。

待蕭景田回到炕上，她忍不住問道：「你是怎麼知道有雨的？」

「我猜的。」蕭景田不以為意道：「妳想啊，好久沒下雨了，也該來場雷雨了吧。」

麥穗笑了笑，她才不信呢！如果是用猜的，怎麼可能命中率這麼高啊。

「妳笑什麼？」蕭景田支起身子，突然伸手撩開她臉上的一縷亂髮，俯身直視著她的眸子，沈聲道：「不信我說的話？」

「哪有，我信。」麥穗感受到他身上的氣息襲來，心裡一陣小鹿亂撞，垂眸道：「上次曬野燕麥草的時候，你不是也說會有雨，當時我不大相信，可後來還是下雨了。那時候，我就覺得你可能是懂得看天象的。」

「妳還知道天象？」蕭景田略感驚訝，他情不自禁地纏著她的頭髮，鬆開，又纏上。

「知道天象不難，難的是懂天象。」麥穗被他纏住頭髮，不敢亂動，低低道：「你是學過天象吧？」

「算是吧，以前經常跟一個懂天象的人在一起，學到了幾分，可惜當時沒怎麼用心，只是學到一些皮毛而已。」蕭景田鬆開她的頭髮，卻未縮回被窩裡，他依然支著身子看向她，沈聲道：「早知道他有一天會離我而去，我肯定會好好學的。」

「世事無常，豈是常人所能料到的？」麥穗聽蕭景田的語氣甚是沈重，心裡猜測那人應該不在人世了，便安慰道：「你學了點皮毛就厲害成這樣，可見那個人肯定是個難得的奇才。」

「他的確是個奇才。」蕭景田點點頭，皺眉道：「可惜他如今已經不在人世，若是他還活著，那該有多好。」

「他能有你這樣的好友惦記著，想必泉下有知，也會欣慰的。」麥穗望著黑黝黝的屋頂感慨道：「咱們每個人一生中，都會遇到各種不同的陌生人，好人、壞人、貴人，只是人性複雜，當時不能明辨是非，卻又總在事過境遷後，才發現原來某個人是自己最欣賞和敬重的人。人與人能夠相伴是一種緣分，相互離別時又何嘗不是另一種緣分呢？」

「沒想到妳這麼會說話。」蕭景田聞言，眸光一黯，意味深長地看著她。他突然伸出帶著薄繭的大手，慢慢地撫她的臉和鼻子，嗓音低沈道：「妳願意跟我一起過日子嗎？」

能跟這樣一個聰慧的女人共度一生，想必以後的日子也不至於太過乏味吧！

她有時溫順得像隻小貓，也會跟他講一些大道理，有時卻像隻張牙舞爪的小豹子，跟他翻臉、鬧彆扭，其實想想，這樣也滿有趣的。

「我不是一直都在跟你過日子嗎？」麥穗被他粗礪的指尖摩挲得耳根都紅起來，她尷尬地往被窩裡縮了縮，不好意思再抬頭看他。

「妳知道，我說的是另外一種意思。」蕭景田見她羞得躲起來，趕緊縮回手，但又似乎不甘心就這樣打住，便又伸手拍了拍她的肩頭，極力壓抑住體內躥起的衝動，沈聲道：「別躲了，再躲還能躲到哪裡去，還不是在這炕上？」

「我睡覺了。」麥穗的臉更紅了，索性扯過被子、蒙住頭。

他這是什麼意思？是在向她表白心意嗎？

蕭景田見她躲進被窩裡，也就不再說什麼，只是摩挲幾下她的頭髮，見她不肯出來，這才安靜地躺回自己的被窩。待心裡那股澎湃的悸動慢慢抑下後，才沈沈睡去。

「宗海哥、嫂子，你們先別生氣，我就是過來傳個話。」黃有財坐在蕭家炕上，為難道：「這俗話說，人怕出名豬怕壯，如今，景田收了這十畝地的麥子，那可是驚動了整個魚嘴村。王大善人現在硬要說他那十畝地是良田，不應該按荒地算，我也不好說啥啊。」

早知道會有今日，他就不做這個中間人了。

「白紙黑字的，由不得他們反悔。」蕭景田淡淡道：「既然王大善人喜歡讓人來回傳話，那我也打開天窗說亮話，凡是字據上寫的，我絕對不會食言，若是王大善人想節外生枝，哪怕是鬧上公堂，我也奉陪到底。」

「景田，話可不能這麼說。」黃有財訕訕地道：「若是沒有王大善人這塊地，你也收不了這麼多糧食。你看這樣行不行，咱們通融一下，把你田裡的糧食改成五五分，怎麼樣？」

「里長，這是王大善人的意思嗎？」蕭宗海忙問道。

若是五五分，倒也是可以的。不是說他有多麼大方，而是他覺得這事鬧起來，他們家根本沒處說理去。

王大善人和許知縣可是姻親哪！

「這是我的意思。」黃有財苦笑道：「這不是商量嘛，回頭我得再去鎮上問問王大善人的意思才行。」

「不行。」蕭景田想也不想地拒絕道：「說好了兩成就是兩成，多一成都不行。」

正說著，門外傳來一陣嘈雜聲。幾個衙役大踏步走進來，其中為首那人厲聲問道：「哪個是蕭景田？」

「我是。」蕭景田信步出了屋。

「昨晚王公子在回家的路上被人打了，王大善人懷疑是你幹的，已經告到衙門，煩請你跟咱們到衙門裡走一趟吧。」為首那人陰晴不定地抱拳道：「咱們也是奉命行事，還請蕭公子不要為難咱們。」

「你們有什麼證據，說是我家景田打傷了王家公子？」蕭宗海上前問道。

孟氏和麥穗也面面相覷。

就是啊，有什麼證據？

想到昨晚蕭景田的晚歸，麥穗的心不由沈下來。難不成昨晚去教訓王家公子的，真的是蕭景田？

「有什麼話到衙門裡去說，跟咱們說沒用。」為首那人面無表情道：「若蕭公子是無辜的，咱們大人自然會放公子回來的。」

蕭景田二話不說，抬腿就往外走。

「景田，告訴他們，你昨晚哪裡也沒去。」孟氏臉色蒼白道。「他們憑什麼亂冤枉人啊！」

「娘，沒事的，我去說清楚了也好。」蕭景田說著，走到麥穗面前，低頭看著她烏黑清亮的眸子，沈聲道：「沒事的，我很快就回來。」

「當心點。」麥穗輕聲囑咐道。

「我會的，妳別擔心。」蕭景田淡淡一笑，抬手取下她肩頭上的草屑，雲淡風輕道：「烙點蔥花脂油餅等著我，我想吃蔥花脂油餅了。」

他的語氣很輕鬆，不像是要去衙門受審，而是要去田裡幹活般的輕鬆。

「好。」麥穗從善如流地點點頭。

蕭景田坐在縣衙後堂，悠閒地喝著茶，透過雲霧縈繞的熱氣，淡淡道：「許大人，日後像這種沒有證據的案子，望大人三思而後行，我雖然名聲不佳，卻也不希望再添污漬。」

「景田，你知道王大善人是我的親家，他來報案，我總得公事公辦！」許知縣肅容道。「也由不得他懷疑你，王公子前腳才去你家討租子，後腳就發生了這樣的事情。」

王子揚被揍得不輕，據說至少得臥床半個多月。他是在從禹州城回來的路上被揍的，都還沒進金山鎮。下手的人蒙著臉，武藝高強，他身邊隨從的家丁都頂不過人家一根手指頭。且那蒙面人目標明確，專揍王子揚，卻也沒有要取他性命的意思，只是對他拳打腳踢一番，一丁點痕跡也沒留下，便揚長而去。

但此事的確也沒有任何證據表明是蕭景田幹的，所以他也是左右為難。

「那是他們心虛。」蕭景田一本正經道：「此事若真是我做的，我肯定會承認，絕對不會遮遮掩掩，我蕭景田不是敢做不敢當之人。」

「那是、那是。」許知縣連連點頭，又道：「關於你們那十畝地的租子，我希望你們兩邊各退一步，再好好商量一下，怎麼樣？」

「不行，說好了兩成就是兩成。」蕭景田不容置疑道。「回頭我就把租子送到王大善人的府上去，而且字據上寫的是一租五年，他若是有什麼異議，就五年後再說吧。」

「景田，我敬你是條漢子。」許知縣皺眉道：「但凡事過剛易折的道理，你不是不懂。你剛回來，總得找個靠山靠著才行，不可糾結於這些小恩小利的。他要八成租子，你給他就是，何必鬧得不痛快？」

「大人此言差矣，難道大人眼裡的靠山都需要百般委屈自己去投靠的嗎？」蕭景田放下茶碗，蹺著二郎腿道：「我本本分分地在家裡種地，出海捕魚，賺的都是辛苦錢，實在無須什麼靠山！」

# 第二十八章　靠山

「有個靠山，自然不必如此辛苦地賺錢了。」許知縣見蕭景田如此不識抬舉，恨鐵不成鋼道：「你還沒看清局勢嗎？如今這個鎮上真正財大氣粗的，無非是龍叔、徐四和王大善人，就連我平日裡也得敬著他們幾分。可你不但不跟他們親近，反而快把他們都給得罪了。景田，你這樣不行的。」

「那我應該怎麼做？」蕭景田冷笑道：「還請大人不吝賜教。」

「龍叔先前拉攏你，被你拒絕後，就出了劫船一事，如今他已經搭上總兵府這條路子，估計以後不會想用你了。徐四那邊，聽說你們兩家鬧得也不怎麼愉快。」許知縣如數家珍道：「剩下一個王大善人，你們卻又因為租子鬧成這樣，實在不是明智之舉。依我看，不如破財消災，就當是給自己拉個靠山吧。」

「然後我每年交八成的租子給他，讓他來當我的靠山？」蕭景田抬眼望著這個所謂的父母官，冷聲道：「那他既然是我的靠山，又能給我什麼好處？」

「他要你這八成租子，自然是想試探一下你的為人。」許知縣見蕭景田像是動了心，扭頭看了裡屋一眼，忙道：「我敢擔保，以後他的那塊地不會只租給你五年，十年、八年，甚至更久都是有可能的。」

「多謝許大人指點，他那塊地，我只要租五年就行，無須十年、八年。」蕭景田正色道：「我還是那句話，若是按字據行事，一切都好說。否則，隨他想怎麼告官，我都奉陪到底。」

「過剛易折、過剛易折啊！」許知縣搖頭道。

待蕭景田走後，王大善人才從裡屋走出來，冷笑道：「這個蕭景田果然是個軟硬不吃的。」

王大善人已經五十多歲，留著山羊鬍，個子不高。許是平日裡吃得太好，一張臉圓滾滾的，眼睛都瞇成了一條縫，因為身材圓潤，走起路來有些搖搖晃晃的。

「蕭景田在外闖蕩多年，什麼場面沒見過？」許知縣皺眉道：「我看此事還是算了吧，你跟他立的字據，就算鬧到衙門來，理虧的也是你，我看他是早有準備的。」

「難道就這麼算了？」王大善人憤憤地道：「我那是十畝地啊，憑什麼讓他收了那麼多糧食，而我只能得兩成？」

「哎呀，我說親家，我打聽過了，蕭景田用的那些麥種，咱們這裡根本沒有。」許知縣神秘道：「所以就算你現在把地收回來，也種上麥子，都未必有他的收成好。說不定十畝地全算下來，連這兩成都沒有呢。」

「我說呢，怎麼可能三個月不到就能有這麼好的收成，原來不是咱們這裡的麥種。」王大善人這才恍然大悟，又道：「那個蕭景田不是說在外面當了土匪嗎？怎能弄得到這麼好的麥種？」

「土匪只是傳言，誰知道他到底做過什麼了。」許知縣原本就不願意插手王大善人和蕭景田之間的糾紛，索性轉了話題。

「既然施威不成，咱們不如拉攏他。我打聽過了，成王是真的在咱們禹州城，咱們還是好好琢磨這件事吧。」

十萬兩黃金，可是一筆不小的誘惑。

「禹州城那麼大，找個人談何容易。」王大善人不以為然道：「再說了，你想找成王，為什麼要拉攏蕭景田？」

「若是能把蕭景田收攏過來，咱們的勝算自然大一些。」許知縣暗諷王大善人不會識人，索性挑明道：「衙門人力有限，不可能大張旗鼓地出去尋找成王，自然得暗中查訪才行。那麼暗中查訪的這個人必定要是個知根知底、行走江湖的經驗豐富才行，眼下除了蕭景田，我還找不到第二個合適的人選。」

「你要拉攏蕭景田隨你，反正我跟蕭景田是勢不兩立。」王大善人一甩袖子，憤憤離去。那成王在不在禹州城跟他有什麼關係？反正他又不想建功立業、封侯拜相。

王大善人沈著臉出了衙門，在隨行家丁的攙扶下上了馬車，揚長而去。

走到半路，馬匹不知怎的突然失控，衝進路邊的河溝裡，竟然把王大善人給顛出了馬車，肉球般的身子一頭栽進髒兮兮的河溝。

待隨行家丁七手八腳地把他從水裡拖出來的時候，王大善人已經嚇得昏死過去。

許知縣得知此事，很是驚訝，忙問道：「當時現場可出現過其他可疑的人？」

「回大人，據王家家丁說，當時除了他們的馬車，四下裡並沒有人走動，此事純粹是個意外。」

吳師爺見許知縣沈默不語，又道：「難道大人懷疑是蕭景田動的手腳？」

「除了他，我實在想不到第二個人，只是蕭景田並不知道王大善人在我這裡哪！」許知縣嘆道：「算了，你快去庫房取兩棵人參，我這就去王家走一趟。」

王家父子倆接二連三出事，還真是邪門了。

「是。」吳師爺畢恭畢敬道。

來到王家後，許知縣殷殷勸慰著。

「親家，你好好養病要緊。」許知縣坐在王大善人的床頭勸道：「看來蕭景田不是個好惹的，租子一事，就按契約上寫的來吧。」

王大善人很不情願地點點頭，他突然意識到要是得罪蕭景田，他就會莫名其妙地倒楣。

「哼，總有一天，我、我會連本帶利地討回來的。」鼻青臉腫的王子揚憤然道。

許知縣在一旁，驚訝他難得說話如此流利了一回。他也不好說什麼喪氣的話來打擊他，只是拍拍王子揚的肩頭，安慰了幾句，心情複雜地出了王家。

租子終於順利地送到了王家。

麥穗心裡一陣輕鬆，望著院子裡滿滿的糧食，心裡樂開了花。

興奮之餘，她又有些忐忑。

總覺得這麼多糧食放在家裡太不安全，萬一被人偷走怎麼辦？

還有之前在田裡看到的那個黑衣人，他們是沒在收割前搗亂，但保不齊他們會來家裡偷麥子啊！

又見蕭景田整天若無其事的樣子，麥穗忍不住提醒道：「你說咱們的糧食放在家裡，是不是太招搖了些？」

「招搖什麼？」蕭景田不可思議地道：「這都是咱們自己辛辛苦苦勞動得來的，又不是偷的、搶的，妳想什麼呢？」

「我總覺得有人惦記著咱們的這些麥子。」麥穗如實道。

「誰惦記給他就是。」蕭景田打趣道：「難道妳捨不得？」

「你捨得你給就是，反正這些麥子都是你種的。」麥穗嬌嗔道：「我有什麼捨不得的。」

「妳若是不捨得，我就不給。」蕭景田把胳膊搭在她身後的炕沿上，低頭看著她，一本正經道：「反正家裡的事情，妳說了算。」

他的語氣聽上去很曖昧，又見他目光炯炯地看著自己，麥穗騰地紅了臉。

「哎呀呀，看來我來得不是時候啊，你們兩口子是在說什麼悄悄話嗎？」于掌櫃一步跨進來，驚奇地看到小倆口正依偎在糧缸前說話，男的一臉溫柔，女的則是滿臉嬌羞。他沒再繼續打趣他們，轉了話題道：「景田，你豐收了麥子，如今可是成為名人了，連我都被驚動了呢！」

麥穗的臉更紅了，忙上前招呼道：「于掌櫃，屋裡請。」

兩人進屋之後，麥穗去泡茶。

「聽說你豐收了麥子，我是來討要白麵的。」于掌櫃大剌剌地道：「你收了這麼多麥子，我還用去別處買嗎？」

「我豐收了麥子，跟你有什麼關係？」蕭景田漫不經心地道：「我的這些麥子，給多少錢也不賣。」

「為啥？」于掌櫃不解。

「明後年不種麥子了，賣了的話，咱們豈不是沒得吃了。」蕭景田抿了口茶，坦然道：「這種麥子得隔上兩、三年，才能重新再種。」

「哦，原來如此。」于掌櫃恍悟，扭頭看了看麥穗，又笑道：「那我說什麼也得沾點光才行。你知道的，我喜事將近，席上自然需要各種麵食。我的灶房裡忙不過來，不知道弟妹願不願意幫我做一些席面上要用的麵食。」

「能為于掌櫃盡綿薄之力，咱們當然願意。」麥穗知道蕭景田跟他關係匪淺，這點小忙，她當然樂意幫。

「哈哈哈，還是弟妹痛快。」于掌櫃笑道：「景田，你媳婦可是比你爽快啊。」說著，又從懷裡掏出一張清單，遞給麥穗。「這些是席面上所用的各種點心，就麻煩弟妹了。」

「好，咱們過兩天就開始準備，定不會耽誤席面上要用的吃食。」麥穗接過清單，細細數了一下。

好傢伙，足足十二種麵食，差不多得用掉一袋白麵。

「不急、不急，還有五、六天的工夫呢。」于掌櫃眉開眼笑，轉頭對蕭景田道：「聽說王大善人找你麻煩，想讓你交八成的租子？呵呵，我就知道那個老傢伙不會善罷甘休的。」

「他仗勢欺人慣了，總想占人便宜，我能理解。」蕭景田展顏一笑。「只是我納悶，王公子的事情到底是誰做的？」

「我一直以為是你幹的。」于掌櫃看了看麥穗，自知失言，又道：「那個王子揚也活該，成天在鎮上欺男霸女，我早就想找人揍他了。」

蕭景田笑笑，沒吱聲。

「你知道這幾天王家為什麼沒來找你麻煩嗎？」于掌櫃又道：「前幾天，我聽說王大善人的馬車失控掉河溝裡去了，他雖然並無大礙，卻受了驚嚇，跟他兒子一樣，正躺在家裡休養呢。」

「反正我該交的租子，已經如數給他們送去，他們的事情再與我無關。」蕭景田淡然道：「那塊地除了我，誰也種不出莊稼，給他兩成租子，是我不願意跟他們多糾纏而已。」

麥穗給兩人倒了茶，便退了出去。她總覺得他們兩人當著她的面，說話肯定會有所顧忌。

果然，她剛走到門口，便聽見于掌櫃壓低聲音道：「景田，既然王公子的事情不是你做的，那你說，會不會是謝宗主派人幹的？」

好奇心真的能害死貓，麥穗忍不住放慢腳步，偷聽起來。

「謝嚴不是回京城了嗎？」蕭景田的聲音隱隱傳來。「難道這裡還有鐵血盟的人？」

「其實那天謝宗主走之前，問過我一些你的近況，說你如今手下沒有一兵一卒，他實在不放心。但當時他也沒說要留下人來保護你什麼的，只是央求我多多照應你而已。」于掌櫃道：「我想他肯定是暗中留了人保護你。謝宗主是個重情重義之人，當年你對他的救命之恩，他豈能忘記？」

「你知道我從來不會用昔日的人情，來要求別人為我做事。」蕭景田緩緩道。「我既然已解甲歸田，自然得有個解甲歸田的樣子，若是需要靠別人的保護才能安然度日，那我豈不是成了膽小怕事之輩？你捎話給謝嚴，若是他在這邊留了人給我，讓他趕緊把人給我撤掉，我不需要他的保護。」

「好，等有機會，我自會捎信給他。」于掌櫃點頭答應。

這時，大門響了一下，孟氏和蕭芸娘從外面走進來。

「娘，您說大嫂和二嫂是啥意思啊，怎麼突然這麼好心地給您做衣裳呢？」

「我哪知道，妳沒聽妳大嫂說，是妳哥哥剛剛拿了月錢，這才給我做衣裳的嘛！」

「這也太大手筆了，頭一遭啊！」

「難得她們有這份孝心。」

麥穗連忙閃身去了放糧食的小廂房，順手取了麵盆，準備和麵做飯。

鐵血盟，解甲歸田。

麥穗回味著兩人適才的談話，只覺心裡怦怦跳個不停。

難道蕭景田之前是加入那個鐵血盟，後來打算金盆洗手，才會解甲歸田的嗎？

鐵血盟，怎麼聽也是個江湖組織。

直到蕭景田坐在對面吃飯，麥穗心裡都還在想著那個鐵血盟。她看著面前這個穩重且喜怒不形於色的男人，越發覺得這個人的城府極深，縱然面對十里八鄉的傳言，也不曾為自己辯解幾分。

「在想什麼？」蕭景田吃著飯，見她心事重重的樣子，忍不住出聲問道：「是不是于掌櫃委託妳的事情，讓妳犯愁了？若是不想做，儘管推了就是。」

「不是。」麥穗忙回過神來，想起孟氏和蕭芸娘說的話，忙道：「我在想大嫂、二嫂給娘做了衣裳，咱們要不要也給娘做一身新衣。」

「既然大嫂、二嫂已經給娘做衣裳了，那咱們還做幹麼？」蕭景田不以為然地看了看她，目光在她身上落了落，又道：「上次妳去飯館結算的銀子還有嗎？這樣吧，妳先去鎮上買幾身新衣裳，聽說錦繡繡坊來了新料子。」

「大嫂、二嫂給娘買衣裳是她們的心意，咱們的心意是咱們的。」麥穗覺得蕭景田的想法有些好笑，不過方才見他提議讓她去錦繡繡坊買衣裳，心裡一陣感動，便道：「我還有衣裳穿，等碰到喜歡的衣料，我再買也不遲。」

「隨妳。」蕭景田繼續低頭吃飯。

麥穗做了肉絲麵，碧綠的油菜在褐色的濃湯裡顯得格外嬌嫩喜人，吃起來味道也不錯。

蕭景田一口氣吃了兩大碗，他很喜歡這個味道。

說到錦繡繡坊，麥穗不由想起之前在街上聽到的關於九姑跟徐四之間的事，再加上于掌櫃跟蕭景田的關係又非同一般，她心裡便猶豫著要不要提醒一下蕭景田。

可是一想到于掌櫃興高采烈的樣子，她又有些於心不忍。

「還有事？」蕭景田吃飽了，把碗一推，見她似乎有些欲言又止，便掏出手帕擦擦嘴角。

「若是妳執意要給娘做衣裳，那就做好了，不用跟我商量。」

「不是因為這件事。」麥穗心裡掙扎半天，鼓起勇氣道：「我上次跟小六子去錦繡繡坊買網線的時候，聽人說那個九姑跟徐四有些糾纏不清，我知道于掌櫃跟九姑正在議親，所以，我覺得有必要告訴你一聲。」

「這些事情于掌櫃都知道。」蕭景田淡淡道：「就因為如此，于掌櫃才決定娶她過門，把她收在他的羽翼之下保護起來，不讓她再四處漂泊。」

「啊，原來如此。」麥穗大吃一驚，想不到于掌櫃肚量如此大，竟然能容忍這樣的事情。她真的不知道說什麼好了。

「若是成親後，九姑再跟別的男人糾纏不清的話，于掌櫃肯定不會原諒她的。」蕭景田漫不經心地道：「妳儘管安心幫他做麵點就好，他是不會因為此事而取消婚事的。」

「嗯，好，我知道了。」麥穗頓時感到自己的三觀被狠狠地顛覆了幾圈，訕訕地道：「沒想到，你們對此事的反應竟然如此淡定。」

「他是他，我是我。」蕭景田探究地看著她，一字一頓道：「我跟他不同，我是無法容忍的。我的底線比他高，我的女人絕對不允許別人惦記。」

麥穗知趣地閉了嘴。

不能再說了，再說該引火上身了……

她覺得蕭景田說的那個別人，就是吳三郎。

——未完，待續，請看文創風620《將軍別鬧》2

不離不棄 相伴一生／果九

2018年3月出版

# 將軍別鬧

不過是答應和他一起「過日子」，
她說的願意不是那個願意好吧！
難道男人都是用下半身思考的生物嗎？

文創風 619 **1**

才剛穿越來，麥穗就發現自己被「賣」了！
這賊頭賊腦的大伯，竟要她嫁給那惡名昭彰的土匪蕭景田，
我嘞個乖乖，要是她不嫁，那土匪該不會提刀來逼吧？
為了活下去，她認慫，管他當過土匪還是強盜，嫁、都嫁！
後來才發現，原來他也是被親娘給算計了，壓根兒不想娶她，
既然這樁婚事你不情、我不願的，她至少不用擔心自身清白了。
但她似乎高估了他的定力，居然一個翻身就把她壓在身下……
嚶嚶嚶，古代的男人太兇狠，她好想回現代去啊！

文創風 620 **2**

那個當初對她高冷高出一片天的蕭景田，
如今一朝情動，還真是熱情到讓麥穗有些招架不住。
她對他也確實有那麼一丁點兒好感，但更多的卻是好奇，
他的過去就像個謎，顯然的，他並不打算告訴她謎底。
就在她好不容易一層一層扒開了他的偽裝、卸下他的心防，
才發現他過去居然是個護國大將軍，還有過不少紅顏知己……
前有個等了他十年的表姊，現在又來個千里追愛的郡主，
他要不要這麼受歡迎啊，古代是沒好男人了嗎？

文創風 621 **3**

不管過去的蕭景田，在戰場上是如何叱吒風雲，
他們現在就是一對平凡的小夫妻，每天踏踏實實過日子。
為了分擔家計，她便開始做起了獨門的魚罐頭生意。
偏偏有人眼紅她賺得多，硬要說她身後有金主當靠山，
婆婆更是腦洞大開，懷疑她紅杏出牆，險些沒拉她去浸豬籠。
而他嘴裡說著相信她，一邊又急攘攘的要跟她「生孩子」，
從這反應看起來，分明就是吃醋了，還打算乘機揩油！
冤枉啊大人，那是原主的老相好，不是她的啊……

文創風 622 **4** 完

為了護她周全，蕭景田在一場海亂之後失蹤了，
等到他再次歸來，看似完好如初，卻唯獨忘了麥穗是誰……
就算如此，她也堅決要守在他身邊，以免他的追求者乘虛而入。
瞧著他熟悉又結實的身影，她突然好想念他溫暖的懷抱，
要是現在撲上去親他一下，他會不會把她一腳踹下炕去？
想起蕭大叔的身手，她身子一抖，瞬間打消了這個念頭，
若是被他給踢成重傷，那她不就等於是「未戰先降」了嗎？
不行，她得擬定一個完美的作戰計畫，才能再次攻佔他的心！

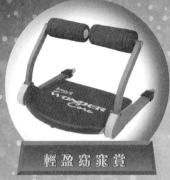

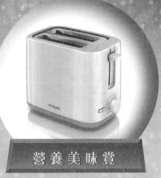

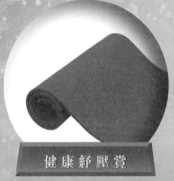

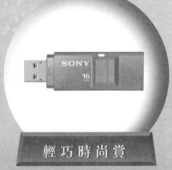

# 為流浪貓狗加油 和貓寶貝 狗寶貝 廝守終生(一定要終生喔！)的幸福機會

對人來說，貓寶貝狗寶貝只是生活的一部分，但妳(你)對牠們來說，卻是生活的全部，領養前請一定要考慮清楚——

## ▲ 想當狗界網帥的男孩 Butter

性　別：男生
品　種：米克斯
年　紀：11個月大
個　性：溫和安靜，喜歡與人互動，非常會拍照。
健康狀況：2017年底已接種疫苗。
目前住所：台中市霧峰區

# 第289期推薦寵物情人

## 『Butter』的故事：

Butter的麻麻是中途原本在餵食的浪浪之一，曾幾度試圖想要誘捕結紮，沒想到牠卻伶俐得次次躲過，結果在2017年的春天，牠生下了五隻小幼犬，Butter便是其中一隻。山郊野嶺的環境並不適合幼犬們生存，因此中途就將這些狗寶寶帶回狗園照顧。

在五隻幼犬中，Butter是最嬌小的，性格也和牠的兄弟們大相逕庭。Butter總是喜歡獨自趴在樹下，較少與其他幼犬奔跑玩鬧，但只要一看到有人接近，牠就會親暱地搖著尾巴上來撒嬌，中途說，那模樣真是可愛到不要不要的！中途還特別提到，Butter在拍照時很懂得看鏡頭，每次一眨眼、一笑開嘴，他們就好像看到了一隻有企圖當小網帥的狗兒（笑）。

Butter的個性屬於乖巧文靜型，也相當親人且懂事，是個不可多得的乖寶寶。若您覺得可愛的小Butter有眼緣，歡迎來信leader1998@gmail.com（陳小姐），或傳Line：leader1998，或是私訊臉書專頁：狗狗山-Gougoushan。

**認養資格：**

1. 認養者須年滿20歲，有穩定經濟能力，並獲得全家人的同意。
2. 須同意簽認養寵物切結書，並讓中途瞭解Butter以後的生活環境。
3. 同意送養人日後之追蹤探訪，對待Butter不離不棄。
4. 同意讓Butter絕育，且不可長期關、綁著Butter，亦不可隨意放養。
5. 為讓中途對您有更深入的瞭解，中途會先有份線上問卷請您填寫。

**來信請說明：**

a. 個人基本資料：姓名、性別、年齡、家庭狀況、職業與經濟來源等。
b. 想認養Butter的理由。
c. 過去養寵物的經驗，及簡介一下您的飼養環境。
d. 若未來有結婚、懷孕、出國或搬家等計劃，將如何安置Butter？

文創風
619

# 將軍別鬧 1

國家圖書館出版品預行編目資料

將軍別鬧 / 果九著. --
初版. -- 臺北市 : 狗屋, 2018.03-
冊 ; 公分. --（文創風）
ISBN 978-986-328-844-2（第1冊：平裝）. --

857.7　　107000509

著作者　果九
編輯　江馥君
校對　黃薇霓　黃亭蓁
發行所　狗屋出版社有限公司
地址　台北市104中山區龍江路71巷15號1樓
電話　02-2776-5889～0
發行字號　局版台業字845號
法律顧問　蕭雄淋律師
總經銷　知遠文化事業有限公司
電話　02-2664-8800
初版　2018年3月
國際書碼　ISBN-13　978-986-328-844-2

本著作物由阿里巴巴文學信息技術有限公司授權出版

定價250元
狗屋劃撥帳號：19001626
網址：love.doghouse.com.tw　E-mail：love@doghouse.com.tw